KiWi 126

Sherwood Anderson
Dunkles Lachen

Sherwood Anderson

Dunkles Lachen

Roman

Aus dem Amerikanischen
von Helene Henze

Herausgegeben und mit einem
Nachwort versehen von Jürgen Dierking

Kiepenheuer & Witsch

Titel der Originalausgabe *Dark Laughter*

Aus dem Amerikanischen von Helene Henze

Umschlag Hannes Jähn, Köln
Umschlagfoto: Walker Evans, Westchester, New York, 1931
Gesamtherstellung May + Co, Darmstadt
ISBN 3 462 01829 0

ERSTES BUCH

ERSTES KAPITEL

Bruce Dudley lehnte an einem Fenster, das über und über mit Farbe bekleckst war. Nur undeutlich sah er im Vordergrund einen Stapel leerer Kisten, den ziemlich unordentlichen Fabrikhof, der steil zum Ufer abfiel, und dahinter die braunen Wasser des Ohio. Nicht mehr lange, dann konnte man die Fenster aufreißen. Nun wurde es bald Frühling. Am nächsten Fenster stand Sponge Martin, ein dürres, drahtiges altes Männchen mit dichtem schwarzem Schnurrbart – Sponge, der priemte und am Zahltag gern einen über den Durst trank, wobei seine Frau tüchtig mithielt. Mehrmals im Jahr gingen sie am Abend eines solchen Tages, statt zu Hause zu essen, in ein Restaurant im Geschäftsviertel am Hügelhang von Old Harbor und aßen da fein zu Abend.

Nach dem Essen kauften sie belegte Brötchen und zwei Viertel von dem ‹Moon›-Whisky, der aus den Schwarzbrennereien von Kentucky kommt, und gingen angeln am Fluß. Das geschah freilich nur im Frühling, Sommer und Herbst, wenn die Nächte lang waren und die Fische anbissen.

Sie machten dann ein Feuer aus Treibholz und ließen sich daran nieder, nachdem sie die Angeln für den Katzenfisch ausgelegt hatten. Etwa vier Meilen flußaufwärts gab es eine Stelle, wo früher einmal, in den großen Tagen des Stroms, eine kleine Sägemühle und ein Holzstapelplatz gewesen waren, der die Frachter mit Brennstoff versorgte; da gingen sie hin. Es war ein weiter Weg, und Sponge und seine Frau waren beide nicht mehr die Jüngsten, aber derbe, zähe Leutchen, und der Maisschnaps brachte sie unterwegs in Schwung. Dieser Whisky war nicht bräunlich, wie man ihn im Handel findet, sondern klar wie Wasser und höllisch scharf und brannte in der Kehle und wirkte rasch und nachhaltig.

Wenn sie so über Nacht draußen blieben, sammelten sie erst Holz, sobald sie auf ihrem Lieblingsangelplatz angelangt waren, und zündeten ein Feuer an. Dann wurde es schön. Sponge hatte Bruce dutzendemal erzählt, seine Frau sei vor nichts bange. «Die ist zäh wie 'n Foxterrier», pflegte er zu sagen. Sie hatten zwei Kinder gehabt. Dem älteren, einem Jungen, war ein Bein abgefahren worden, als er auf einen Zug springen wollte. Sponge hatte damals zweihundertundachtzig Dollar für Doktoren ausgegeben, doch die hätte er ebensogut sparen können. Das Kind litt sechs Wochen lang und starb dann.

Wenn er von dem zweiten Kinde sprach, einem Mädchen mit dem Necknamen Bugs, regte sich Sponge immer ein bißchen auf und kaute heftiger auf seinem Tabak herum als sonst. Sie war von kleinauf ein schrecklicher Racker gewesen. Nichts mit ihr anzufangen. Nicht von den Jungen wegzubringen. Sponge hatte es versucht, und auch seine Frau hatte sich alle Mühe gegeben, aber was hatte es genützt?

Einmal, an einem Lohntag im Oktober, als Sponge und seine Frau flußaufwärts zu ihrem Lieblingsplatz gewandert waren, kamen sie früh um fünf nach Hause, beide noch ziemlich beduselt, und was glaubte Bruce, was sie für eine Bescherung vorfanden? Und Bugs war damals erst Fünfzehn. Also, Sponge war vor seiner Frau ins Haus gegangen, und da lag das Mädchen im Vorflur auf dem neuen Flickenteppich und schlief, und neben ihr lag ein junger Mann, der schlief auch.

So eine Frechheit! Der junge Mann war einer der Gehilfen in Mousers Gemischtwarenhandlung. Er wohnte jetzt nicht mehr in Old Harbor; der Himmel mochte wissen, was aus ihm geworden war. Als er aufwachte und Sponge da stehen sah, die Hand auf dem Türknopf, sprang er flink auf und war draußen wie der Blitz, wobei er Sponge in der Tür fast über den Haufen rannte. Sponge wollte ihm einen Tritt geben, traf ihn aber nicht. Er hatte noch ganz nett einen sitzen.

Dann nahm er sich Bugs vor. Er schüttelte sie, daß ihr die

Zähne richtig klapperten, aber meinte Bruce etwa, sie hätte geheult? Die nicht! Man mochte von Bugs denken, was man wollte, aber ein tapferes Mädel, das war sie.

Sie war Fünfzehn damals, als Sponge sie so durchprügelte. Er hatte sie gehörig verdroschen. Jetzt, vermutete Sponge, war sie in einem gewissen Haus in Cincinnati. Ab und zu schrieb sie ihrer Mutter einen Brief, und in ihren Briefen log sie immer. Sie sagte, sie sei in einem Laden angestellt, aber das war Schwindel. Sponge wußte, daß es gelogen war; ein Mann, der früher in Old Harbor gelebt hatte, jetzt aber in Cincinnati arbeitete, hatte ihm ein Licht über sie aufgesteckt. Er war eines Abends in so einem Hause gewesen und hatte Bugs gesehen, wie sie sich mit einem Schwarm reicher junger Lebemänner von Cincinnati amüsierte. Er hatte sich im Hintergrund gehalten, so daß sie ihn nicht sah, und hernach hatte er es Sponge geschrieben. Er meinte, Sponge sollte sich schnurstracks aufmachen und Bugs da herausholen. Aber wozu Scherereien machen? Sie hatte es ja schon als Kind so getrieben.

Und wenn mans richtig bedachte, was brauchte dieser Kerl sich da einzumischen? Was hatte er in so einem Hause zu suchen – um sich hinterher noch aufs hohe Roß zu setzen? Er sollte seine Nase lieber in seinen eigenen Dreck stecken. Seiner Alten hatte Sponge den Brief gar nicht gezeigt. Wozu sie so aufregen? Wenn sie den Schwindel glauben wollte, Bugs habe eine gute Stelle in einem Geschäft, warum sie nicht dabei lassen? Sollte Bugs je zu Besuch nach Hause kommen – denn sie schrieb ihrer Mutter immer, sie käme vielleicht eines Tages –, so würde er ihr keinen Ton davon sagen.

Seine Alte, sagte Sponge, war in Ordnung. Wenn er mit ihr draußen war, um Katzenfisch zu fangen, und sie hatten beide fünf- oder sechsmal einen tüchtigen, langen Zug aus der Flasche mit dem ‹Moon› getan, wurde sie wie ein junges Mädel. Dann fühlte sich Sponge – ah, einfach großartig!

Sie lagen dann auf einem Haufen alten, halbverfaulten Sägemehls, wo früher der Holzplatz gewesen war. Und wenn die Alte einen kleinen Schwips hatte und sich wie eine Junge benahm, dann kam sich auch Sponge wieder jung vor. Es war ein Glückstreffer, so ein wackerer Kumpan. Seit er sie als junger Mann von etwa zweiundzwanzig geheiratet hatte, sagte Sponge, habe er sich nie mehr mit anderen Frauen abgegeben – außer vielleicht ab und zu mal, wenn er auf Reisen und ein bißchen angeheitert war.

ZWEITES KAPITEL

Es war einer seiner närrischen Einfälle, der Bruce Dudley hierhergebracht hatte – in eine Fabrik in Old Harbor, Indiana, wo er seine Kindheit und Jugend verlebt hatte und nun, als Arbeiter kostümiert, unter einem angenommenen Namen auftrat. Der Name machte ihm Spaß. Da schoß einem so ein Gedanke durch den Kopf, und schon war aus John Stockton Bruce Dudley geworden. Warum nicht? Im Augenblick jedenfalls erlaubte er sich zu sein, wozu er gerade Lust hatte. Den Namen hatte er sich in einer Stadt in Illinois zugelegt, als er aus dem tiefen Süden kam – aus New Orleans, um genau zu sein. Er war damals, auch einer Laune folgend, auf dem Weg nach Old Harbor. In der Stadt in Illinois hatte er umsteigen müssen. Er war nur durch die Hauptstraße des Ortes geschlendert und hatte da zwei Ladenschilder gesehen, ‹Bruce, Smart und Feeble – Eisenwarenhandlung› und ‹Gebrüder Dudley – Gemischtwarenhandlung›.
Wie ein Verbrecher kam er sich vor. Vielleicht war er auch eine Art Verbrecher, war plötzlich einer geworden. Es konnte gut sein, daß ein Verbrecher auch nur ein Mensch war wie er, der plötzlich den ausgetretenen Pfad, auf dem die meisten Menschen dahintrotteten, verlassen hatte. Verbrecher nah-

men andern das Leben oder eigneten sich etwas an, das ihnen nicht gehörte; und er, was hatte er sich angeeignet? Sich selber? Ja, so könnte man sehr wohl sagen.
Du Sklave, bildest du dir etwa ein, dein Leben gehörte dir? Hokuspokus, hier seht ihrs, und weg ist es! Warum also nicht Bruce Dudley?
In Old Harbor als John Stockton herumzulaufen könnte zu Verwicklungen führen. Es war zwar nicht wahrscheinlich, daß sich noch jemand an den schüchternen Jungen erinnerte, der einst John Stockton gewesen war, und ihn in dem Manne von vierunddreißig wiedererkannte; aber viele Leute konnten sich wohl noch auf den Vater des Jungen, den Schullehrer Stockton, besinnen. Möglicherweise sahen sich die beiden sogar ähnlich. Es heißt ja: Der Apfel fällt nicht weit vom Stamm.
Der Name Bruce Dudley hatte so ein gewisses Etwas. Darunter stellte man sich etwas Solides und Respektables vor, und während Bruce, auf den Zug nach Old Harbor wartend, durch den Ort in Illinois gebummelt war, hatte er sich eine Stunde lang damit amüsiert, sich andere mögliche Bruce Dudleys in der Welt vorzustellen. Hauptmann Bruce Dudley von der amerikanischen Armee; Bruce Dudley, Vorsteher der Ersten Presbyterianischen Kirche zu Hartford, Connecticut. Aber warum gerade in Hartford? Na ja, warum nicht in Hartford? Er, John Stockton hatte Hartford, Connecticut, nie gesehen. Hm, wie war er nur auf den Ort gekommen? Er mußte mit irgend etwas zusammenhängen, wie? Ja, das wars wahrscheinlich: Mark Twain hatte dort lange gelebt, und Mark Twain hatte irgendwas mit einem presbyterianischen oder kongregationistischen oder baptistischen Prediger zu tun. Es gab auch einen Zusammenhang zwischen Mark Twain und dem Mississippi und dem Ohio; und John Stockton war an dem Tage, da er in der Stadt Illinois aus dem Zuge stieg, um nach Old Harbor zu fahren, sechs Monate den Mississippi hinauf und hinab vagabundiert. Und lag nicht Old Harbor am Ohio?

Dideldum, dideldum, dideldum-dum,
Hau dem Nigger den Buckel krumm...

Herrlicher Strom, wie er sich langsam aus dem weiten, reichen, fruchtbaren Tal zwischen fernen Bergen herabwälzt! Dampfer auf dem Fluß. Schiffsleute fluchen und hauen die Neger mit Knüppeln auf den Kopf. Nigger singen, Nigger tanzen, Nigger schleppen Lasten auf dem Kopf, Niggerweiber bringen Kinder zur Welt, unbekümmert und frei; viele der Babys sind halbe Weiße.
Der Mann, der John Stockton gewesen war und plötzlich, aus reiner Laune, Bruce Dudley wurde, hatte in den sechs Monaten, bevor er sich den neuen Namen zulegte, viel an Mark Twain gedacht. Die Nähe des Stromes, die Fahrt auf dem Strom hatten ihn immer wieder an ihn erinnert. Darum war es auch nicht verwunderlich, daß ihm Hartford, Connecticut, eingefallen war. «Er ist mit der Zeit richtig verkrustet, dieser Bursche», hatte er in Gedanken an Mark Twain vor sich hin gemurmelt, als er damals durch die Straßen der Stadt Illinois schlenderte und zum erstenmal den Namen Bruce Dudley trug.
Dieser Mensch, der das alles erlebt hatte, der so etwas wie den Huckleberry Finn empfinden und erdichten und schreiben konnte, geht dann nach Hartford und...

Dideldum, dideldum, dideldum-dum,
Hau dem Nigger den Buckel krumm...

O Gott!
Welche Lust zu denken, zu fühlen, die Trauben zu pflücken, die Trauben des Lebens in den Mund zu stecken und die Körner auszuspucken!
Mark Twain hatte in den alten Tagen des Tals gelernt, einen Flußdampfer auf dem Mississippi zu steuern. Was mußte er nicht alles gesehen, gehört, gedacht haben! Als er dann ein richtiges Buch schrieb, mußte er das alles beiseite schieben,

alles, was er als Mann erfahren, empfunden, gedacht hatte, und in seine Kindheit zurückkehren. Er hatte es großartig gemacht, das mußte man ihm lassen.
Aber wenn er nun wirklich versucht hätte, vieles von dem, was er als Mann erfahren, gefühlt, gedacht, gesehen hatte, in Bücher zu stecken? Was für ein Gezeter hätte sich da erhoben! Er hat es nie getan. Einmal hat er etwas Rechtes geschrieben. Er nannte es ‹Unterhaltungen am Hof der Königin Elisabeth›, und er und seine Freunde ließen es von Hand zu Hand gehen und lachten sich ins Fäustchen.
Wäre er zu seiner Zeit richtig tief in das Tal eingedrungen, sagen wir, in seinen Mannesjahren, da hätte er uns manches Denkwürdige erzählen können, na? Es muß ein reiches Land gewesen sein, strotzend von Leben, geradezu gärend vor lauter Leben.
Der breite, träge Strom, wie er sich zwischen den Schlammbänken seines Reiches dahinwälzt. Im Norden üppige Maisfelder. Dem reichen Illinois, Iowa, dem Land am Missouri hat man das Haar geschoren, alle die hohen Bäume, und Mais gepflanzt. Weiter unten im Süden wieder Wälder, Berge und Nigger. Der Strom wird allmählich breiter und breiter. Städte am Strom entlang – kraftvolle Städte.
Dann, weiter flußab, wächst Moos an den Ufern des Stroms; da kommt das Land der Baumwolle und des Zuckerrohrs. Und mehr und mehr Nigger.
‹Wenn du nie von einer braunen Haut geliebt worden bist, weißt du nicht, was Liebe ist.›
Das jahrelang – und dann Hartford, Connecticut! Die anderen Sachen – ‹Die Einfalt in der Fremde› und ‹Durch dick und dünn› –, ein Haufen abgestandener Späße, und alles klatscht Beifall.

Dideldum, dideldum, dideldum-dum,
Hau dem Nigger den Buckel krumm...

Mach ihn zum Sklaven! Mußt den Burschen zähmen!

Bruce sah nicht gerade wie ein Fabrikarbeiter aus. Mehr als zwei Monate hatte es gedauert, bis ihm ein kurzer, dichter Bart gewachsen war; die ganze Zeit über hatte ihm das Gesicht gejuckt. Warum hatte er ihn eigentlich stehenlassen? Als er Chicago und seine Frau verließ, war er nach einem Ort namens La Salle in Illinois abgehauen und dann in einem offenen Boot den Illinois hinuntergefahren. Später verlor er das Boot und brauchte fast zwei Monate – damals war ihm der Bart gewachsen –, um flußabwärts nach New Orleans zu kommen. Das war ein Abenteuerchen, zu dem er schon immer Lust gehabt hatte. Seit er ein kleiner Junge war und Huckleberry Finn gelesen hatte, spukte ihm der Traum im Kopf herum. Fast jeder, der lange im Mississippital lebte, trug ihn irgendwo in seinem Herzen versteckt. Der gewaltige Strom, nun einsam und leer, sah seltsam verloren aus. War er nicht zum Sinnbild der verlorenen Jugend Mittelamerikas geworden? Singen und Lachen, gotteslästerliche Flüche, der Geruch der gestapelten Waren, tanzende Nigger – Leben überall! Auf dem Wasser große bewimpelte Schiffe, Holzflöße, die stromab trieben; Rufe und Lieder schollen durch die stillen Nächte, ein ganzes Land lud seinen Reichtum auf den Wasserspiegel des Stromes! Als der Bürgerkrieg kam, stand der Mittelwesten auf und kämpfte wie der Deubel, um sich den Fluß nicht rauben zu lassen. In seiner Jugend hatte der Mittelwesten den Atem des Stroms geatmet.

Die Industriellen waren doch tüchtige Kerls, wie? Sobald sich ihnen eine Chance bot, würgten sie den Fluß ab, trieben dem Handel seine Romantik aus. Mag sein, daß sie nichts dergleichen beabsichtigten; Romantik und Handel waren einfach von Natur einander feind. Sie machten den Fluß mausetot mit ihren Eisenbahnen, und so ist er die ganze Zeit her geblieben.

Nun ist er verstummt, der große Strom. Träge rollt er seine Wasser dahin, vorbei an Schlammbänken und elenden kleinen Städten; der Strom so mächtig wie je, so geheimnisvoll

wie je, aber nun stumm, vergessen, abgetan. Ein paar Schlepper mit einer Kette von Lastkähnen. Nichts mehr von festlichen Schiffen, von wüsten Flüchen und Liedern; keine Abenteurer mehr, kein reges Treiben, kein Leben.
Während er stromab dahinschiffte, hatte Bruce Dudley gedacht: Wenn Mark Twain den Fluß wiedersähe, nachdem die Eisenbahnen sein Leben abgewürgt hatten, dann hätte er ein Epos schreiben können. Von den getöteten Liedern, dem getöteten Lachen hätte er erzählen können, von Menschen, die sich wie Herdenvieh in ein neues Zeitalter der Hast, der Fabriken, der rasenden Schnellzüge treiben ließen. Statt dessen füllte er das Buch vor allem mit Statistiken und erzählte schale Witze. Na ja! Man darf nicht immer auf dem andern herumhacken, nicht wahr, Bruder Bücherschreiber?

DRITTES KAPITEL

Als Bruce nach Old Harbor gekommen war, dem Ort seiner Knabenzeit, hatte er bald aufgehört, über Epik nachzudenken. Dazu war er im Augenblick nicht in der Stimmung. Er war auf der Suche nach etwas, suchte es schon ein ganzes Jahr lang. Was das war, hätte er auch in noch so vielen Worten nicht sagen können. Er hatte seine Frau in Chicago, wo sie an derselben Zeitung angestellt war, an der er gearbeitet hatte, verlassen und war Hals über Kopf, mit weniger als dreihundert Dollar in der Tasche, auf Abenteuer ausgezogen. Das hatte seinen Grund, dachte er, doch den wollte er lieber auf sich beruhen lassen, einstweilen wenigstens. Den Bart hatte er sich nicht etwa wachsen lassen, weil er glaubte, seine Frau würde sich sonderliche Mühe geben, ihn ausfindig zu machen, wenn sie merkte, daß er verschwunden war. Das war nur so eine Laune gewesen. Es machte ihm einen Heidenspaß, unbekannt und heimlich durch die Welt zu strolchen. Hätte er seiner Frau gesagt, was er vorhatte, es wäre des Geredes, der Diskussionen über die Rechte der Frau und die Rechte des Mannes kein Ende gewesen.

Denn auf diesem Fuß hatten sie miteinander gelebt, er und Bernice; so hatten sie zusammen angefangen, und dabei waren sie geblieben. Bruce machte es durchaus nicht seiner Frau zum Vorwurf. Ich bin selber schuld, daß wir falsch angefangen haben; ich hab getan, als ob sie ein höheres Wesen wäre, dachte er grinsend. Er erinnerte sich an einiges, was er ihr über ihre Überlegenheit, ihren Geist, ihr Talent gesagt hatte. Aus seinen Worten sprach die Sehnsucht nach etwas Schönem und Edlem, und die Hoffnung, in ihr werde es sich ihm offenbaren. Ein Bedürfnis zu verehren mochte anfangs dabei mitgespielt haben. Daß er in ihr damals einen so herrlichen Menschen sah, wie er ihr vorsang, lag zum Teil auch daran, daß er selber sich so wertlos vorkam. So hatte er sie beweihräuchert, ohne sich viel dabei zu denken, und sie war darauf hereingefallen, hatte Gefallen daran gefunden und, was er sagte, vollkommen ernst genommen; und dann mißfiel ihm, was aus ihr geworden war und wozu er selber beigetragen hatte.

Hätten er und Bernice Kinder gehabt, dann wäre es ihm vielleicht unmöglich gewesen, was er getan; aber Kinder waren keine da. Sie hatte keine haben wollen. «Nicht von einem Manne wie du. Du bist mir zu leichtsinnig», hatte sie gesagt.

Und Bruce war wirklich leichtsinnig. Er wußte es wohl. Nachdem er einmal an die Zeitungsschreiberei geraten war, hatte er sich zehn Jahre lang so weiter treiben lassen. All die Zeit über hatte er etwas tun wollen, vielleicht schreiben, aber jedesmal, wenn ers versuchte, war er seiner Worte und Gedanken, sobald er sie niedergeschrieben hatte, überdrüssig geworden. Vielleicht war er schon zu sehr dem Klischee verfallen, dem Zeitungsjargon – der abgedroschenen Sprache, dem Klischee der Gedanken und Stimmungen. Mit der Zeit hatte Bruce immer seltener etwas zu Papier gebracht. Sogar als Journalist konnte man sich davor drücken, auch nur ein einziges Wort selber zu schreiben. Man gab einfach sein Zeugs telephonisch in die Redaktion und ließ es von einem andern redigieren. Da hockten sie ja in Scharen herum, die Schreiberlinge, die Wortdrechsler, Burschen, die mit der Sprache herumpfuschten und den Zeitungsjargon schrieben. Von Jahr zu Jahr wurde es schlimmer.

Tief in seinem Innern vergraben, hegte Bruce eine stille Zärtlichkeit für Worte, Vorstellungen und Gemütsstimmungen, und so war es wohl von jeher. Es verlangte ihn, damit zu experimentieren, in Muße und behutsam mit Worten zu hantieren, wie man edle Steine faßt.

Davon sprach man nicht gern. Es gab zu viele Leute, die diese Dinge mit Schneid und Brillanz betrieben und billigen Applaus ernteten – wie Bernice, seine Frau.

Und dann der Krieg, und ein Phrasengedresche schlimmer denn je; selbst die Regierung verlegte sich aufs Phrasendreschen großen Stils.

Herrgott, was für eine Zeit! Bruce war es gelungen, bei den lokalen Angelegenheiten zu bleiben; Mord, Verhaftung von Branntweinschmugglern, Feuersbrünste, Arbeiterkrawalle, das war sein Ressort. Aber allmählich war sein Überdruß an dem Handwerk immer mehr gewachsen, er hatte den ganzen Kram satt.

Auch Bernice, seine Frau, hatte gemerkt, daß ers zu nichts brachte. Sie verachtete ihn deswegen, und sonderbarerweise fürchtete sie ihn zugleich. ‹Leichtsinnig› hatte sie ihn genannt. Hatte er in zehn Jahren nichts anderes fertiggebracht, als Lebensverachtung in sich großzuziehen?

In der Fabrik in Old Harbor, wo er jetzt arbeitete, wurden Automobilräder hergestellt, und er hatte einen Posten in der Lackierwerkstatt. Irgend etwas hatte er anfangen müssen, denn er war pleite. Es war ein langer Raum in einem großen

Backsteingebäude nah dem Flußufer, und das Fenster ging auf den Fabrikhof.
Ein junger Bursche brachte die Räder auf einem Karren heran und kippte sie neben einen Pflock, auf dem Bruce sie eins nach dem andern befestigte, um sie zu lackieren.
Zum Glück hatte er seinen Arbeitsplatz neben Sponge Martin. Oft verglich er ihn im stillen mit den Leuten, mit denen er zu tun gehabt hatte, seit er erwachsen war: Intellektuellen, Zeitungsreportern, die Romane schreiben wollten, Frauenblatt-Redaktricen, Illustratoren, die Bilder für die Zeitung oder für Annoncen zeichneten, aber viel lieber ein Studio gehabt hätten, wie sie es nannten, um da herumzuhocken und über die Kunst und das Leben zu schwatzen.
Neben Sponge Martin, auf der andern Seite, arbeitete ein mürrischer Kerl, der den ganzen Tag kaum den Mund auftat. Oft flüsterte Sponge, mit einem Seitenblick nach dem andern hin, Bruce zu: «Ich weiß, was mit ihm los ist. Er glaubt, daß seine Frau sich mit einem andern hier in der Stadt herumtreibt, und das tut sie auch; aber er wagt nicht, der Sache auf den Grund zu gehn. Er könnte sonst dahinterkommen, daß sein Verdacht stimmt, und da hängt er lieber so herum und bläst Trübsal», sagte Sponge.
Sponge war schon Wagenlackierer in Old Harbor gewesen, als noch kein Mensch daran dachte, eine Radfabrik zu bauen, geschweige denn etwas von Autos ahnte. Manchmal erzählte er tagelang von den Zeiten, da er noch seine eigene Werkstatt hatte. Wenn er auf das Thema kam, wurde er ganz stolz und sprach von seiner jetzigen Arbeit, dem Räderlackieren, nur mit Geringschätzung. «Das könnte jeder», sagte er. «Siehst es doch an dir. Du hast zwar keine besonders geschickte Hand dafür, aber wenn du dich ein bißchen sputen wolltest, kriegtest du beinah soviel Räder fertig wie ich, und ebenso gut.»
Aber was war da zu machen? Sponge könnte längst Vorsteher der Werkstatt sein, wo man den Rädern den letzten Schliff

gab, wenn er sich ein bißchen zum Speichellecken bequemen wollte. Man müßte nur freundlich lächeln und Bücklinge machen, wenn der junge Mr. Grey durch die Werkstatt ging, was nur ungefähr einmal im Monat vorkam.

Aber Sponge kannte die Greys schon zu lange, das war das Dumme. Vielleicht bildete der junge Grey sich ein, er, Sponge, sei ein Saufbold. Er hatte die Greys schon gekannt, als dieser jüngere, jetzt ein großes Tier, noch ein Dreikäsehoch war. Einmal hatte er eine Kutsche für den alten Grey lackiert. Er war damals öfters in Sponge Martins Werkstatt gekommen und hatte seinen kleinen Sohn mitgebracht.

Die Kutsche, die er sich damals anfertigen ließ, war ein wahres Prachtstück. Der alte Sil Mooney, dessen Hauderei ganz nah bei Sponge Martins Anstreicherwerkstatt lag, hatte sie gebaut.

Die Schilderung der Kutsche, die Grey, der Bankier von Old Harbor, sich hatte machen lassen, als Bruce noch ein kleiner Junge war und Sponge seine eigene Werkstatt besaß, nahm einen ganzen Nachmittag in Anspruch. Der alte Handwerker war so geschickt mit dem Pinsel, daß er ein Rad bis in die kleinste Fuge anstreichen konnte, ohne hinzusehen. Die meisten Männer arbeiteten schweigend, Sponge aber redete unaufhörlich. Aus dem Raum hinter Bruce Dudley, der durch eine Ziegelmauer abgetrennt war, drang beständig das gedämpfte Stampfen der Maschinen, aber Sponge hatte es heraus, den Lärm eben noch zu übertönen. Er sprach in einer bestimmten Tonhöhe, so daß seine Kollegen jedes Wort klar und deutlich verstehen konnten.

Bruce beobachtete Sponges Hände und suchte ihre Bewegungen nachzuahmen. Man mußte den Pinsel locker halten; dann ein flinker, sanfter Schwung. Sponge konnte seinen Pinsel ganz voll Farbe nehmen und ihn doch so handhaben, daß der Lack nicht herabtröpfelte; er ließ auch nicht so häßliche dicke Stellen auf den Rädern zurück wie Bruce. Sein Pinselstrich sah wie eine Liebkosung aus.

Sponge sprach von der Zeit, da er noch seine eigene Werkstatt hatte, und erzählte die Geschichte von der Kutsche, die Grey, der Bankier, sich anfertigen ließ. Während er so schwatzte, gingen Bruces Gedanken andere Wege. Er dachte daran, wie leichten Herzens er seine Frau verlassen hatte. Es war bei einem der wortlosen Zerwürfnisse, zu denen es häufig zwischen ihnen kam. Bernice schrieb Sonderartikel für die Sonntagsnummer, eine Geschichte von ihr war sogar von einer Illustrierten angenommen worden. Darauf trat sie einem Schriftstellerklub von Chicago bei. Derweil hatte Bruce sich in seiner Arbeit nicht sonderlich angestrengt. Er hatte nur eben getan, was er mußte, nicht mehr, und allmählich war er in ihrer Achtung tiefer und tiefer gesunken. Sie würde Karriere machen, das war sonnenklar. Schrieb Sonderartikel für Sonntagszeitungen und war auf dem besten Wege, eine erfolgreiche Verfasserin von Magazingeschichten zu werden – wenn das nichts war! Lange hatte Bruce so neben ihr her gelebt, hatte mit ihr Zusammenkünfte des Schriftstellerklubs besucht und sie in die Studios begleitet, wo Männer und Frauen zum Gespräch zusammenkamen. Es gab in Chicago eine Gegend draußen bei der 47. Straße nah dem Park, wo viele Schriftsteller und Maler wohnten, lauter niedrige Häuschen, die man dort für die Weltausstellung errichtet hatte; da wäre Bernice gern mit ihm hingezogen. Mehr und mehr hatte sie Umgang mit Leuten gesucht, die schrieben, malten, Bücher lasen und über Bücher und Bilder diskutierten. Ab und zu schlug sie Bruce gegenüber einen etwas merkwürdigen Ton an. Fing sie etwa an, ihn ein wenig zu begönnern?
Er lächelte bei dieser Erinnerung, lächelte bei dem Gedanken, daß er nun neben Sponge Martin in der Fabrik arbeitete. An jenem Tage war er mit Bernice auf den Fleischmarkt gegangen, sie wollten Koteletts fürs Abendessen kaufen, und ihm war aufgefallen, wie ein dicker alter Metzger dort sein Werkzeug handhabte. Der Anblick hatte ihn fasziniert, und wie er so dastand neben seiner Frau, die darauf wartete, daß

sie an die Reihe kam, bedient zu werden, sagte sie etwas zu ihm, und er hörte nicht zu. Was ihn beschäftigte, war der alte Metzger, die geschickten, flinken Hände des alten Metzgers. Wie der Mann mit sicheren, ruhigen Bewegungen sein Rinderviertel handhabte, so etwa, sagte sich Bruce, möchte er mit Worten umgehen. Na ja, jetzt hatte er vielleicht gar nicht mehr das Bedürfnis, mit Worten etwas anzufangen. Er hatte ein bißchen Angst vor ihnen. Sie waren so trügerisch, so schwer zu fassen. Vielleicht war er sich noch nicht klar darüber, was er handhaben wollte. Stand es etwa so mit ihm? Warum der Sache nicht auf den Grund gehen?

Bruce hatte dann mit seiner Frau den Markt verlassen, und während sie auf der Straße weitergingen, redete sie immer noch. Wovon sprach sie eigentlich? Mit einemmal war ihm zum Bewußtsein gekommen, daß er keine Ahnung hatte – und daß es ihm einerlei war. Als sie in ihrer Wohnung ankamen, machte sie sich daran, die Koteletts zu braten, und er setzte sich ans Fenster und schaute auf die Straße. Das Haus lag an einer Ecke, wo die Leute, die aus der inneren Stadt kamen, aus den nach Norden und Süden fahrenden Autobussen in andere umstiegen, die in östlicher und westlicher Richtung fuhren; das abendliche Gedränge hatte begonnen. Bruce arbeitete an einer Abendzeitung, er hatte also frei bis zum frühen Morgen; Bernice aber würde, sobald sie ihre Koteletts verzehrt hätten, in das hintere Zimmer gehen und arbeiten. Herrgott, was für einen Haufen Zeugs sie zusammenschrieb! Wenn sie nicht über ihrem Sonntagsartikel saß, arbeitete sie an einer Geschichte. Damals hatte sie gerade eine im Gange. Sie handelte von einem schrecklich einsamen Manne, der eines Abends, als er in der Stadt spazierenging, in einem Schaufenster eine Waschpuppe sah und in der Dunkelheit für eine wunderschöne Frau hielt. Irgendwas war mit der Straßenlaterne an der Ecke, wo sich das Geschäft befand, passiert, und einen Augenblick hatte der Mann geglaubt, die Frau sei lebendig. Er war stehengeblieben und hatte sie angesehen, und sie hatte ihn angesehen. Es war ein aufregendes Erlebnis!

Nun, später sah der Mann in der Geschichte seinen albernen Irrtum ein, aber er fühlte sich nur um so einsamer und pilgerte Abend für Abend zu dem Schaufenster. Manchmal war die Kleiderpuppe da, manchmal hatte man sie aus dem Fenster genommen. Alle paar Tage erschien sie in einem anderen Kleid. Einmal war sie in kostbare Pelze gehüllt und ging durch eine winterliche Straße, ein andermal stand sie, mit einem Sommerkleid angetan, am Strande, oder sie hatte nur einen Badeanzug an und wollte gerade in die Wellen springen.

Das Ganze war ein grotesker Einfall, aber Bernice war ganz hingerissen. Wie sollte sie die Geschichte enden lassen? Eines Abends, als die Laterne an der Ecke wieder brannte, mußte sich der Mann bei der nüchternen Beleuchtung wohl oder übel eingestehen, daß die Frau, in die er sich verliebt hatte, aus Wachs war. Wie, wenn man ihn dann einen Kieselstein ergreifen und die Laterne zertrümmern ließe? Dann könnte er seine Lippen auf die kalte Scheibe drücken und auf Nimmerwiedersehen in einer Seitengasse verschwinden.

Dideldum, dideldum, dideldum-dum...

Ja, Bernice würde eines Tages eine berühmte Schriftstellerin sein. War er etwa eifersüchtig? Wenn sie zusammen irgendwo hingingen, wo sich Zeitungsschreiber, Illustratoren, Dichter und junge Musiker trafen, waren die Leute geneigt, Bernice mehr zu beachten als ihn, und wandten sich im Gespräch vor allem an sie. Sie war auch andern gern gefällig. Wenn ein junges Mädchen, das frisch vom College kam, Journalistin werden wollte oder ein junger Musiker jemanden kennenzulernen wünschte, der im Musikleben eine Rolle spielte, wußte Bernice die Sache zu deichseln. Mit der Zeit hatte sie in Chicago einen ganzen Kreis von Anhängern gewonnen und trug sich schon mit dem Gedanken, nach New York überzusiedeln. Eine New Yorker Zeitung hatte ihr ein Angebot gemacht, das sie in Erwägung zog. «Du kannst dort ebenso gut Arbeit finden wie hier», hatte sie zu ihrem Manne gesagt.

Bruce stand in der Fabrik von Old Harbor an der Werkbank und lackierte ein Autorad, und dabei hörte er Sponge Martin voller Stolz von der Zeit erzählen, da er ein selbständiger Handwerker war und den Kutschwagen anstrich, den sich der alte Grey hatte bauen lassen. Er beschrieb, was für Holz man dazu verwendet hatte, wie gleichmäßig und fein es gemasert war, wie genau alle Teile ineinander verzahnt worden waren. Nachmittags, wenn der alte Grey seine Bank für den Rest des Tages geschlossen hatte, kam er zuweilen in die Werkstatt, und manchmal brachte er seinen Sohn mit. Er hatte es eilig, daß der Wagen fertig wurde. An einem der nächsten Tage stand ein besonderes Ereignis bevor. Der Gouverneur des Staates hatte der Stadt seinen Besuch angesagt, und der Bankier sollte die Honneurs machen. Er wollte dann den neuen Wagen haben, um ihn damit vom Bahnhof abzuholen.

Sponge schwatzte und schwatzte und schwelgte in seiner Erzählung, und Bruce hörte zu; kein Wort entging ihm, während er zugleich seinen eigenen Gedanken nachhing. Wie oft hatte Sponge seine Geschichte nun schon zum besten gegeben, und mit welchem Vergnügen hörte er sie jedesmal wieder! Es war der große Tag in Sponge Martins Leben gewesen. Der Wagen konnte nicht lackiert werden, wie sichs gehörte, wenn er für die Ankunft des Gouverneurs fix und fertig sein sollte. So wars, und damit basta! Wenn man damals seine eigene Werkstatt hatte, konnte ein Mann wie der alte Grey toben und schäumen, was half ihm das? Silas Mooney, der Wagenbauer, hatte gute Arbeit geliefert; meinte etwa der alte Grey, Sponge würde es umgekehrt machen und die seine hudeln und sudeln? Eines schönen Tages gerieten sie darüber aneinander, und der Sohn des alten Grey, der kleine Fred Grey, dem jetzt die Radfabrik gehörte, in der Sponge als gewöhnlicher Arbeiter angestellt war, stand dabei und hörte alles. Sponge sagte, an jenem Tage hätte der junge Grey allerhand zu hören gekriegt. Sicherlich glaubte er, weil sein Vater Bankier war und Leute wie der Staatsgouverneur zu ihnen ins Haus kamen, sei sein Papa so etwas wie Gott der Allmächtige; aber wenn er sich das einbildete, wurden ihm damals jedenfalls die Augen aufgetan.

Der alte Grey kochte vor Wut und wetterte los. «Es ist mein Wagen, und wenn ich Ihnen sage, Sie sollen ein paar Schichten Lack weniger draufstreichen und nicht jede Schicht so lange trocknen lassen, ehe Sie sie abschleifen und eine neue drüberpinseln, dann haben Sie zu tun, was ich wünsche!» hatte er erklärt und seine Faust gegen Sponge geschwungen.

Aha! Darauf hatte Sponge ja nur gewartet! So mußte man Sponge nur kommen! Ob Bruce wissen wollte, was er dem alten Grey erwidert hatte? Es traf sich gut, daß er an dem Tage schon viermal einen Ordentlichen genehmigt hatte, und wenn er so ein bißchen aufgepulvert war, hätte der Allmächtige selber ihm keine Vorschriften über seine Arbeit machen können. Er war nah an den alten Grey herangetreten und hatte ihm die Faust unter die Nase gehalten. «Hören Sie mal», hatte er gesagt, «Sie sind nicht mehr der Jüngste, und 'n bißchen fett sind Sie auch. Sie dürfen nicht vergessen, daß Sie zuviel auf Ihrer Bank gehockt haben. Wenn Sies jetzt mit mir anlegen und, weil Sie den Wagen im Handumdrehn fertig haben wollen, mir die Arbeit wegnehmen oder dergleichen – wissen Sie, was Ihnen dann passiert? Sie werden mit einem Fußtritt rausfliegen, das wird Ihnen passieren! Ich hau Ihnen mit meiner Faust Ihr fettes Gesicht ein, Sie werdens erleben! Und wenn Sies ganz schlau anfangen wollen und schicken mir irgendeinen andern her, dann komm ich Ihnen auf Ihre Bank und verdresch Sie da, verlassen Sie sich drauf!»

So hatte Sponge mit dem Bankier gesprochen! Er ließ sich doch nicht dazu treiben, eine Arbeit zu verpfuschen, nicht von dem und von keinem andern. Das hatte er dem Bankier gesagt, und dann, als der Bankier ohne ein weiteres Wort die Werkstatt verlassen hatte, war er in die Kneipe drüben an der Ecke gegangen und hatte sich eine Flasche guten Whisky geholt. Bloß um dem alten Grey zu zeigen, was 'ne Harke ist, hatte er seine Werkstatt zugeschlossen und Feierabend gemacht. Soll er doch seinen Gouverneur in einer Mietsdroschke abholen, hatte er sich gesagt. Er hatte seine Buddel Whisky genommen und war mit seiner Alten angeln gegangen. Es war einer ihrer schönsten Ausflüge geworden. Als er es seiner Alten erzählte, hatte sie sich totlachen wollen über seinen Streich. «Haste ganz richtig gemacht», hatte sie gesagt, und er wöge ein Dutzend von solchen Kerls wie den alten Grey auf. Das mochte ein bißchen übertrieben sein, aber Sponge hatte es doch ganz gern gehört. Bruce hätte seine Alte damals sehen sollen! Da war sie noch jung und das hübscheste Weibsbild im ganzen Staat.

VIERTES KAPITEL

Während Bruce Dudley in der Grey Wheel Company, Old Harbor, Räder lackierte, war er tief in seine Träumereien versunken. Worte und Gedanken schossen ihm durch den Sinn, ein Strom von Bildern. Seine Hände waren schon ein wenig geschickter geworden. Ob man mit der Zeit auch im Denken etwas mehr Übung bekam? Würde es ihm eines Tages gelingen, Gedanken und Bilder zu Papier zu bringen, wie Sponge Martin den Lack aufstrich, nie zu dick, nie zu dünn, nie klumpig?

... wie Sponge, der Handwerker, zu dem alten Grey sagt, er

solle sich zum Teufel scheren. Wie ein Staatsgouverneur in der Mietsdroschke fährt, weil ein Handwerker sich nicht zu einer Pfuscharbeit treiben läßt. Bernice, seine Frau in Chicago, wie sie ihren Sonderartikel für die Sonntagszeitung auf der Maschine tippt; wie sie die Geschichte von dem Mann und der Kleiderpuppe im Schaufenster schreibt. Sponge Martin und seine Frau, wie sie losziehen, um zu feiern, daß er den Fürsten der Stadt, den Bankier, zum Teufel geschickt hat. Das Bild des Mannes und der Frau auf einem Haufen Sägemehl, die Flasche neben sich. Das Feuerchen dort am Rande des Flusses. Die für den Katzenfisch ausgelegten Angeln. Bruce stellte sich die Szene in einer milden Sommernacht vor. Es gab wundervolle milde Sommernächte im Tal des Ohio. Flußauf und flußab und auf beiden Seiten des Hügels, auf dem Old Harbor lag, war das Land flach, und im Winter trat der Strom über seine Ufer und überschwemmte die Ebene. Das Hochwasser ließ einen weichen Schlamm auf dem Lande zurück, der es fruchtbar machte, strotzend vor Fruchtbarkeit. Überall, wo das Land nicht bebaut war, wucherte ein Dickicht von Unkraut, Blumen und hohen, blühenden Beerenbüschen.

Dort pflegten sie, Sponge Martin und seine Frau, auf einem Haufen Sägemehl zu liegen, ein bißchen beschwipst, und zwischen ihnen und dem Strom flackerte das Feuer, die Angeln waren für den Katzenfisch ausgelegt, und die Luft war von Gerüchen erfüllt, dem leichten Fischgeruch des Flusses, dem Duft der Blumen und der tausend Kräuter, die da wuchsen. Und vielleicht schien der Mond auf sie herab.

Und Bruce hörte Sponge sagen: «Wenn sie einen kleinen Schwips hat, benimmt sie sich wie ein Junge, und dann fühle ich mich auch wieder jung.»

Ein Liebespaar auf einem Haufen alten Sägemehls unter dem Sommermond am Ufer des Ohio.

ZWEITES BUCH

ERSTES KAPITEL

Diese Geschichte, die Bernice schrieb, von dem Mann, der im Schaufenster die Wachspuppe sah und sie für eine Frau hielt...

Interessierte es ihn wirklich, wie die Geschichte weiterging und was für einen Schluß Bernice sich ausgedacht hatte? Um die Wahrheit zu sagen, nein. Etwas Maliziöses regte sich in ihm, wenn er an die Geschichte dachte. Sie war albern und hirnverbrannt, fand er, und war froh darüber. Hätte Bernice mit dem, was sie da unternommen hatte – und so leichthin, so aus dem Handgelenk –, hätte sie damit wirklich etwas Gutes zustande gebracht, das ganze Problem ihrer Beziehung hätte anders ausgesehen. Das hätte meiner Selbstachtung zu schaffen gemacht, dachte er. Das Grinsen wäre ihm dann nicht so leicht gekommen.

Manchmal redete Bernice dummes Zeug; sie und ihre Freunde schwatzten einen Haufen dummes Zeug zusammen. Alle die jungen Illustratoren und Schriftsteller, die sich abends in den Studios versammelten, um sich zu unterhalten – ja, sie alle arbeiteten, ebenso wie Bruce, in Zeitungsredaktionen oder Anzeigenbüros. Sie taten, als verachteten sie ihre Arbeit, und blieben trotzdem dabei. «Man muß doch essen», sagten sie. Was für ein Geschwätz über die Notwendigkeit zu essen!

Während Bruce mit halbem Ohr Sponge Martin zuhörte, der erzählte, wie er dem Bankier eine so großartige Abfuhr erteilte, weilten seine Gedanken bei dem Abend, da er der Wohnung, in der er mit Bernice gelebt hatte, und Chicago Ade gesagt hatte. Er hatte an dem Fenster zur Straße gesessen und hinausgeschaut, dieweil Bernice im Hintergrund des Zimmers die Koteletts briet. Kartoffeln und Salat sollte es dazu geben. Sie würde zwanzig Minuten brauchen, um alles zuzubereiten und aufzutragen. Dann würden sie sich beide an den Tisch setzen und essen. Wie manchen Abend hatten sie so nah beisammengesessen und doch meilenweit voneinander entfernt! Sie hatten keine Kinder, Bernice hatte nie welche haben wollen. «Ich habe meine Arbeit», hatte sie bei den zwei oder drei Gelegenheiten gesagt, da sie im Bett davon gesprochen hatten. Aber der wahre Grund war ein anderer. Sie hatte sich nicht binden wollen, nicht an ihn, den Mann, mit dem sie verheiratet war. Wenn sie mit andern über ihn sprach, lachte sie immer gutmütig dabei. «Er ist schon recht, aber er ist zu leichtsinnig und will nicht arbeiten. Er hat zu wenig Ehrgeiz», sagte sie manchmal. Bernice und ihre Freundinnen pflegten ziemlich offen über ihre Liebsten zu sprechen. Sie erteilten ihnen Noten und verglichen sie miteinander. Vielleicht nutzten sie jede kleine Herzensregung, die ihnen kam, als Stoff für ihre Geschichten.

Auf der Straße vor dem Fenster, an dem Bruce saß, auf die Koteletts und Kartoffeln wartend, stiegen Männer und Frauen aus den Autobussen, um in andere umzusteigen. Graue Gesichter auf der grauen Straße. «Wenn ein Mann und eine Frau so und so miteinander stehen – nun, dann sind sie...»

In der Werkstatt in Old Harbor ging es ihm ebenso wie damals, als er Journalist in Chicago war. Er hatte eine gewisse Übung darin, die Arbeit, die er gerade zur Hand hatte, ganz ordentlich weiterzumachen und dabei seine Gedanken durch Vergangenheit und Gegenwart schweifen zu lassen. Die Zeit hörte dann für ihn auf. Wie er so in der Werkstatt neben Sponge an seinen Rädern pinselte, wurden die Grübeleien über seine Frau plötzlich von der Erinnerung an seinen Vater verdrängt. Was mochte aus ihm geworden sein? Er war Landschulmeister in der Nähe von Old Harbor, Indiana, gewesen, hatte dann eine Lehrerin geheiratet, die aus Indianapolis gekommen war, und eine Schulstelle in der Stadt angenommen. Später, Bruce war noch ein kleiner Junge, hatte er einen Posten an einer Zeitung in Indianapolis gefunden. Bald nachdem die kleine Familie dahin übergesiedelt war, starb die Mutter. Bruce kam zu seiner Großmutter, und sein Vater ging nach Chicago. Dort war er geblieben. Er arbeitete jetzt an einer Annoncenagentur, hatte sich wieder verheiratet und drei Kinder von seiner zweiten Frau. Etwa zweimal im Monat pflegten Vater und Sohn sich zum gemeinsamen Lunch in einem Restaurant in der Stadt zu treffen. Die junge Frau, die sein Vater geheiratet hatte, war Bernice nicht grün und Bernice ihr auch nicht. Sie gingen einander auf die Nerven.

Immerzu kreisten seine Gedanken um die alten Dinge; sie ließen ihn nicht los. Lag es daran, daß er es zu seinem Handwerk hatte machen wollen, aus Worten, Vorstellungen und Stimmungen etwas zu schaffen – und es nicht getan hatte? Bei der Arbeit an der Werkbank in Old Harbor kam ihm alles wieder, was ihm damals durch den Kopf gegangen war, an jenem Abend, während die Koteletts in der Pfanne zischten, hinten in dem Zimmer, in dem er lange mit Bernice gehaust hatte. Es war nicht eigentlich seine Wohnung. Als Bernice sie mietete, hatte sie nur sich selber und ihre Bedürfnisse im Auge, und das war ganz recht so. Sie schrieb dort ihr Zeug fürs Sonntagsblatt und arbeitete an ihren Geschichten. Bruce brauchte keinen Platz zum Schreiben, denn er schrieb selten oder nie. «Ich brauche nur einen Platz zum Schlafen», hatte er zu Bernice gesagt.

Hm, dieser einsame Mann, der sich in die Kleiderpuppe im Schaufenster verliebt; möchte wissen, wie sie es ausgehen läßt. Warum nicht eines Abends ein süßes junges Mädchen, das in dem Geschäft arbeitet, in dem Schaufenster erscheinen lassen? Das wäre der Anfang einer Liebesgeschichte. Aber nein, sie wird es eher auf moderne Weise behandeln. Das andere wäre ihr zu simpel.

Sein Vater war doch ein komischer Kauz! Wie viele Begeisterungen hatte er in seinem Leben schon durchgemacht;

und nun, obwohl er alt und ergraut war, fand Bruce ihn jedesmal für etwas Neues entflammt, wenn er sich mit ihm zum Essen traf. Vater wie Sohn vermieden es dann, von ihren Frauen zu sprechen. Bruce vermutete, sein Vater habe ihm gegenüber ein etwas schlechtes Gewissen, weil seine zweite Frau fast so jung war wie sein Sohn. Keiner von beiden erwähnte je seine Frau. Wenn sie sich in irgendeinem Restaurant am Loop begrüßten, fragte Bruce jedesmal: «Nun, Dad, wie gehts den Kindern?» Der Vater legte dann gleich mit seiner neuesten Begeisterung los. Er wurde als Annoncenwerber herumgeschickt und schrieb Reklametexte für Seife, Rasierapparate oder Automobile, wie es gerade kam. «Ich hab jetzt einen Bericht über einen neuen Dampfwagen», erzählte er. «Dieser Wagen ist *die* Sache, kann ich dir sagen. Der wird dir mit einer Gallone Petroleum seine dreißig Meilen machen wie nichts, so glatt und weich, als ob man bei ruhiger See im Boot führe. Herrgott, da steckt eine Kraft drin! Ein paar Kleinigkeiten müssen sie noch daran austüfteln, aber das werden sie schon hinkriegen. Der Mann, der den Wagen erfunden hat, ist einfach ein Wunder. Das größte technische Genie, das ich je gesehen habe. Ich sag dir, Junge, wenn das Dings einschlägt, wird der ganze Benzinmarkt zusammenbrechen. Warte nur ab!»
Bruce rückte nervös auf seinem Stuhl hin und her, während sein Vater schwatzte; er war ja auch unfähig, ein Wort hervorzubringen, wenn er mit seiner Frau in die Kreise der Intellektuellen und Künstler von Chicago ging. Da war die reiche Mrs. Douglas, die ein Landhaus und eins in der Stadt hatte und Gedichte und Theaterstücke schrieb. Ihr Mann war sehr vermögend und ein Kunstkenner. Und dann die Bande in seiner Redaktion; wenn nachmittags die Zeitung heraus war, saßen sie da noch herum und redeten über Huysmans, Joyce, über Ezra Pound und Lawrence. Worte zu drechseln war ihr ganzer Stolz. Der und der, hieß es, verstünde ausgezeichnet zu formulieren. Überall in der Stadt

unterhielt man sich in kleinen Gruppen über die Wort-Leute, die Ton-Leute, die Farb-Leute, und Bernice, seine Frau, kannte sie alle. Worum ging es eigentlich bei diesem ewigen Geschwafel über Malerei, Musik und Schriftstellerei? Das hatte doch etwas zu bedeuten. Sie kamen von diesem Thema nicht los. Man könnte etwas darüber schreiben, indem man einfach die Aussprüche all der Künstler heranzog, von denen er wußte; das wäre nicht schwer, sagte sich Bruce. Aber damit wäre schließlich auch nichts bewiesen.

Von dem Fenster seiner Wohnung in Chicago, an dem er an jenem Abend saß, sah er die Heimkehrenden an der Straßenkreuzung, wo sich die Autobusse aus dem Stadtinnern mit denen trafen, die vom Loop kamen und zum Loop fuhren, aus- und einsteigen. Gott, was für eine Unmenge Menschen es in Chicago gab! Auch er mußte bei seiner Arbeit viel in der Stadt herumlaufen. Meist gab er seinen Bericht telephonisch in die Redaktion, und irgendein anderer redigierte ihn. Oft besorgte das ein junger Jude, der die Worte förmlich über die Seite tanzen ließ. In der Lokalredaktion hielt man große Stücke auf Bruce, er galt als gescheit und hatte sich einen gewissen Namen gemacht. Seine Frau meinte zwar, er sei zum Journalisten nicht sonderlich begabt, und der junge Jude fand ihn ganz untauglich; trotzdem wies man ihm meist die wichtigen Aufgaben zu, nach denen die andern sich die Finger leckten. Er wußte, wie man sie anpacken mußte. Er ging an den Kern der Dinge heran, das mochte es sein. Bruce lächelte über das Eigenlob. Aber ich glaube, wir alle müssen uns immer wieder sagen, daß wir zu etwas gut sind, sonst würden wir alle hingehn und ins Wasser springen, dachte er.

Wie viele Leute aus einem Bus in den andern stiegen! Sie alle hatten in der Stadt gearbeitet und kehrten nun heim in Wohnungen ganz ähnlich der, die er mit seiner Frau teilte. Wie mochte sein Vater mit seiner Frau leben, der Jungen, die er nach dem Tode von Bruces Mutter geheiratet hatte? Sie hatten drei Kinder bekommen wie am laufenden Band, während seine erste Frau ihm nur den einen Sohn, nämlich Bruce, geboren hatte. Sie hätten Zeit in Hülle und Fülle gehabt, mehr Kinder in die Welt zu setzen, denn Bruce war Zehn, als seine Mutter starb. Seine Großmutter in Indianapolis, die ihn aufgezogen hatte, lebte noch. Bei ihrem Tode würde sie Bruce sicherlich ihr kleines Vermögen vermachen. Sie mußte mindestens fünfzehntausend wert sein. Über drei Monate hatte er ihr nun schon nicht mehr geschrieben.

Die Leute auf der Straße, diese Männer und Frauen, die vor dem Hause aus einem Bus in den andern stiegen... Warum sahen sie alle so müde aus? Was war mit ihnen los? Er meinte jetzt nicht körperliche Müdigkeit. In Chicago und andern Städten, in denen er gewesen war, hatten die Leute, wenn sie sich unbeobachtet glaubten, alle diesen müden, verdrossenen Ausdruck, während sie durch die Straßen gingen oder an einer Ecke standen und auf den Bus warteten; und wahrscheinlich, fürchtete Bruce, sah er selber ebenso drein. Wenn er zuweilen abends allein ausging, während Bernice zu einer Party geladen war, die er sich ersparen wollte, fiel ihm auf, daß die Leute, die in den Cafés aßen oder im Park beieinander saßen, gar nicht gelangweilt aussahen. Doch die Menschen, die tagsüber in der Stadt und auf dem Loop herumliefen, dachten nur daran, wie sie an der nächsten Kreuzung über die Straße kämen. Gleich würde der Polizist sein Pfeifchen schrillen lassen. Dann rannten sie los, es sah wie ein Strich Wachteln aus, und die meisten kamen nur mit knapper Not lebendig hinüber. Und wenn sie den Gehsteig auf der andern Seite erreicht hatten, welch ein Triumph!

Tom Wills, der in der Redaktion an dem Pult für lokale Nachrichten saß, war Bruce sehr zugetan. Wenn nachmittags die Zeitung heraus war, gingen sie oft zusammen in eine kleine deutsche Kneipe, wo es Alkohol gab, und tranken zu zweit einen halben Liter Whisky. Bei dem Deutschen bekam Tom Wills vorzügliche Schmuggelware zu einem anständigen Preis, weil er ihm eine Menge Kunden zuführte.

Sie saßen in einem kleinen Hinterzimmer, Tom und Bruce, und nach ein paar Zügen aus der Flasche wurde Tom gesprächig. Erst verfluchte er den Krieg und verwünschte Amerika, weil es sich darin eingelassen hatte, und dann schimpfte er auf sich selber. «Ich bringe nichts zustande», sagte er. Wie alle Zeitungsleute, die Bruce kannte, wollte Tom eigentlich einen Roman oder ein Theaterstück schreiben, und darüber unterhielt er sich gern mit Bruce, da er glaubte, der habe keine derartigen Ambitionen. «Du bist ein hartgesottener Bursche, wie?» sagte er.
Er erzählte Bruce von seinem Plan. «Ich habe ein bestimmtes Thema im Auge. Und zwar die Impotenz. Hast du nicht bemerkt, wenn du so durch die Straßen gehst, wie erschöpft, wie impotent alle die Leute sind, denen du begegnest?» fragte er. «Was ist die Zeitung? Die impotenteste Sache in der Welt. Wie ist es mit dem Theater? Bist du neuerdings öfter dort gewesen? Da wird man angeödet, daß einem der Rücken weh tut, und die Filme, du lieber Gott! – die Filme sind noch zehnmal schlimmer; und wenn dieser Krieg nicht ein Zeichen universeller Impotenz ist, die wie eine Seuche durch die Welt geht, dann weiß ichs nicht. Ich kenne da einen Burschen, Hargrave vom EAGLE, der war in einem Ort namens Hollywood. Davon hat er mir erzählt. Er sagt, alle die Leute da sind wie Fische, denen man die Flossen abgeschnitten hat. Sie zappeln sich ab, um vorwärts zu kommen, und bleiben auf demselben Fleck. Er sagt, sie leiden alle an einem gottsjämmerlichen Minderwertigkeitskomplex – Magazinschriftsteller, die sich ausgeschrieben haben und dahin gegangen sind, um auf ihre alten Tage reich zu werden, und andere von der Sorte. Die Weiber möchten alle Damen sein. Das heißt, nicht eigentlich Damen sein; das ist es nicht. Sie spielen nur Dame und Herr, möchten so aussehen und so wohnen, wie sie meinen, daß feine Leute wohnen, und versuchen, sich wie feine Damen und Herren zu gehaben und zu sprechen. Es sei ein gottverdammtes Affentheater, wie man

sichs nicht im Traume vorstellen könnte, und dabei muß man bedenken, daß die Filmleute Amerikas Lieblinge sind. Wenn man eine Zeitlang da ist, drüben in Los Angeles, sagt Hargrave, dann springt man entweder ins Meer oder man wird verrückt. Er sagt, an der ganzen Pazifikküste ginge es ungefähr in diesem Stil zu – überall eine Impotenz, die in alle Winde schreit: seht, wie schön, wie großartig, wie tüchtig wir sind! Und guck dir auch Chicago an. ‹Ich will!› das ist unser Wahlspruch hier in der Stadt. Ist dir das noch nicht aufgegangen? Auch in San Francisco haben sie so ein Schlagwort, sagt Hargrave: ‹In San Francisco hat man den Dreh heraus›. Welchen Dreh? Wie sie die halbtoten Fische von Iowa, Illinois und Indiana dahinlocken, hm? Hargrave sagt, in Los Angeles trotten die Leute zu Tausenden durch die Straßen, ohne zu wissen, wo sie hingehören. Es gibt da gerissene Kerls, die ihnen Grundstücke andrehen, irgendwo in der Wüste, weil sie nicht Mumm genug haben zu wissen, was sie wollen. Sie kaufens und dann gehen sie wieder in die Stadt und schlendern die Straßen auf und ab. Er sagt, wenn ein Hund da an einem Laternenpfahl schnuppert, bleiben zehntausend Menschen stehen und gucken zu, als wärs das Aufregendste von der Welt. Ich glaube, er übertreibt ein bißchen.

Und ich selber, ich will mich durchaus nicht aufspielen. Wenn du mich in puncto Impotenz schlagen kannst, bist du ein Prachtkerl. Was tue ich denn? Ich sitze an meinem Pult und verteile Zettelchen. Und was tust du? Du nimmst die Zettelchen, liest sie und rennst in der Stadt herum und sammelst allerhand Kleinigkeiten, die in der Zeitung groß aufgemacht werden, und bist so impotent, daß du dein Zeug nicht mal selber schreibst. Und was kommt dabei heraus? Heute wird jemand in der Stadt ermordet, und man bringt es in sechs Zeilen; und wenn am nächsten Tag ein ebensolcher Mord passiert, wird er in allen Zeitungen der Stadt groß aufgemacht. Es hängt ganz davon ab, was wir im Augenblick sonst noch zu melden haben. Du weißt doch, wie es ist. Und dabei sollte ich meinen Roman schreiben oder ein Theaterstück, wenn ich mich je dazu aufraffe. Aber nehmen wir an, ich schriebe über die Sache, über die ich gründlich Bescheid weiß – glaubst du, auch nur ein Mensch in der Welt hätte Lust, es zu lesen? Das einzige, worüber ich schreiben könnte, wäre nämlich das Thema, womit ich dir immer in den Ohren liege – die Impotenz, wie verheerend die bei uns ist. Meinst du, davon wollte jemand etwas hören?»

ZWEITES KAPITEL

Dies alles ging Bruce an jenem Abend, als er in der Wohnung in Chicago am Fenster saß, durch den Kopf, und er lächelte leise vor sich hin. Aus irgendeinem Grunde hatte es ihn immer amüsiert, wenn er Tom Wills über die Impotenz des amerikanischen Lebens wettern hörte. Er selber fand Tom durchaus nicht impotent. Gerade die Tatsache, daß sich ein Mensch im Gespräch so erregen konnte, dachte er, zeugte von seiner Lebenskraft. Man mußte es schon in sich haben, um sich über etwas zu erhitzen. Das zeigt doch, daß einer Mark in den Knochen hat.

Er stand vom Fenster auf und ging durch das lange Studio zu dem Tisch hinüber, wo seine Frau das Essen aufgetragen hatte. Er lächelte immer noch vor sich hin, und dieses Lächeln war es, was Bernice reizte. Wenn er so vor sich hin lächelte, redete er kein Wort, denn dann war er weit weg von sich und den Menschen, die um ihn waren. Sie existierten dann nicht für ihn. Im Augenblick existierte für ihn überhaupt nichts Wirkliches. Sonderbar war, daß er in Zeiten, da nichts in der Welt einen festen Umriß hatte, am meisten dazu neigte, etwas Entschiedenes zu tun. Dann hätte er die

Zündschnur zu einem Pulverfaß anbrennen und sich und ganz Chicago, ganz Amerika in die Luft sprengen können, so seelenruhig, als ob er sich eine Zigarette anzündete. Vielleicht war er selber in solchen Zeiten mit Sprengstoff geladen. Wenn er in dieser Verfassung war, fürchtete Bernice ihn und schämte sich zugleich ihrer Furcht. Etwas zu fürchten nagte an ihrem Selbstgefühl. Manchmal fiel sie dann in grollendes Schweigen, ein andermal suchte sie darüber hinwegzulachen. Dann sagte sie zu Bruce, er sehe aus wie ein alter Chinese, der in einem dunklen Gäßchen herumtappt.
Sie wohnten damals in einer jener Behausungen, wie man sie heutzutage in amerikanischen Großstädten eigens für solche Paare wie er und Bernice zu bauen pflegt. «Ehepaare, die kinderlos sind und auch keine Kinder haben wollen – deren Aspirationen darüber erhaben sind», hätte Tom Wills in einer seiner zornmütigen Stimmungen gesagt. Es gab viele solcher Häuser in New York und Chicago, und selbst in kleineren Städten, wie Detroit, Cleveland und Des Moines, kamen sie rasch in Mode. Studio-Wohnungen nannte man sie.
Die Wohnung, die Bernice ausfindig gemacht und für sich und Bruce gemietet hatte, bestand aus einem langen Raum vornheraus mit einem Kamin, einem Klavier und einer Couch, auf der Bruce nachts schlief – wenn er nicht zu Bernice ging, was nicht sehr oft geschah –, und nach der Hofseite lag ein Schlafzimmer und eine winzige Küche. Zwischen dem Schlafzimmer, das Bernice gehörte, und dem Studio, wo sie arbeitete, war das Badezimmer. Wenn die beiden zu Hause aßen, brachten sie gewöhnlich ihr Mahl aus einem Delikatessengeschäft fix und fertig mit, und Bernice richtete es auf einem Klapptisch an, den man hernach im Wandschrank verstauen konnte. In Bernices Schlafzimmer stand eine Kommode, in der Bruce seine Hemden und Unterwäsche aufbewahrte, und seine Anzüge mußte er bei Bernice in den Wandschrank hängen. «Du müßtest mich mal sehen, wie ich da morgens halb angezogen aus einem Zimmer ins

andre hopse», hatte er einmal zu Tom Wills gesagt. «Schade, daß Bernice nicht Illustratorin ist. An mir in meinen Unaussprechlichen hätte sie ganz nette Motive für Bilder zum modernen Großstadtleben. ‹Der Gatte der Romanschreiberin sucht sich seinen Kram für den Tag zusammen› – so etwa, wie es die Sonntagszeitungen bringen unter der Überschrift ‹Wir Sterblichen› oder ‹So ist das Leben› – in diesem Stil. Ich werfe zwar nicht einmal im Monat einen Blick in die Sonntagsblätter, aber du weißt schon, was ich meine. Warum sollte ich mir das Zeug ansehen? Ich lese überhaupt keine Zeitungen, außer meinen eigenen Sachen, und die auch nur, um zu sehen, was dieser geschickte Jude daraus gemacht hat. Hätte ich soviel Grips wie der, ich würde selbst etwas schreiben.»

Langsam ging Bruce hinüber zu dem Tisch, an dem Bernice sich schon niedergelassen hatte. An der Wand hinter ihr hing ihr Porträt. Das hatte ein junger Mann gemalt, der ein oder zwei Jahre nach dem Waffenstillstand in Deutschland gewesen und voller Begeisterung über das Wiedererwachen der deutschen Kunst zurückgekehrt war. Er hatte sie mit breiten, starkfarbigen Pinselstrichen gemalt, den Mund etwas schief im Gesicht und das eine Ohr doppelt so groß wie das andere. Der Verzerrung wegen. Die Verzerrung der Proportionen ergab oft Effekte, die sich mit wirklichkeitsgetreuer Malerei niemals erzielen ließen. Der junge Mann war eines Abends, als auch Bruce zugegen war, auf einer Party, die Bernice gab, erschienen und hatte viel geredet, und ein paar Tage später, als Bruce nachmittags vom Büro kam, saß dieser Bursche bei ihr. Bruce hatte das Gefühl, höchst unerwünscht da hereinzuplatzen, und war in Verlegenheit geraten. Es war ein peinlicher Augenblick; er hätte am liebsten einen Rückzug gemacht, nachdem er seinen Kopf zur Tür des Studios hereingesteckt hatte, doch er wußte nicht, wie ers anfangen sollte, ohne die beiden in Verlegenheit zu bringen. So mußte er rasch etwas erfinden. «Ihr werdet mich entschuldigen», sagte er, «ich muß gleich wieder gehen. Ich habe einen Auftrag bekommen, mit dem ich vielleicht die ganze Nacht zu tun habe.» Darauf war er eiligst durchs Studio in Bernices Schlafzimmer gegangen, um das Hemd zu wechseln. Er fühlte, etwas mußte anders werden, und an ihm war es, die Veränderung herbeizuführen. Ob zwischen Bernice und dem Jüngling etwas im Gange war? Es hatte ihn kaum berührt.

Später sah er zu seiner Verwunderung das Porträt. Er hätte Bernice gern danach gefragt, doch er scheute sich. Er hätte sie gern gefragt, warum sie dem Maler gesessen hatte, um so konterfeit zu werden, wie sie auf dem Bilde aussah.

Aus Liebe zur Kunst, dachte er, immer noch lächelnd, als er sich an jenem Abend mit Bernice zu den Koteletts niedersetzte. Äußerungen von Tom Wills fielen ihm ein; er dachte an das Gesicht, das Bernice und der junge Maler gemacht hatten, als er damals plötzlich zu ihnen hereinschneite; er dachte an all das Vertrackte in seinem Innern und in seinem Leben. Wie sollte er sich das Lächeln verbeißen, obwohl er wußte, daß dieses Lächeln Bernice stets reizte? Wie hätte er ihr erklären sollen, daß es nicht nur ihren Verdrehtheiten, sondern auch seinen eigenen galt?

Aus Liebe zur Kunst, dachte er, während er eines der Koteletts auf einen Teller legte und ihn Bernice reichte. Er liebte es, so mit Worten zu spielen und sich im stillen maliziös über sie und sich selber zu amüsieren. Nun grollte sie ihm wegen seines Lächelns, sie würden ihr Mahl also in tiefem Schweigen verzehren. Nach dem Essen würde er sich ans Fenster setzen, und Bernice würde davonstürzen, um den Abend bei einer ihrer Freundinnen zu verbringen. Sie konnte ihn ja nicht gut wegschicken; und er würde still dasitzen und vor sich hin lächeln.

Vielleicht ging sie auch wieder in ihr Schlafzimmer, um an jener Geschichte weiterzuarbeiten. Wie sie sie wohl enden ließ? Nehmen wir an, ein Polizist kommt des Weges und sieht den Mann, der sich in das wächserne Mädchen im Schaufenster verliebt hat, und hält ihn für verrückt oder für einen Dieb, der in dem Geschäft einbrechen will. Wie, wenn nun der Polizist den Mann festnimmt? Bruce schmunzelte bei dem Gedanken. Er stellte sich ein Gespräch zwischen dem Polizisten und dem jungen Mann vor, der dem andern seine Einsamkeit und seine Liebe zu schildern versucht. In einer Buchhandlung in der Stadt arbeitete ein junger Mann, den Bruce auf einer Künstlerparty, zu der er mit Bernice gegangen war, kennengelernt hatte; der war jetzt, aus irgendeinem für Bruce unerfindlichen Grunde, der Held der Geschichte geworden, die Bernice schrieb. Der Buchhändler war klein, ein kleines, blasses, unscheinbares Männchen mit einem schmalen schwarzen Schnurrbart und glänzenden schwarzen Augen und wulstigen Lippen, und ebenso hatte Bernice ihren Helden ausstaffiert. Bruce erinnerte sich auch gehört zu haben, daß er Gedichte schrieb. Vielleicht hatte er sich wirklich in eine Kleiderpuppe im Schaufenster verliebt und es Bernice erzählt. Einem Dichter war so etwas schon zuzutrauen, dachte Bruce. Weiß der Himmel, das konnte wohl einzig einem Dichter passieren, für eine wächserne Dame in Liebe zu entbrennen.

Aus Liebe zur Kunst. Wie ein Kehrreim ging es ihm durch den Sinn. Immer noch lächelte er vor sich hin, und Bernice wurde wütend. Jedenfalls war es ihm gelungen, ihr das Essen und den Abend zu vergällen. Und das hatte er doch nicht gewollt. Der Dichter und das Wachsmädchen würden nun wohl warten müssen, gleichsam in der Luft hängend, ihr Schicksal unerfüllt.

Mit einer heftigen Bewegung sprang Bernice auf und starrte über den schmalen Tisch auf ihn nieder. Wie wütend sie war! Wollte sie ihn schlagen? Was für ein sonderbarer, verstörter, flackernder Blick in ihren Augen. Bruce sah gleichgültig zu ihr auf, nicht anders, als blickte er aus dem Fenster auf eine Straßenszene. Sie sagte nichts. Waren sie über das Sagen schon hinaus? Dann war sicherlich er daran schuld. Ob sie es wagen würde, ihn zu schlagen? Nein, er wußte, das würde sie nicht tun. Warum grinste er auch immerzu? Das war es, was sie so aufbrachte. Man sollte lieber still seiner Wege gehn und den andern in Ruhe lassen. War er denn darauf aus, Bernice zu quälen? Und wenn ja, warum? Sie hätte jetzt über ihn herfallen, ihn beißen, schlagen, treten mögen wie ein wütiges Tierweibchen, aber es war ihre Schwäche, daß sie ihren Gefühlen nicht freien Lauf lassen konnte, wenn sie gründlich aufgebracht war. Sie wurde dann nur etwas bleich und hatte diesen verstörten Blick in den Augen. Bruce kam jäh der Gedanke: Haßte und fürchtete sie, seine Frau Bernice, die Männer allesamt, und machte sie solch einen albernen Trottel zum Helden ihrer Erzählung, um die Männer klein und häßlich darzustellen? Um so höher wurde ja sie, das Weib, ihn überragen. Vielleicht ging es darum bei der ganzen Frauenemanzipation. Bernice hatte schon mehrere Geschichten geschrieben, und in allen waren die Männer diesem Burschen aus der Buchhandlung ähnlich. Das war doch recht merkwürdig. Jetzt sah sie selber ein wenig wie der junge Mensch in dem Buchladen aus.

Aus Liebe zur Kunst, hm?

Hastig verließ Bernice das Zimmer. Wäre sie geblieben, so hätte wenigstens eine Chance bestanden, daß er sie herumkriegte, wie Männer manchmal ihre Frauen herumkriegen. Komm du herunter von deinen Stelzen, dann komm ich auch herunter. Benimm dich als Frau und laß mich als Mann mit dir umgehen. War er dazu bereit? Er war immer dazu bereit gewesen, dachte er – mit Bernice wie mit anderen Frauen. Warum aber kniff Bernice immer aus, wenn es mulmig wurde? Ging sie jetzt in ihr Schlafzimmer und weinte? Ach nein, sie war keine Heulliese. Sie würde aus dem Hause gehn, bis er weg war, und dann, wenn sie allein wäre, vielleicht an ihrer Geschichte weiterschreiben – von dem sanften kleinen Dichter und dem Wachsmädchen im Schaufenster, hm? Bruce war sich wohl bewußt, wie boshaft er war. Hin und wieder, wenn auch selten, kam ihm der Gedanke, Bernice wünschte vielleicht, er schlüge sie. War das möglich? Wenn ja, warum? Wenn in einer Frau solche Regungen gegenüber ihrem Manne auftauchen, wie kam es dazu?

Ganz in seine Gedanken vertieft, setzte er sich wieder ans Fenster und schaute auf die Straße. Er wie auch Bernice hatten ihr Kotelett nicht angerührt. Einerlei was nun geschah, Bernice würde jedenfalls nicht wieder hereinkommen und sich hinsetzen, solange er hier war, nicht heute abend, und die kalten Koteletts würden auf dem Tisch drüben liegenbleiben. Ein Dienstmädchen hatten sie nicht. Jeden Morgen kam eine Aufwartefrau für zwei Stunden und machte die Wohnung sauber. So war es in diesen Behausungen üblich. Wenn sie hinaus wollte, mußte sie vor seinen Augen durch das Studio gehen. Zur Hintertür und durch einen Gang hinauszuschlüpfen war unter ihrer Würde als Frau. Es wäre eine Demütigung für das ganze weibliche Geschlecht, verkörpert in ihr, Bernice, und nie würde sie das Gefühl verlieren, sie müsse die Würde ihres Geschlechts hochhalten.

Aus Liebe zur Kunst. Warum wurde er das Wort nicht los, diesen albernen kleinen Kehrreim seiner Grübeleien? Hatte er den ganzen Abend vor sich hin gelächelt und Bernice mit seinem Lächeln in Rage gebracht – wegen dieser Redensart? Die Kunst, was war das überhaupt? Waren Leute wie er und Tom Wills darauf aus, sie lächerlich zu machen? Neigten sie dazu, die Kunst als einen törichten, abgeschmackten Exhibitionismus von Dummköpfen anzusehen, um sich selber recht großartig und edel vorzukommen, erhaben über solchen Unsinn? In der ersten Zeit nach ihrer Heirat hatte Bernice einmal etwas Ähnliches gesagt, nicht im Zorn, sondern ernst und gelassen. Das war, ehe es ihm gelungen war, etwas in ihr zu brechen – vielleicht ihre Selbstachtung. Hatten wirklich alle Männer das Bedürfnis, etwas in der Frau zu brechen, sie zur Sklavin zu machen? Bernice sagte, so sei es, und lange hatte er ihr geglaubt. Damals schienen sie ganz gut miteinander auszukommen. Nun war sicher alles in die Brüche gegangen.

Was Tom Wills anging – das eine war jedenfalls klar: ihm lag die Kunst im Grunde mehr am Herzen als allen andern, die Bruce kannte, ganz gewiß mehr als Bernice oder irgendeinem ihrer Freunde. Bruce bildete sich nicht ein, Bernice oder ihre Freunde besonders gut zu kennen und zu verstehen, aber Tom Wills glaubte er zu verstehen. Der Mann trachtete nach etwas Vollkommenem. Für ihn war die Kunst etwas, das die Wirklichkeit überstieg; ein Duft, der die Realität der Dinge durchdrang, wenn die Hand eines demütigen, liebevollen Menschen sie anrührte; ein wenig wohl auch wie eine Geliebte, der der Mann, der Knabe im Manne, die Fülle des Schönen, das ihn bewegte und seiner Phantasie vorschwebte, darbringen möchte. Was er selber, Tom Wills, ihr darzubringen hatte, schien ihm eine so kümmerliche Gabe, daß er sich schämte bei dem Gedanken, es ihr zu Füßen zu legen.

Bruce saß noch am Fenster, als schaue er hinaus, aber er nahm die Leute auf der Straße nicht mehr wahr. Wartete er darauf, daß Bernice durchs Zimmer käme? Wollte er sie noch mehr peinigen? Werde ich etwa ein Sadist? fragte er sich. Mit gefalteten Händen saß er da, lächelte, eine Zigarette rauchend, vor sich hin und sah auf den Fußboden; und es sollte das letztemal sein, daß er ihre Gegenwart spürte, als sie durchs Zimmer ging, ohne daß er aufblickte.

So war sie also zu dem Schluß gekommen, sie dürfe an ihm vorbeigehen, als sei er gar nicht da. Auf dem Fleischmarkt hatte es angefangen, als er, statt ihr zuzuhören, so gebannt die Hände des Metzgers betrachtete, der das Fleisch schnitt. Wovon hatte sie nur gesprochen? Von ihrer letzten Erzählung, oder von der Idee für einen Sonntagsartikel? Da er nicht hingehört hatte, konnte er sich nicht darauf besinnen. Jedenfalls hatte sein Geist sie völlig ausgelöscht.

Er hatte wohl bemerkt, wie ihre Schritte das Zimmer durchquerten, wo er saß und auf den Fußboden starrte, aber er dachte dabei nicht an sie, sondern an Tom Wills. Wieder tat er, was sie von Anfang an verärgert hatte, was sie stets aufbrachte. Vielleicht war es im Augenblick ein besonders aufreizendes Lächeln, das sie halb verrückt machte. Was für ein Verhängnis, daß sie ihn so in Erinnerung behalten sollte. Sie würde nun für immer glauben, er lache über sie, über ihre Bestrebungen als Schriftstellerin, über ihre betonte Willensstärke. Offenbar bildete sie sich auf ihre Selbstbehauptung nicht wenig ein, aber wer konnte sich denn von jeglichem Dünkel freisprechen?

Da saßen sie nun beide schön in der Patsche. Sie hatte sich umgezogen und war ohne ein Wort gegangen. Nun würde sie den Abend mit ihren Freunden verbringen, vielleicht mit diesem Knaben aus der Buchhandlung oder mit dem jungen Maler, der in Deutschland gewesen war und ihr Porträt gemalt hatte.

Bruce erhob sich von seinem Stuhl, knipste das elektrische Licht an und trat vor das Bild. Die Verzerrung hatte für die europäischen Künstler, die damit angefangen hatten, gewiß einen Sinn, aber er bezweifelte, daß der junge Mann diesen Sinn ganz erfaßt hatte. Doch wie überheblich von ihm! Wollte er sich etwa aufs hohe Roß setzen, sich so leichthin ein Urteil anmaßen, als ob er verstünde, was der junge Mann nicht verstanden hatte?

Wie er so dastand und das Bildnis betrachtete, spürte er mit einemmal an seinen herabhängenden Händen etwas Fettiges, Unangenehmes. Er tastete, es war das ungegessene, kalte Kotelett auf seinem Teller. Mit einem Achselzucken zog er das Taschentuch aus seiner Hüfttasche und wischte sich die Finger ab. «Dideldum, dideldum, dideldum-dum, Hau dem Nigger den Buckel krumm...» Wenn es wahr wäre, daß nichts in der Welt so hohe Anforderungen an den Menschen stellte wie die Kunst? Und doch konnte man beobachten, daß fast immer ein Menschentyp, der nicht sonderlich kraftvoll aussah, sich mit Kunst befaßte. Wenn er mit seiner Frau un-

ter die sogenannten Künstler ging, wenn er einen Raum betrat, wo sie in Scharen versammelt waren, hatte er oft den Eindruck von etwas Weiblichem in ihrem Wesen, nicht von männlicher Kraft, von Männlichkeit. Handfestere Männer, Kerls wie Tom Wills, mieden das Geschwätz über Kunst wie die Pest. Er sprach über dies Thema mit keinem Menschen außer Bruce und hatte auch erst davon angefangen, als sie einander schon einige Monate kannten. Als Reporter hatte Bruce viel mit Männern von anderem Schlag zu tun: Glücksspielern, Leuten vom Rennplatz, Baseballspielern, Preisboxern, Dieben, Alkoholschmugglern und Gaunern jeglicher Art. In seinen Anfängen als Journalist war er eine Zeitlang Sportreporter gewesen. Bei der Zeitung hatte er einen guten Namen. Er konnte zwar nicht viel schreiben, er versuchte es nicht einmal. Seine Stärke, meinte Tom Wills, sei seine feine Witterung. Bruce schien diese Fähigkeit nicht der Rede wert. Aber nehmen wir an, er war hinter einem Mörder her. Na schön, er ging also in ein Lokal, wo so allerhand Gelichter zusammenkam, sagen wir, in die Spelunke eines Branntweinschmugglers irgendwo in einer Hintergasse. Dann hätte er darauf wetten mögen, daß er den Täter, wenn er dort herumlungerte, sofort ausfindig machte. Ihn zu überführen, das war freilich etwas anderes. Immerhin hatte er den Spürsinn, die ‹Nase für Neuigkeiten›, wie man es unter Journalisten nannte. Doch die hatten andere auch.
Ach du lieber Himmel! Wenn er wirklich diese feine Nase hatte, wenn sein Spürsinn so allmächtig scharf war, warum hatte er dann Bernice geheiratet? Er war zu seinem Stuhl am Fenster zurückgekehrt, im Vorbeigehen das Licht ausschaltend; inzwischen war es draußen völlig dunkel geworden. Wenn er diese feine Witterung hatte, warum hatte sie versagt, als es für ihn lebenswichtig gewesen wäre, daß sie sprach?
Wieder lächelte er in das Dunkel hinaus. Und wenn – nehmen wirs nur mal an – wenn ich nun eine ebenso taube Nuß wäre

wie Bernice oder sonst einer von der Clique? Wenn ich am Ende viel schlimmer wäre, und Tom Wills ebenfalls? Vielleicht aber war ich einfach noch ein grüner Junge, als ich Bernice heiratete, und bin nun halbwegs erwachsen. Sie hält mich für erledigt; in ihren Augen bin ich ein Versager. Aber nehmen wir getrost einmal an, daß sie es ist, die versagt hat. So könnte man es auch ansehen. Das ist viel schmeichelhafter für mich, als einfach zu glauben, ich sei ein Esel oder wenigstens ein Esel gewesen, als ich sie heiratete.

DRITTES BUCH

ERSTES KAPITEL

Das war es, was in John Stockton, aus dem später Bruce Dudley wurde, vor sich ging, als er an einem Herbstabend seine Frau verließ. Lange blieb er noch im Dunkeln sitzen, dann nahm er seinen Hut und ging aus dem Hause. Das äußere Band, das ihn mit der Wohnung verknüpfte, in der er mit Bernice gelebt hatte, war dünn: ein paar halb zerschlissene Schlipse, die an einem Haken im Wandschrank hingen, drei Pfeifen, einige Hemden und Kragen in einer Schublade, zwei oder drei Anzüge, ein Wintermantel, das war alles. Später, als er Arbeiter in der Fabrik von Old Harbor, Indiana, geworden war und neben Sponge Martin arbeitete und Sponge erzählen hörte und allmählich ein Bild davon bekam, wie Sponge mit seiner ‹Alten› lebte, empfand er nicht viel Reue über die Art, wie er gegangen war. Wenn man davongeht, ist die eine Art so gut wie die andre, und je weniger Aufhebens, desto besser, sagte er sich. Das meiste, was Sponge zum besten gab, hatte er schon gehört, aber es war ein Vergnügen, so gut erzählen zu hören. Die Geschichte von damals, als Sponge den Bankier aus seiner Wagenlackiererei hinauswarf – Sponge mochte sie tausendmal erzählen, man hörte ihm immer wieder gern zu. War es nicht eine künstlerische Fähigkeit, das echte dramatische Moment eines Lebens zu packen, hm? Nachdenklich hob er die Schultern und ließ sie wieder sinken. Sponge, der Haufen Sägemehl, die Whiskybuddel; Sponge, wie er am frühen Morgen betrunken nach Hause kommt und Bugs auf dem neuen Flickenteppich schlafen sieht, ihre Arme um die Schultern eines jungen Mannes geschlungen; Bugs, das sprühende kleine Ding voller Leidenschaft, das später liederlich wird und in einem öffentlichen Haus in Cincinnati landet; Sponge in seiner Verbundenheit mit der Stadt, mit dem Stromtal des Ohio, auf einem Haufen alten Sägemehls schlafend; seine Verbundenheit mit der Erde unter ihm, mit den Sternen über ihm, mit dem Pinsel in der Hand, wenn er Autoräder lackiert; die liebkosende Bewegung, mit der er den Pinsel führt, seine deftigen Flüche, seine Grobheit; und die verliebte Alte, munter wie ein Foxterrier...

Wie beziehungslos dahintreibend fühlte sich Bruce dagegen. Er war ein kräftiger Mensch. Warum hatte er nie das Leben gepackt? Worte – vielleicht der Anfang zu einem Gedicht. Das Gedicht von der Sehnsucht des Samenkorns. ‹Ich bin der Same, der im Winde treibt. Warum bin ich nicht Saat geworden? Warum habe ich nicht den Boden gefunden, in dem ich Wurzel schlagen kann?›

Wie, wenn ich eines Abends nach Hause gekommen und auf Bernice zugegangen wäre und hätte sie geschlagen? Ehe der Bauer sät, pflügt er die Erde, reißt alte Wurzeln und welkes Unkraut aus. Wie, wenn ich ihre Schreibmaschine aus dem Fenster geworfen hätte? «Verdammt nochmal, hör auf mit dem Gefasel! Worte sind zarte Wesen, die zur Dichtung führen – oder sie sind Lügen. Überlaß das Handwerk mir. Ich gehe langsam, behutsam, demütig daran. Ich bin ein Arbeiter. Füg dich darein und sei das Weib eines Arbeiters. Ich will dich pflügen wie einen Acker. Eggen will ich dich.»

Wenn Sponge Martin schwatzte, wenn er seine Geschichte erzählte, hörte Bruce jedes Wort, das er sagte, und spann zugleich seinen eigenen Faden weiter.

Jener Abend, an dem er Bernice verließ... Sein Leben lang würde sie ihm eine verschwommene Vorstellung bleiben wie etwas, das man nur von ferne hört – leise, entschlossene Schritte, die das Zimmer durchquerten, während er dasaß und auf den Fußboden starrte und an Tom Wills und an wer weiß was dachte – du lieber Gott, an Worte! Wenn man nicht über sich selber lächeln, nicht laut herauslachen konnte, während man allein seines Weges ging, wozu lebte man denn überhaupt? Wie, wenn er an jenem Abend, als er Bernice verließ, zu Tom Wills gegangen wäre? Er versuchte sich vorzustellen, wie er in einem Taxi in die Vorstadt fuhr, wo Tom wohnte, und an seine Tür klopfte. Toms Frau war, soviel er wußte, Bernice ziemlich ähnlich. Vielleicht schrieb sie keine Geschichten, dafür mochte sie einen anderen Sparren haben – sagen wir: Reputierlichkeit.

Angenommen, er wäre an dem Abend, als er Bernice verließ, zu Tom Wills gegangen. Toms Frau kommt an die Tür. «Treten Sie ein.» Dann erscheint Tom in Pantoffeln. Bruce wird ins Vorderzimmer geführt. Ihm fiel ein, daß ihm in der Redaktion einmal jemand gesagt hatte: «Tom Wills' Frau ist Methodistin.»

Man stelle sich Bruce vor, wie er bei Tom und dessen Frau in der guten Stube sitzt. «Wissen Sie, ich habe vor, meine Frau zu verlassen. Ja, sehen Sie, sie will nicht Frau sein, sie interessiert sich mehr für andere Dinge.

Ich dachte, ich geh mal zu dir raus und sag dir Bescheid, denn ich komme morgen nicht auf die Redaktion. Ich mach mich dünne. Um die Wahrheit zu sagen, ich hab noch nicht viel darüber nachgedacht, wohin ich geh. Ich will mal eine kleine Entdeckungsreise machen. Mir scheint, das Ich ist ein Land, von dem kaum ein Mensch eine Ahnung hat. Ich dachte, ich mache mal einen kleinen Ausflug ins Innere und seh mich da ein bißchen um. Gott mag wissen, was ich da finde. Der Gedanke reizt mich, das ist alles. Ich bin Vierunddreißig, und meine Frau und ich haben keine Kinder. Vielleicht bin ich ein primitiver Mensch, ein Seefahrer, wer weiß?

Off again,
On again,
Gone again,
Finnegan.[1]

Wer weiß, vielleicht wird ein Dichter aus mir.»

Nachdem Bruce Chicago hinter sich gelassen hatte, während er monatelang gen Süden zog, und später, als er in der Fabrik neben Sponge Martin arbeitete und versuchte, von ihm etwas handwerkliche Geschicklichkeit zu lernen, weil er sich sagte, der Anfang der Bildung liege vielleicht in der Beziehung eines Menschen zu seinen Händen, in dem, was er mit ihnen anfangen, mit ihnen fühlen könne, in der Botschaft, die sie durch die Finger seinem Hirn zutrügen, Botschaft von allerhand Dingen, wie Stahl, Eisen, Erde, Feuer und Wasser – während all dies vor sich ging, vergnügte er sich damit, sich auszumalen, wie er Tom Wills und dessen Frau auseinandersetzen würde, was er im Sinn hatte.

Er war natürlich nicht bei ihnen gewesen. In Wahrheit nahm er das, was er tat, im Augenblick nicht sonderlich wichtig. Er fühlte dumpf, daß er wie fast alle amerikanischen Männer die Fühlung mit den Dingen verloren hatte – mit den Steinen, die auf den Feldern lagen, und mit den Feldern selber, mit den Häusern, Bäumen, Flüssen, Fabrikmauern, mit dem Werkzeug, dem Körper der Frau, dem Gehsteig und den Menschen auf dem Gehsteig, mit den Männern im Arbeitszeug, mit den Männern und Frauen, die in Autos fuhren. Die ganze Sache mit dem Besuch bei Tom Wills war Phantasie, eine amüsante Vorstellung, mit der er spielte, während er Räder lackierte; und Tom Wills selber war zu einem Schemen verblichen. An seine Stelle war Sponge Martin getreten, der Mann, der jetzt neben ihm arbeitete. Vielleicht habe ich eine Neigung zu Männern? dachte er. Das ists vielleicht, warum ich Bernices Gegenwart nicht mehr ertragen konnte. Er lächelte bei dem Gedanken.

Er hatte etwas Geld auf der Bank gehabt, ungefähr dreihundertundfünfzig Dollar, die dort seit ein paar Jahren auf seinen Namen standen und von denen er Bernice nie etwas gesagt hatte. Vielleicht hatte er sogar schon seit seiner Heirat vorgehabt, ihr einen solchen Streich zu spielen, wie er es nun getan. Als er, ein Jüngling, das Haus seiner Großmutter verlassen hatte, um nach Chicago zu gehen, hatte sie ihm fünfhundert Dollar geschenkt, und davon hatte er dreihundertundfünfzig nicht angerührt. Und welch ein Glück! dachte er, als er an jenem Abend nach dem wortlosen Zerwürfnis mit seiner Frau durch die Straßen von Chicago lief. Nachdem er die Wohnung verlassen hatte, war er im Jackson-Park spazierengegangen und hatte sich dann ein Zimmer in einem billigen Hotel der Innenstadt genommen, wo er zwei Dollar für die Nacht bezahlte. Er schlief ganz gut, und bevor er am nächsten Morgen um zehn auf die Bank ging, hatte er schon einen Zug ausfindig gemacht, der um elf nach der Stadt La Salle in Illinois fuhr. Wie verrückt, dachte er in der Erinnerung an jenen Tag, wie komisch, daß einer, der nach La Salle fahren, sich dort ein gebrauchtes Ruderboot kaufen und auf gut Glück den Strom hinabrudern wollte, eine bestürzte Frau irgendwo im Kielwasser seines Bootes zurücklassend – daß so einer die letzten Stunden vor dem Aufbruch mit dem Gedanken spielte, Tom Wills und seine Methodistin in ihrem Hause in der Vorstadt aufzusuchen!

Wäre Toms Frau nicht böse geworden? Hätte sie nicht dem Armen die Hölle heiß gemacht, weil er mit einem so leichtsinnigen Burschen befreundet war? Das Leben ist doch schließlich eine ernste Angelegenheit, besonders wenn man sich an einen anderen Menschen gebunden hat, hatte er sich gesagt, als er im Zuge saß – an dem Morgen, da er auszog.

ZWEITES KAPITEL

Eins nach dem andern: heute ein Lügner, morgen ein ehrlicher Mann, nun ein Dieb, der sich Hals über Kopf von der Arbeit an einer Tageszeitung einer amerikanischen Großstadt wegstiehlt. Und Zeitungen sind doch ein notwendiger

Bestandteil des amerikanischen Lebens. Sie verweben die losen Fäden des Lebens zu einem Muster. Jedermann interessiert sich für Leopold und Loeb, die jungen Mörder. Alle Leute denken gleich. Leopold und Loeb werden die Lieblinge der Nation. Die Nation ist entsetzt über die Untat Leopolds und Loebs. Und was ist aus Harry Thaw geworden, der sich hat scheiden lassen und mit der Tochter des Bischofs durchgebrannt ist? Tanze durchs Leben! Wach auf und tanze!

So ein schäbiger Kerl, schleicht sich davon und verläßt Chicago mit einem Zug um elf Uhr morgens, ohne seiner Frau von seinem Vorhaben etwas gesagt zu haben. Eine Frau, die verheiratet war, kann einen Mann schlecht entbehren. So ungebunden zu leben ist gefährlich – für eine Frau. Es ist nicht leicht, mit einer Gewohnheit zu brechen. Man hat lieber einen Mann um sich, und schon kommt er wie gerufen. Außerdem würde es für Bernice schwierig sein, sein unangekündigtes Verschwinden zu erklären. Erst würde sie schwindeln. «Er mußte für ein paar Tage verreisen.»

Überall Männer, die die Handlungen ihrer Frauen zu erklären suchten, und Frauen, die die Handlungen ihrer Männer zu erklären suchten. Man dürfte aus einer Ehe nicht einfach ausbrechen und den andern in eine Lage bringen, die Erklärungen nötig machte. Das Leben dürfte nicht so sein, wie es ist. Wenn das Leben nicht so verwickelt wäre, wärs einfacher. Du würdest diesen Mann bestimmt gern haben, wenn dieser Mann zufällig dein Typ ist, nicht?

Sehr wahrscheinlich glaubte Bernice nun, er sei versumpft. Seit er verheiratet war, hatte er sich ein paarmal eine fidele Sauftour geleistet. Mit Tom Wills hatte er einmal drei Tage lang herumgezecht, und beide hätten ihren Posten verloren, wenn es nicht in Toms Urlaub gefallen wäre. Tom hatte dann den Skalp des Reporters gerettet. Aber lassen wir das. Bernice mochte annehmen, die Zeitung habe ihn nach auswärts geschickt.

Vielleicht aber rief Tom Wills etwas ärgerlich in der Wohnung an: «Ist John krank, oder was zum Kuckuck ist mit ihm los?»
«Nein, gestern abend, als ich ausging, war er noch hier.»
Es würde ihren Stolz verletzen. Eine Frau mochte Kurzgeschichten und Sonntagsartikel schreiben und noch so frei mit Männern verkehren [moderne Frauen taten das heutzutage vielfach, wenn sie einigermaßen vernünftig waren; es liegt jetzt in der Luft], «trotz alledem», würde Ring Lardner sagen, «das ändert nichts an der Sache». Die Frauen führen heute einen großen Kleinkrieg, um sich zu verschaffen, was sie brauchen, wovon sie wenigstens glauben, daß sies brauchen.
Im Grunde sind sie darum nicht weniger weiblich; das mag sein.
Eine Frau ist also ein Wesen eigener Art. Das mußt du einsehen. Wach auf, Mann! In den letzten zwanzig Jahren hat sich manches geändert. Du Schlafmütze! Wenn du sie kriegen kannst, hast du sie. Kannst du es nicht, dann eben nicht. Bildest du dir ein, die Welt schritte nicht fort? Und wie! Sieh die Flugmaschinen, die es jetzt gibt, und das Radio. Haben wir nicht auch einen prächtigen Krieg gehabt? Haben wir nicht die Deutschen gründlich verhauen?
Die Männer können nun einmal das Schwindeln nicht lassen. Doch darüber herrschen mancherlei Mißverständnisse. Wie ist es mit den dreihundertfünfzig, die Bruce über vier Jahre lang, statt sie beizusteuern, vor Bernice verheimlicht hat, die er nicht aufs Spiel setzen wollte? Wenn du an einem Pferderennen teilnimmst, und es dauert, sagen wir, dreißig Tage, und du bist nicht pfiffig gewesen, und dann ist das Rennen aus – wie willst du dann aus der Stadt herauskommen, wenn du dir nicht heimlich einen Cent beiseite getan hast? Dann kannst du nach Hause tippeln oder deine Stute verkaufen, wie? Also versteck ihn lieber im Heu.

DRITTES KAPITEL

Mehrmals in ihrer Ehe waren sie bis über die Ohren verschuldet gewesen. Bernice hatte Geld borgen müssen und Bruce ebenfalls. Trotz alledem hatte er von den dreihundertfünfzig keinen Ton gesagt. Sie wären ja doch in alle Winde zerstoben, wie? Hatte er also die ganze Zeit über diesen Streich vorgehabt? Wenn man so ein Geizkragen ist, dann lächelt man am besten, lacht schallend über sich selber, solange man kann. Bald ist man tot, dann wird man ohnehin nichts mehr zu lachen haben. Selbst den Himmel hat sich noch niemand als einen lustigen Ort vorgestellt. Tanze durchs Leben! Tanze nach Herzenslust, solange es dir vergönnt ist!

Gespräche mit Tom Wills fielen ihm ein. Sie hatten beide den gleichen Vogel, wenn sie ihn auch nie laut singen ließen. Man hörte ihn nur leise von ferne zwitschern. Nach etlichen Gläsern erfanden sie, als eine Art Versuchsballon, einen Burschen, der seine Arbeit an den Nagel hängte, sich davonmachte und auf die Walze ging. Wohin? Wozu? Wenn sie in ihrem Gespräch bei dieser Frage anlangten, fühlten beide Männer sich ein bißchen verloren. «In Oregon gibts so gute Äpfel», sagte Tom.

«Auf Äpfel bin ich nicht besonders versessen», erwiderte Bruce.

Tom war der Meinung, nicht nur die Männer fänden das Leben meistens stumpfsinnig und langweilig, den Frauen ginge es ebenso, vielen jedenfalls. «Wenn sie nicht fromm sind oder Kinder haben», sagte er, «ist der Deubel los.» Er erzählte von einer Frau, die er kannte. «Sie war ein braves, stilles Frauchen, hielt ihr Haus schön in Schuß und machte es ihrem Manne gemütlich, und nie ein böses Wort.

Dann passierte es. Sie sah hübsch aus und spielte ganz nett Klavier; so fing sie an, in der Kirche zu spielen, und eines

Sonntags kam ein Mann, der ein Kino hatte, in die Kirche; seine kleine Tochter war den Sommer zuvor gestorben und in den Himmel gekommen, und er hatte das Gefühl, er sollte auch mal etwas für seine Seele tun, wenn schon die WHITE SOX auswärts spielten.

Und dieser Bursche bot ihr eine bessere Stelle in seinem Kino an. Sie hatte das Gefühl für Musik und war ein niedliches, hübsches Persönchen; wenigstens fanden das viele Männer.»

Tom meinte, sie sei nicht darauf aus gewesen; es habe damit angefangen, daß sie auf ihren Mann herabsah. «Jetzt war sie obenauf und wurde herablassend», sagte Tom. «Allmählich sah sie ihn mit anderen Augen an. Sie hatte gemeint, wunder was sie an ihm hatte, aber nun – es war nicht ihre Schuld. Schließlich waren die Männer, ob jung oder alt, reich oder arm, leicht zu haben, wenn man die richtige Taste traf. Sie konnte nichts dafür, sie war nun einmal so veranlagt.» Tom wollte damit sagen, die Versuchung auszubrechen spukte in allen Köpfen.

Niemals sagte Tom: «Ich möchte selber den ganzen Kram hinschmeißen.» Ganz so deutlich wurde er nie. In der Redaktion wurde gemunkelt, er stände unter der Fuchtel seiner Frau. Der junge Jude, der dort arbeitete, erzählte Bruce eines Tages, Tom habe eine Heidenangst vor seiner Frau, und als Tom und Bruce am nächsten Tag zusammen beim Lunch saßen, sagte Tom das gleiche von dem jungen Juden. Die beiden kamen nicht gut miteinander aus. Wenn Tom morgens erschien und schlecht gelaunt war, ließ ers immer an dem Juden aus, nie an Bruce. «Dieser eklige kleine Federfuchser», sagte er; «dünkt sich weiß Gott was, weil er die Worte auf den Kopf stellen kann.» Er beugte sich zu Bruce hinüber und flüsterte ihm zu. «Tatsache», sagte er, «jeden Samstagabend gibts da Krach.»

Ging Tom mit ihm, Bruce, freundlicher um, schob er ihm darum manchen famosen Auftrag zu, weil er meinte, sie säßen im gleichen Boot?

VIERTES BUCH

ERSTES KAPITEL

Diese Hitze! Bruce Dudley war einfach den Fluß hinuntergefahren. Juni, Juli, August, September blieb er in New Orleans. Man muß alles nehmen, wie es kommt. Es ging sehr langsam flußabwärts. Wenige oder gar keine Schiffe. Oft schlenderte er ganze Tage müßig in den Städten am Strom herum. Man könnte ja in den Zug steigen und fahren, wohin man Lust hat, aber wozu die Eile?

Damals, in der ersten Zeit nachdem Bruce seiner Frau und der Zeitung davongelaufen war, hatte er sich zur Losung gemacht: Nur keine Eile! Er saß im Schatten der Bäume am Ufer, fuhr einmal mit einem Vergnügungsdampfer, fuhr mit kleinen Lokalbooten, saß vor den Schenken in den Städten am Strom, schlief oder träumte vor sich hin. Die Leute sprachen in einem schleppenden Singsang; Nigger hackten Baumwolle an, andere Nigger fingen Katzenfische im Fluß.

Bruce liebte es, den Niggern zuzusehen, sie gaben ihm zu denken. An vielen sah er, wie die schwarze Haut allmählich braun wurde. Dann käme ein helleres Braun, samtbraune Tönungen, kaukasische Züge. Die braunen Frauen sorgten dafür, daß es so weiterging, sie machten die Rasse heller. Weiche südliche Nächte, warme, dämmrige Nächte. Schatten huschen am Rande der Baumwollfelder, auf den dämmrigen Landstraßen an den Sägemühlen-Städtchen. Weiche Stimmen lachen, lachen.

Oh, ma banjo dog,
Oh, ho, ma banjo dog.

An' I ain't go' na give you
None of ma jelly roll.

So vieles dieser Art gab es im Leben Amerikas. Als geistiger Mensch – und das war Bruce – hat man in seinem Bekannten- und Freundeskreis lauter Franzosen, Deutsche, Italiener, Engländer und Juden. In den intellektuellen Zirkeln des Mittelwestens, an deren Rande Bruce herumgeplätschert hatte, während er Bernice sich unbedenklich darin tummeln sah, waren die meisten gar keine Amerikaner. Da war ein polnischer Bildhauer, ein italienischer Bildhauer, eine französische Dilettantin. Gab es auch so etwas wie einen Amerikaner? Vielleicht war Bruce einer. Er war rücksichtslos, furchtsam, kühn, scheu.

Wenn du eine Leinwand bist, schauderts dich manchmal, wenn der Maler vor dir steht? Alle andern leihen ihm ihre Farben. Eine Komposition entsteht. Du selber bist die Komposition.

Konnte er je einen Juden, einen Deutschen, einen Franzosen, einen Engländer ganz kennenlernen?

Und nun der Nigger.

Mehr und mehr drang der braune Mann, die braune Frau in das Bewußtsein Amerikas ein – damit auch in ihn selber.

Sie kamen williger, begieriger als jeder Jude, Deutsche, Pole oder Italiener. Lachend standen sie da, kamen an die Hintertür mit schlurfenden Füßen, lachend, Tanz in den Gliedern.

Was Tatsache war, würde man eines Tages wahrhaben müssen; vielleicht machten einzelne, wenn sie, wie Bruce damals, zur Besinnung kamen, den Anfang.

In New Orleans, als er dort ankam, die langen Docks am Strom. Die letzten zwanzig Meilen fuhr gerade vor ihm ein kleines Hausboot mit einem Benzinmotor. Es war mit Sprüchen bemalt. ‹JESUS WIRD UNS ERLÖSEN.› Irgendein Wanderprediger aus einem Ort flußauf zog da gen Süden, um der Welt das Heil zu verkünden. ‹DEIN WILLE GESCHEHE.› Der Prediger, ein bleicher Mann mit schmuddligem Bart, stand barfuß am Steuer des kleinen Bootes. Seine Frau saß, auch sie

barfuß, in einem Lehnstuhl. Zwei barfüßige Kinder lagen auf dem schmalen Deck.
Die Docks der Stadt bilden einen großen Halbmond. Riesige Ozeanfrachter legen an, bringen Kaffee, Bananen, Früchte, Stückgut und laden Baumwolle, Bauholz, Mais und Öl. Nigger in den Docks, Nigger auf den Straßen, lachende Nigger. Ein unaufhörlicher langsamer Tanz. Deutsche, französische, amerikanische, schwedische, japanische, englische, schottische Schiffskapitäne. Die Deutschen segeln jetzt unter fremder Flagge. Die Schotten segeln unter englischer Flagge. Schmucke Dampfer, schmutzige Trampschiffe, halbnackte Nigger – ein Schattentanz.
Was kostet es, ein guter Mensch, ein ernsthafter Mensch zu sein? Wenn wir nicht gute, ernste Männer hervorbringen können, wie sollen wir dann jemals weiterkommen? Wenn man nicht gewissenhaft ist und es ernst meint, erreicht man nichts. Eine braune Frau mit dreizehn Kindern, jedes Kind von einem andern Manne; sie geht sogar in die Kirche, sie singt, sie tanzt; breite Schultern, breite Hüften, sanfte Augen, eine sanfte, lachende Stimme; am Samstagabend braucht sie Gott; was am Mittwochabend?
Ihr Menschen, ihr müßt euch aufraffen, müßt euch rühren, wenn ihr weiterkommen wollt!
William Allan White und Heywood Brown sitzen über die Künste zu Gericht; warum nicht? *Oh, ma banjo dog!* Van Wyck Brooks, Frank Crowninshield, Tululla Bankhead, Henry Mencken, Anita Loos, Stark Young, Ring Lardner, Eva La Gallienne, Jack Johnson, Bill Heywood, H. G. Wells schreiben gute Bücher, meint ihr nicht auch? The Literary Digest, The Dial Book of Modern Art, Harry Wills.
Im Süden tanzen sie im Freien, die Weißen in einem Pavillon auf dem einen Feld, die Schwarzen, Braunen, Hellbraunen, Samtbraunen in einem Pavillon auf dem nächsten Feld, alle in einem.

Wir brauchen mehr ernsthafte Männer hierzulande.
Auf dem Felde zwischen ihnen wächst Gras.
Oh, ma banjo dog!

Gesang weht herüber, ein langsamer Tanz. Es war heiß. Damals hatte Bruce etwas Geld in der Tasche. Er hätte sich Arbeit suchen können, doch wozu? Ja, er hätte in die Stadt gehen und beim PICAYUNE von New Orleans oder beim ITEM oder dem STATES wegen einer Stellung vorsprechen können. Warum nicht Jack McClure beim PICAYUNE aufsuchen, den Balladendichter? Sing uns etwas vor, Jack, einen Tanz, den *grumbo drift.* Komm, der Abend ist so heiß. Doch wozu? Noch blieb ihm etwas von dem Gelde, das er sich beim Auszug aus Chicago eingesteckt hatte. In New Orleans findet man eine Dachkammer zum Schlafen für fünf Dollar im Monat, wenn man gewitzigt ist. Und man wird gewitzigt, wenn man nicht arbeiten will, wenn man schauen und lauschen will, wenn der Körper müßig sein soll, während der Geist rege ist. New Orleans ist nicht Chicago. Es ist nicht Cleveland oder Detroit. Gott sei Dank!
Niggermädchen auf der Straße, Niggerfrauen und Männer. Eine braune Katze lauert im Schatten eines Hauses. «Komm, braune Pussy, komm, schleck deinen Rahm.» Die Männer, die in den Docks von New Orleans arbeiten, haben schmale Flanken wie Rennpferde, breite Schultern, lose, wulstige Lippen; manche mit Gesichtern wie alte Affen, zuweilen Körper wie junge Götter. Sonntags, wenn sie zur Kirche gehen oder zur Taufe am Wasser, entfalten die braunen Mädchen ihren bunten Staat; die Straße flammt von den grellen Niggerfarben, die die Niggerfrauen tragen: tiefes Purpur, Rot, gelbe Töne, Grün wie das Grün junger Maisschößlinge, wenn sie aus der Erde kommen. Alles schwitzt. Die Haut tönt sich braun, goldbraun, rotbraun, purpurbraun. Wenn der Schweiß an den langen braunen Rücken herabrinnt, kommen die Farben stärker heraus, daß es einem vor

den Augen flimmert. Haltet dies Leuchten fest, ihr törichten Maler, bannt es in seinem Tanz! Melodie der Sprache, eine Musik in Worten wie in Farben. Ihr dummen amerikanischen Maler! Da jagen sie dem Schatten Gauguins bis in die Südsee nach! Bruce schrieb ein paar Gedichte. Bernice war ihm weit, weit entrückt – ach, wie bald! Gut, daß sie es nicht wußte. Gut, daß niemand weiß, wie entbehrlich er ist. Ernsthafte Männer brauchen wir; die tun uns not. Wer soll die Sache in die Hand nehmen, wenn wir die nicht auftreiben? Für den Augenblick regte sich in Bruce keine Sinnlichkeit, die nach körperlicher Befriedigung verlangte.
Es waren heiße Tage. O Mama!
Komisch, daß er sich jetzt an Gedichten versuchte. Als er an der Zeitung arbeitete, wo man von einem Mann erwartet, daß er schreibt, hatte er gar keine Lust zu schreiben. Wenn die Weißen aus dem Süden Lieder dichteten, sogen sie sich erst mit Keats und Shelley voll.

I am giving out of the richness of myself to many mornings.
At night, when the waters of the seas murmur I am murmuring.
I have surrendered to seas and suns and days and swinging ships.
My blood is thick with surrender.
It shall be let out through wounds and shall color the seas and the earth.
My blood shall color the earth where the seas come for the night kiss and the seas shall be red.[2]

Was bedeutet das? Ach, lacht getrost, ihr Menschen! Fragt nicht, was das bedeutet.

Oder:

Give me the word.
Let my throath and my lips caress the words of your lips.
Give me the word.
Give me three, a dozen, a hundred, a history.
Give me the word.[3]

So stammelte es gebrochen in seinem Innern. Zahlreich sind in den engen Gassen der Altstadt von New Orleans die schmiedeeisernen Tore, durch die man an feuchten alten Mauern vorüber in kühle Patios kommt. Es ist sehr schön dort, alte Schatten tanzen auf lieben alten Mauern; aber eines Tages wird man das alles niederreißen, um für Fabriken Platz zu schaffen.

Fünf Monate lang wohnte Bruce in einem alten Hause, wo die Miete niedrig war, wo Kakerlaken an den Wänden auf und ab krabbelten. In dem Hause jenseits der schmalen Gasse wohnten Niggerfrauen.

An heißen Sommermorgen liegt man nackt auf dem Bett und läßt den trägen Hauch vom Fluß über sich hinstreichen, wenn er kommen will. Um fünf Uhr steht in einem andern Zimmer jenseits der Straße eine zwanzigjährige Niggerin auf und streckt die Arme. Bruce rollt sich dann auf die Seite und schaut hinüber. Manchmal schläft sie allein, manchmal aber schläft ein brauner Mann bei ihr. Dann recken sie sich beide, ein schmalhüftiger Mann und ein Niggermädchen mit schlankem, biegsamem Körper. Sie weiß, daß Bruce herübersieht. Was tut es? Er schaut ihnen zu, wie man einen Baum anschaut oder junge Fohlen, die auf der Weide spielen.

Bruce stand auf und ging durch eine enge Gasse nach einer Straße nah am Fluß, wo er Kaffee und ein Brötchen für fünf Cents bekam. Über die Nigger nachdenken! Was hat das für einen Sinn? Was soll das? Die Menschen aus dem Norden rümpfen oft die Nase, wenn von Niggern die Rede ist, oder sie werden sentimental. Spenden Mitleid, wo es unangebracht ist. Die Männer und Frauen aus dem Süden verstehen sie vielleicht besser. «Ach zum Teufel, was grübelst du! Laß den Dingen ihren Lauf! Laß uns in Ruhe! Wir lassen uns treiben!» Braunes Blut fließt, weißes Blut fließt, der tiefe Strom fließt dahin.

Ein langsamer Tanz, Musik, Schiffe, Baumwolle, Mais, Kaffee. Träges, gedehntes Lachen der Nigger. Bruce fiel die Zeile eines Negers ein, die er einmal gelesen. «Wird weißer Dichter je verstehn, warum mein Volk so sanft schreitet, warum es lacht, wenn die Sonne aufgeht?»

Hitze. Die Sonne stieg in einen senffarbenen Himmel. Windgepeitschter Regen brach herein, wirbelte über ein halbes Dutzend Häuserblocks der Stadt hin, und nach zehn Minuten war von dem Schauer nichts mehr zu sehen. Es war ohnehin so schwül, daß etwas mehr Schwüle nichts ausmachte. Die Sonne leckte die Feuchtigkeit auf, gönnte sich auch einen Trunk. Hier konnte man einen klaren Kopf bekommen. Klar worüber? Nun, nicht so eilig. Laß dir Zeit.

Bruce blieb faul auf dem Bett liegen. Der Körper des braunen Mädchens glich dem dicken, schwankenden Blatt einer jungen Bananenstaude. Wäre man nun ein Maler, könnte man das vielleicht malen, ein braunes Niggermädchen als breites, wogendes Blatt, und das Bild nach Norden schicken. Warum es nicht einer Dame der Gesellschaft hier in New Orleans verkaufen? Ein bißchen Geld verdienen, um noch eine Weile herumzustrolchen. Sie würde nie dahinterkommen, es nie erraten. Die schmalen geschmeidigen Flanken eines braunen Landarbeiters in einem Baumstamm malen. Es dem *Art Institute* in Chicago schicken, an die Anderson-Galerie in New York. Ein französischer Maler ist in die Südsee gefahren. Ebenso Freddy O'Brien. Weißt du noch, wie die braune Frau ihn zerreißen wollte? Er erzählte, wie er ihr entkam. Gauguin hat sein Buch tüchtig gepfeffert, aber für uns haben sie es säuberlich zurechtgestutzt. Niemand kümmerte sich viel darum, jedenfalls nicht mehr, als Gauguin tot war. Für fünf Cents bekommt man eine Tasse von diesem starken Kaffee und ein großes Brötchen. Kein Spülwasser. In Chicago schmeckt der Morgenkaffee in billigen Bars wie Spülicht. Die Nigger lieben gute Sachen, schöne, großtönende, süße Worte; Fleisch, Mais, Zuckerrohr. Die Nigger lieben eine Kehle, in der die Lieder lose sitzen. Man ist ein Nigger im Süden und bekommt weißes Blut dazu. Immer mehr, immer etwas mehr. Reisende aus den Norden helfen dabei, wie es heißt. O Gott! *Oh, ma banjo dog!* Weißt du noch – die Nacht, da dieser Gauguin in seine kleine Hütte zurückkam, und dort auf dem Lager wartete das schlanke braune Mädchen auf ihn? Lies lieber das Buch. NOA-NOA heißt es. Die Hütte ist erfüllt von dem braunen Geheimnis, es nistet in dem Haar des Franzosen, in den Augen des braunen Mädchens. Noa-Noa. Erinnerst du dich an das Gefühl des Fremdartigen? Ein französischer Maler kniet im Dunkeln am Boden und atmet das Seltsame, Fremde ein. Das braune Mädchen spürt das Fremde. Liebe? Ach was! Der zaubrische Duft des Fremdartigen.

Sachte! Habs nicht so eilig! Wozu all das Geschieße?

Ein bißchen weißer, immer ein bißchen weißer; ins Graue spielendes, erdfahles Weiß, dicke Lippen – das bleibt manchmal. Hinüber gehts, hinüber!

Etwas geht auch verloren: der Tanz der Leiber, der langsame Tanz.

Bruce auf dem Bett in einem Fünf-Dollar-Zimmer. Dort drüben schwanken die breiten Blätter junger Bananenstauden. «Wißt ihr, warum mein Volk lacht, wenn der Morgen kommt? Wißt ihr, warum mein Volk so sanft schreitet?»

Schlaf wieder ein, weißer Mann. Es hat keine Eile. Dann die Straße hinunter nach Kaffee und einem Brötchen, fünf Cents. Seeleute an Land, triefäugig. Alte Niggerfrauen und weiße Frauen gehen auf den Markt. Sie kennen einander,

die weißen Frauen und die schwarzen. Gemach. Nicht so eilig!
Singen; ein langsamer Tanz. Ein Weißer liegt still im Dock, auf einem Bett zu fünf Dollar im Monat. Hitze. Nichts eilt. Wenn du diese Hast in dir austreibst, vielleicht wird dann dein Geist tätig. Vielleicht hebt es dann auch in dir an zu singen.
Herrgott, es wäre schön, Tom Wills hier zu haben. Soll ich ihm einen Brief schreiben? Nein, lieber nicht. In einiger Zeit, wenn die kühlen Tage kommen, verduftest du doch wieder gen Norden. Eines Tages kommst du hierher zurück. Eines Tages bleibst du hier, um zu schauen, zu lauschen.
Singen – ein Tanz – ein langsamer Tanz.

FÜNFTES BUCH

ERSTES KAPITEL

«Samstag abend, gleich gibts was zu futtern. Meine Alte kocht was Gutes – ah! Ich mit der Pfeife im Mund.»

Lif' up the skillet, put down the lid,
Mama 's go' na make me some a-risen bread!

An' I ain't go' na give you
None of my jelly roll.

An' I ain't go' na give you
None of my jelly roll.[4]

Samstag abend in der Fabrik von Old Harbor.
Sponge Martin legt den Pinsel weg; Bruce sieht ihm jede Bewegung ab. «Wenn du die Pinsel so versorgst, bleiben sie tadellos und kannst du sie Montag morgen wieder brauchen.»
Sponge singt, während er alles wegstellt und aufräumt. Ein akkurater kleiner Deubel, der Sponge. Er hat den Instinkt des Handwerkers. Will alles so und so haben, das Werkzeug muß in Ordnung sein.
«Schludrige Kerls machen mich krank. Ich kann sie nicht ausstehen.»
Der grämliche Mann, der neben Sponge arbeitete, hatte es eilig; schon seit zehn Minuten stand er fertig da und schielte nach der Tür.
Er dachte nicht daran, die Pinsel zu säubern und aufzuräumen. Alle zwei Minuten sah er nach der Uhr. Seine Hast amüsierte Sponge.

«Will nach Hause, will sehn, ob seine Alte noch da ist und allein. Er möchte schnell nach Hause und möchte auch wieder nicht. Wenn er sie verliert, hat er Angst, er kriegt keine andre. Es ist so verdammt schwer, an eine Frau zu kommen. Sie haben kaum noch welche übriggelassen. Nur ungefähr zehn Millionen treiben sich ohne Mann herum, besonders in New England, hab ich gehört», sagte Sponge und zwinkerte ihm zu, als der Miesepeter hinauseilte, ohne seinen beiden Kollegen guten Abend zu wünschen.

Bruce hatte Sponge im Verdacht, er habe die Geschichte von dem Arbeiter und seiner Frau erfunden, nur zu ihrem Vergnügen.

Zusammen verließen sie die Werkstatt. «Warum kommst du nicht mehr sonntags zum Dinner rüber?» Jeden Samstagabend lud er Bruce ein, und Bruce hatte schon ein paarmal angenommen.

Jetzt ging er mit Sponge eine ansteigende Straße zu seinem Hotel hinauf, einem kleinen Arbeiterhotel auf halber Höhe des Hügels, auf dem Old Harbor lag und der fast unmittelbar vom Flußufer aufstieg. Auf dem schmalen Landstreifen am Ufer, der knapp über der Hochwasserlinie lag, war nur Platz für ein Bahngeleise und eine Reihe Fabrikgebäude zwischen den Schienen und dem Wasser. Jenseits der Geleise und einer schmalen Fahrstraße, die an den Fabriktoren vorbeiführte, klommen Straßen den Hügel hinauf, und andere Straßen liefen rings um seinen Hang parallel zu den Bahngeleisen. Das Geschäftsviertel der Stadt lag etwa auf halber Höhe am Hang.

Die langen roten Backsteinbauten der Wheel Company, dann ein staubiger Weg, die Eisenbahnschienen und darüber ein Straßenknäuel mit Arbeiterwohnungen, kleinen, dicht aneinandergedrängten Fachwerkhäuschen, dann zwei Geschäftsstraßen, und oberhalb fing das ‹schicke Viertel› an, wie Sponge es nannte.

Das Hotel, in dem Bruce wohnte, lag in einer Straße mit Arbeiterhäusern, gleich oberhalb der Geschäftsstraße, «halb schick und halb gewöhnlich», sagte Sponge.

Früher, als Bruce, damals John Stockton, noch ein Junge war und eine Zeitlang in demselben Hotel wohnte, war dies der ‹schickste› Teil der Stadt. Weiter unten sah es noch ziemlich ländlich aus, da war der Hügel noch mit Bäumen bestanden. Bevor die Autos aufkamen, war es zu mühsam, da hinaufzuklimmen, außerdem gab es damals in Old Harbor noch nicht viele feine Leute. Das war, als sein Vater Leiter der höheren Schule von Old Harbor geworden war, kurz bevor die kleine Familie nach Indianapolis zog.

Bruce, damals noch in kurzen Hosen, hatte mit Vater und Mutter in zwei nebeneinanderliegenden Zimmern gehaust, kleinen Zimmern im zweiten Stock des dreistöckigen Fachwerkhauses. Es war nicht das beste Hotel in der Stadt, schon damals nicht, aber auch nicht, was es jetzt geworden war, eher ein Logierhaus für Arbeiter.

Die Besitzerin war noch dieselbe wie in seiner Kindheit. Damals war sie eine junge Witwe mit zwei Kindern, einem Jungen und einem Mädchen, der Junge ein paar Jahre älter. Er war von dem Schauplatz verschwunden, als Bruce wieder dort einzog, war nach Chicago gegangen, wo er eine Stelle in einer Annoncenagentur hatte. Bruce hatte gegrinst, als er das hörte. Weiß Gott, der Kreislauf des Lebens! Man zieht aus und kehrt dahin zurück, von wo man ausgezogen ist. Mit was für Plänen man aufgebrochen ist, spielt keine große Rolle. Immer rundherum, wie verhext. Sein Vater und dieser Kleine taten die gleiche Arbeit, ihre Wege kreuzten sich, und beide nahmen ihre Beschäftigung sogar ernst. Als Bruce hörte, was der Sohn des Hauses in Chicago machte, fiel ihm ein, was ihm jemand in der Redaktion erzählt hatte. Es handelte sich um Leute aus Iowa, aus Illinois, aus Ohio. Der Chicagoer Zeitungsmann hatte, als er mit einem Freunde eine Wagentour machte, mit vielen Menschen gesprochen. «Sie treiben Handel oder haben eine Farm, und auf einmal befriedigt sie das nicht mehr; sie meinen, so kämen sie auf keinen grünen Zweig. Dann verhökern sie den Laden oder die Farm und kaufen einen Ford. Dann ziehen sie los, mit Kind und Kegel. Auf nach Kalifornien. Da werden sie es bald leid und ziehen weiter nach Texas runter, schließlich nach Florida. Der Wagen rumpelt und rattert mittlerweile wie ein Milchkarren, aber sie bleiben auf der Walze. Am Ende kehren sie wieder dahin zurück, wo sie hergekommen sind, und dann fängt das ganze Theater von vorne an. Immer mehr dieser Karawanen ziehen im Land herum, Tausende. Wenn so ein Karren in die Brüche geht, lassen sie sich nieder, wo sie gerade sind, und arbeiten auf einer Farm oder in einer Fabrik. Unzählige machen es so. Es ist die amerikanische Leidenschaft, unterwegs zu sein; wie Flugsamen kommen sie mir vor.»

Der Sohn der Witwe, der das Hotel gehörte, war also nach Chicago gegangen, hatte eine Stelle angenommen und geheiratet, aber die Tochter hatte nicht soviel Glück gehabt. Sie hatte keinen Mann gefunden. Die Mutter wurde nun alt, und die Tochter trat an ihren Platz. Das Hotel hatte sich verändert, wie die Stadt sich verändert hatte. Als Bruce klein war und in kurzen Hosen bei Vater und Mutter lebte, hatten dort Leute aus den besseren Kreisen gewohnt wie sein Vater, der Vorsteher der höheren Schule, ein junger, unverheirateter Arzt und zwei junge Rechtsanwälte. Auch Handlungsreisende, die ein bißchen Geld sparen wollten, gingen nicht in das etwas teurere Hotel an der Hauptgeschäftsstraße, sondern begnügten sich mit diesem sauberen Häuschen weiter oben am Hügel. In Bruces Kinderzeit saßen diese Männer abends plaudernd auf den Stühlen vor dem Hotel und erklärten einander, warum sie das billigere vorzogen. «Ich finde es angenehm. Es ist ruhiger hier oben», sagte einer. Sie wollten etwas von ihren Reisespesen für sich herausschlagen, schämten sich aber offenbar, es einzugestehen.

Die Tochter des Hauses war damals ein hübsches kleines Ding mit langen blonden Locken. Im Frühling und Herbst spielte sie abends immer vor dem Hotel. Die Handlungsreisenden hätschelten sie und machten allerhand mit ihr her, und das hatte sie gern. Einer nach dem andern nahm sie auf den Schoß und schenkte ihr Pennys und Malzstangen. Wie lange war das wohl so weitergegangen? fragte sich Bruce. Wie alt mochte sie gewesen sein, als sie befangen wurde, ein junges Mädchen? Vielleicht war sie aus dem einen ins andre hinübergeglitten, ohne es zu merken. Eines Abends, als sie auf den Knien eines jungen Mannes saß, hatte sie wohl so ein eigentümliches Gefühl gehabt. Sie wußte nicht, was es war, empfand nur, daß es sich für sie nicht mehr schickte, so etwas zu tun. Schon sprang sie herunter und entfernte sich mit etwas würdiger Miene, und die Handlungsreisenden und die andern, die da herumsaßen, lachten darüber. Der junge Vertreter rief, sie solle wiederkommen und sich auf seinen Schoß setzen, aber sie wollte nicht, und dann ging sie ins Hotel und in ihr Zimmer hinauf und fühlte – der Himmel mag wissen was.

War das schon zu der Zeit geschehen, da er als Kind dort wohnte? An Frühlings- und Herbstabenden saß er mit Vater und Mutter manchmal vor der Tür des Hotels. Die Stellung seines Vaters an der höheren Schule verlieh ihm in den Augen der andern ein gewisses Ansehen.

Und seine Mutter, Martha Stockton? Sonderbar, was für ein deutliches und zugleich verschleiertes Bild von ihr ihm vorschwebte, seit er zum Mann herangewachsen war. Er träumte oft von ihr und machte sich allerhand Gedanken über sie. Jetzt war sie in seiner Vorstellung bald jung und hübsch, bald alt und lebensmüde. War sie nur noch eine Gestalt, mit der seine Phantasie spielte? Eine Mutter wird nach ihrem Tode, oder wenn man nicht mehr bei ihr lebt, ein Wesen, mit dem die Phantasie des Mannes spielen, von dem er träumen, das ihm zur Figur eines allegorischen Lebenstanzes werden kann. Das er idealisieren kann. Warum nicht? Sie ist ja nicht mehr da. Sie wird nicht kommen und das Traumgespinst zerreißen. Der Traum ist so wahr wie die Wirklichkeit. Wer weiß den Unterschied? Was wissen wir denn überhaupt?

Mother, dear mother, come home to me now,
The clock in the steeple strikes ten.

Silver threads among the gold.[5]

Zuweilen fragte sich Bruce, ob es seinem Vater mit dem Bilde der Toten ebenso ging wie ihm. Wenn er sich mit seinem Vater in Chicago zum Lunch traf, hätte er den Älteren manchmal gern etwas gefragt; doch er hatte sich gescheut. Vielleicht hätte ers eher über sich gebracht, wenn nicht die Spannung zwischen Bernice und der zweiten Frau seines Vaters gewesen wäre. Warum hatten sie eine solche Abneigung gegeneinander? Er hätte etwas darum gegeben, seinen Vater fragen zu können: «Nun, wie ist es, Dad? Wen hast du lieber um dich – die jüngere Frau mit ihrem lebendigen Körper oder das halb wirkliche, halb erdichtete Traumbild der Verstorbenen?» Die Gestalt der Mutter, wie in einer Lösung aufbewahrt – im fließenden, wandelbaren Element, der Phantasie.
Der schneidige junge Jude in der Redaktion, was der für großartiges Zeugs über Mütter daherschreiben konnte! ‹Mütter mit dem goldenen Stern schicken Söhne in den Krieg›, ‹Die Mutter eines jungen Mörders vor Gericht, in Trauer, von dem Verteidiger des Sohnes herangeholt› – ein Fuchs, dieser Kerl, versteht sein Handwerk. Als Bruce klein war, hatte er mit Vater und Mutter in demselben Stock des Hotels in Old Harbor gewohnt, wo er auch später ein Zimmer bekam. Ein Zimmer hatten Vater und Mutter innegehabt, ein kleineres er selber. Das Badezimmer befand sich auf demselben Flur ein paar Türen weiter. Vielleicht sah damals alles ungefähr so aus wie jetzt, aber Bruce kam es nun tausendmal schäbiger vor. An dem Tage, da er wieder nach Old Harbor

gekommen war und zu dem Hotel ging und man ihm ein Zimmer zeigen wollte, hatte er gezittert, denn ihm schien, die Frau, die vor ihm die Treppe hinaufstieg, wolle ihn in das Zimmer von einst führen. Als man ihn allein gelassen hatte, meinte er anfangs, es könne die Kammer sein, in der er als Kind gehaust hatte. In seinem Innern machte es tick-tack wie eine alte Uhr in einem verlassenen Hause. O Herr! Ringel Rangel Rose, wie? Allmählich kannte er sich wieder aus. Nein, es war nicht dasselbe Zimmer. Er hätte da nicht wohnen mögen.

Lieber nicht. Ich könnte nachts aufwachen und nach Mutter schreien, damit sie mich in ihre weichen Arme nimmt und meinen Kopf an ihre weiche Brust zieht. Ein Mutterkomplex – oder etwas Ähnliches. Ich sollte versuchen, mich von diesen Erinnerungen loszumachen; neuen Lebensatem in meine Nüstern ziehen, wenn ich irgend kann. Tanze den Tanz des Lebens! Steh nicht still! Geh nicht rückwärts! Tanze den Tanz weiter bis zum Ende. Horch, hörst du die Musik?

Die Frau, die ihn in das Zimmer geführt hatte, war zweifellos das Kind von einst mit den Locken. Das sagte ihm ihr Name. Sie war ein bißchen stämmig geworden, aber schmuck gekleidet. Ihr Haar wurde schon ein wenig grau. War sie im Innern noch ein Kind? Sehnte er selber sich danach, wieder Kind zu sein? War es das, was ihn nach Old Harbor zurückgelockt hatte? Nun, wohl kaum, hatte er sich barsch gesagt. Jetzt mache ich eine andere Phase durch.

Aber wie war es mit dieser Frau, der Tochter der Hotelbesitzerin, nun selber Hotelwirtin?

Warum hatte sie keinen Mann? Vielleicht hatte sie keinen haben wollen. Mag sein, daß sie zuviel von Männern gesehen hatte. Als Junge hatte er nie mit den beiden Hotelkindern gespielt, denn vor dem kleinen Mädchen war er schüchtern, wenn er es in den Gängen traf, und vor ihrem Bruder scheute er sich, da dieser ein paar Jahre älter war.

Morgens ging er, der Junge in kurzen Hosen, der mit Vater und Mutter in dem Hotel lebte, zur Schule, gewöhnlich mit dem Vater, und nachmittags, wenn die Schule aus war, kam er allein nach Hause. Sein Vater blieb länger im Schulhaus, korrigierte noch Hefte oder dergleichen.

Am späten Nachmittag ging Bruce mit seiner Mutter spazieren. Was hatte sie den ganzen Tag angefangen? Sie brauchte ja nicht zu kochen. Sie aßen im Speisesaal des Hotels zwischen den Handlungsreisenden und Farmern und Leuten aus der Stadt, die zu den Mahlzeiten kamen. Auch ein paar Geschäftsleute fanden sich dort ein. Das Abendessen kostete damals fünfundzwanzig Cents. Ein Zug von seltsamen Gestalten kam und ging stets in seiner Knabenphantasie. Sie fand damals Nahrung in Fülle. Er war ein ziemlich stiller Junge, und seine Mutter war von der gleichen Art. Sein Vater redete für die ganze Familie.

Was tat seine Mutter nur den ganzen Tag? Sie nähte viel. Sie häkelte auch Spitzen. Später, als er Bernice heiratete, schickte ihr seine Großmutter, bei der er nach dem Tode seiner Mutter gelebt hatte, eine Menge Spitzen, die seine Mutter gehäkelt hatte. Es war eine feine Arbeit und vor Alter schon ein bißchen vergilbt. Bernice freute sich darüber. Sie schrieb der Großmutter ein Briefchen und sagte, es sei lieb von ihr, sie ihr zu schenken.

Wenn nachmittags der Junge, der nun ein Mann von vierunddreißig war, von der Schule heimkam, so gegen vier, ging seine Mutter mit ihm spazieren. Um die Zeit kamen regelmäßig ein paar Flußdampfer in Old Harbor an, und sowohl die Frau wie das Kind gingen dann gern an die Lände. Was für ein Trubel! Wie sie sangen, fluchten, einander zuriefen! Die Stadt, die den ganzen Tag in der Glut des Flußtals geschlafen hatte, wachte plötzlich auf. Karren fuhren holterdipolter die abschüssigen Straßen hinunter und ließen eine Staubwolke hinter sich zurück, Hunde bellten, Jungen rannten schreiend herum, ein Wirbelwind von Tatkraft fegte durch die Stadt. Es war, als ginge es um Leben oder Tod, daß das Schiff nicht einen Augenblick länger als nötig am Kai aufgehalten wurde. Die Dampfer luden Waren aus, setzten Passagiere ab und nahmen neue auf, gleich längs der Straße mit kleinen Geschäften und Kneipen, die sich an der Stelle befand, wo jetzt die Radfabrik Grey lag. Die Läden blickten auf den Fluß, und an ihren Hintertüren fuhr die Eisenbahn vorbei, die langsam aber sicher das Leben auf dem Strom erdrosselte. Wie unromantisch nahmen sich die Eisenbahngeleise aus angesichts des Stroms und des Treibens auf dem Wasser!

Die Mutter ging mit ihrem Kinde die steilen Straßen hinunter nach einem der Kaufläden, die auf den Fluß blickten. Gewöhnlich kaufte sie dort irgendeine Kleinigkeit, ein Briefchen Stecknadeln oder Nähnadeln oder eine Rolle Garn. Dann setzte sie sich mit dem Jungen auf eine Bank vor dem Laden, und der Besitzer kam an die Tür und unterhielt sich mit ihr. Es war ein adrett aussehender Mann mit grauem Schnurrbart. «Der Junge guckt sich wohl gern die Schiffe und den Fluß an, wie, Mrs. Stockton?» sagte er. Der Mann und die Frau plauderten über die Hitze des späten Septembertags und die Aussicht auf Regen. Dann erschien ein Kunde, und der Mann verschwand im Laden und kam nicht wieder heraus. Der Junge wußte, daß seine Mutter die Kleinigkeiten in dem Laden nur gekauft hatte, weil sie sich nicht gern auf die Bank davor setzte, ohne dem Inhaber ein bißchen zu verdienen zu geben. Schon verfiel dieser Teil der Stadt. Das Geschäftsleben zog sich vom Fluß zurück; es hatte dem Flusse, an dem das ganze Leben zusammengeströmt war, den Rücken gekehrt.

Eine Stunde blieben die Frau und der Junge auf der Bank sitzen. Das Licht wurde weicher, und eine kühle Abendbrise wehte das Flußtal herauf. Wie selten die Frau etwas sagte! Sicherlich war seine Mutter nicht sehr gesellig gewesen. Die Frau des Schulvorstehers hätte eine Menge Freundinnen in

der Stadt haben können, doch ihr lag anscheinend nichts daran. Warum?
Es war sehr aufregend, wenn ein Dampfer anlegte oder abfuhr. Ein langer, breiter Landungssteg wurde auf den schrägen Damm, in den Kieselsteine eingemauert waren, herabgelassen, und Nigger liefen oder trotteten gemächlich aufs Schiff und kamen mit Lasten auf Kopf und Schultern zurück. Sie waren barfuß und oft halbnackt. An den heißen Tagen gegen Ende Mai oder Anfang September, wie glänzten da ihre Gesichter, Rücken und Schultern in der Nachmittagssonne! Da war das Schiff, die träge dahinströmenden grauen Wasser des Ohio, das Grün der Bäume drüben auf dem Ufer von Kentucky, und die Frau neben dem Jungen – so nah und doch so fern.
Manche Eindrücke, Bilder, Szenen hatten sich dem Jungen tief eingeprägt. Sie blieben auch lebendig, als die Frau längst tot und er selber ein Mann geworden war.
Die Frauen. Ein Geheimnis. Man liebt die Frauen. Man verachtet die Frauen. Was sind sie für Wesen? Sind sie wie Bäume? Wie weit kann eine Frau in das Geheimnis des Lebens eindringen, was denkt sie, was fühlt sie? Schenk deine Liebe dem Manne. Und die Frauen, nimm sie! Laß dich treiben mit der Drift der Tage! Daß das Leben weitergeht, ist nicht deine Sache. Das ist Sache der Frauen.
Gedanken eines Mannes, der mit dem Leben unzufrieden ist, wie es sich ihm gezeigt hat; den die Erinnerung an die Empfindungen des Knaben, der einst mit der Frau am Ufer saß, beschämt. Ehe er alt genug war, um sich bewußt zu werden, daß die Mutter ein Wesen wie er selber war, starb sie. Hatte er in den Jahren nach ihrem Tode, während er zum Mann heranwuchs, und als erwachsener Mann sich das Bild von ihr, das ihn nun bewegte, zurechtgemodelt? Das mochte sein. Vielleicht hatte er es getan, weil er um Bernice kaum einen Hauch von Geheimnis empfand.
Der Liebende kann nicht anders als lieben. Das ist seine Na-

tur. Männer wie Sponge Martin, Arbeiter, die wahrhaft lebten und die Dinge mit ihren Händen faßten und fühlten – wurde ihnen das Leben klarer?

Ein Samstagabend; Bruce geht mit Sponge aus dem Fabriktor. Der Winter geht zu Ende, bald kommt der Frühling.

In einem Auto vor dem Fabriktor sitzt eine Frau am Steuer – die Frau Greys, des Fabrikbesitzers. Eine andere Frau sitzt auf einer Bank neben ihrem Sohn und betrachtet das bewegte Gesicht des Flusses im Abendschein. Wie von einer Strömung erfaßt, ziehen Gedanken und traumhafte Bilder durch die Seele des Mannes. Die Wirklichkeit des Daseins ist im Augenblick überwölkt. Sehnsucht des Samenkorns, das keimen will, Sehnsucht nach dem Erdreich. Worte, die sich in den Maschen des Geistes gefangen haben, steigen ins Bewußtsein, drängen sich auf seine Lippen. Während Sponge schwatzte, sahen Bruce und die Frau im Wagen einander in die Augen, nur eine Sekunde lang.

Die Worte, die Bruce in diesem Augenblick in den Sinn kamen, stammten aus der Bibel. «Und Juda sprach zu Onan: Geh ein zu deines Bruders Weib und nimm sie zur Ehe und erwecke deinem Bruder Samen.»

Welch seltsamer Wirrwarr von Worten und Vorstellungen! Seit einigen Monaten war Bruce fern von Bernice. Schaute er nun nach einer andern Frau aus? Warum der betroffene Blick in den Augen der Frau, die da in dem Auto saß? Hatte er sie in Verlegenheit gebracht, indem er sie anstarrte? Aber sie hatte ihn ja angestarrt mit einem Blick, als wollte sie zu ihm sprechen, zu ihm, einem Arbeiter in der Fabrik ihres Mannes. Er wollte Sponge zuhören.

Bruce ging mit Sponge weiter, ohne zurückzublicken. Welch ein Buch, die Bibel! Es war eines der wenigen Bücher gewesen, die zu lesen er nie müde wurde. In seiner Jugend, als seine Mutter gestorben war, hatte seine Großmutter die Bibel immer zur Hand gehabt; sie las im Neuen Testament, er aber las das Alte Testament. Geschichten über Geschichten:

Männer und Frauen in ihrer Beziehung zueinander; Äcker und Schafherden und reifendes Korn; Hungersnot kommt über das Land, es kommen Jahre der Fülle. Josef, David, Saul, Samson der Starke; Honig, Bienen, Scheunen, Herden; Männer und Frauen gehen in die Scheunen und legen sich auf die Tenne. «Als er sie sah, hielt er sie für eine Hure, denn sie hatte ihr Gesicht verhüllt.» Das war, als er zu seinen Schafscherern nach Timorath ging, er und sein Freund Hirah, der Abdullamite.

«Und er wandte sich zu ihr am Wege und sprach: ‹Komm, ich bitte dich, laß mich zu dir kommen.›»

Warum hatte der junge Jude in der Redaktion in Chicago nicht das Buch seiner Väter gelesen? Dann hätte er die Worte nicht so feil verschleudert.

Sponge auf einem Sägemehlhaufen im Flußtal des Ohio neben seiner alten Frau – der Alten, die so quicklebendig war wie ein Foxterrier.

Und eine Frau im Auto heftet ihren Blick auf Bruce.

Ein Arbeiter wie Sponge sah, fühlte, schmeckte die Dinge mit seinen Fingern. Das Leben war krank, weil die Menschen sich ihren Händen entfremdeten, auch ihrem Körper. Die Dinge mit dem ganzen Körper fühlen: die Flüsse, die Bäume, den Himmel; wie das Gras wächst, wie das Korn sprießt; die Schiffe; wie der keimende Same sich in der Erde regt; die Straßen der Stadt und ihren Staub; Stahl, Eisen, Wolkenkratzer; die Gesichter der Großstädter auf den Straßen; die Körper der Männer, der Frauen, die ranken, behenden Leiber der Kinder.

Der junge Jude in der Chicagoer Redaktion, wie glänzend verstand er es, Phrasen zu dreschen. Und Bernice schrieb diese Geschichte von dem Dichter und dem wächsernen Mädchen. Und Tom Wills, der auf den jungen Juden schimpfte: «Er hat Angst vor seiner Frau.»

Er selber, wie er aus Chicago ausreißt, dann wochenlang auf dem Strom lebt und im Hafenviertel von New Orleans.

Dann Gedanken über seine Mutter – Gedanken über die Gedanken des Jungen über seine Mutter. Einem Manne wie Bruce konnten hunderterlei Gedanken durch den Kopf schießen, während er zehn Schritte neben einem Arbeiter namens Sponge Martin herging.
Ob Sponge bemerkt hatte, was da eben zwischen ihm, Bruce, und der Frau im Wagen vor sich gegangen war? Ja, er hatte es gespürt, vielleicht in seinen Fingern.
«Die Frau da hat ein Auge auf dich geworfen. Sieh dich lieber vor», sagte Sponge.
Bruce lächelte.
Und wieder dachte er an seine Mutter, während er mit Sponge daherging. Sponge schwatzte weiter. Auf die Frau in dem Wagen kam er nicht zurück. Vielleicht war es nur so eine Stichelei gewesen, wie sie unter Arbeitern gang und gäbe ist. Das war nun einmal ihre Art, sie dachten an Frauen nur in einem Sinne. Sie waren von einer schrecklichen Sachlichkeit. Höchstwahrscheinlich waren die meisten ihrer Bemerkungen aus der Luft gegriffen. Di-diedel-di-dum-dum! Di-diedel-di-dum-dum!
An gewisse Einzelheiten aus dem Leben mit seiner Mutter konnte Bruce sich noch gut erinnern, oder meinte er sich zu erinnern, und sie überstürzten ihn geradezu, als er nach Old Harbor zurückkehrte. Die Nächte im Hotel. Nach der Abendmahlzeit saß er mit Vater und Mutter, wenn die Nächte schön waren, noch bei den Fremden, den Handlungsreisenden und andern vor der Hoteltür herum, und dann wurde Bruce zu Bett gebracht. Manchmal geriet der Schulvorsteher in eine Diskussion mit einem andern Gast. «Ist der Schutzzoll eine gute Sache? Glauben sie nicht, daß er die Preise zu sehr in die Höhe treiben wird? Der Zwischenhändler wird zwischen dem Mühlstein und dem Lagerstein zermalmt werden.»
Was war das, ein Lagerstein?
Vater und Mutter gingen dann hinauf und saßen in ihrem Zimmer, er nahm die Schulhefte vor und sie ein Buch. Zu-

weilen arbeitete sie auch an ihrer Näherei. Dann kam die Frau zu dem Jungen hinüber und küßte ihn auf beide Wangen. «Schlaf nun», sagte sie. Manchmal, wenn er im Bett lag, machten die Eltern noch einen Spaziergang. Wo gingen sie hin? Ob sie sich auch auf die Bank unter dem Baum setzten, vor dem Laden in der Straße unten am Fluß?

Unaufhaltsam zug der Fluß vorüber – etwas Ungeheures. Nie schien er es eilig zu haben. Nach einer Weile vereinigte er sich mit einem andern Fluß, der Mississippi hieß, und sie zogen weiter nach Süden. Die Wasser wurden immer mehr, während sie dahinströmten. Dem Jungen im Bett war es, als ob der Fluß durch seinen Kopf rauschte. Manchmal in Frühlingsnächten, wenn der Mann und die Frau ausgegangen waren, kam ein plötzlicher Regenschauer, und er stand auf und trat ans Fenster. Der Himmel war dunkel und geheimnisvoll, aber wenn man von dem Zimmer im zweiten Stock hinuntersah, war es lustig, die Leute zu beobachten, wie sie die Straße entlanghasteten, eine Straße, die zum Fluß hinabführte, und aus einer Haustür in die andre schlüpften, um dem Regen zu entgehen.

In anderen Nächten gab es, wenn er zu Bett lag, nur den dunklen Raum, wo das Fenster und der Himmel war. Auf dem Gang draußen kamen Schritte an seiner Tür vorbei, Handlungsreisende, die schlafen gingen, dicke, schwerfüßige Männer die meisten von ihnen.

Dem Manne Bruce war das Bild seiner Mutter irgendwie mit der Empfindung des Stromes verschmolzen. Ihm war wohl bewußt, wie in seinem Kopf alles durcheinander ging. Mutter Mississippi, Mutter Ohio, hm? Das war natürlich alles heller Blödsinn. «Poetischer Schwulst», hätte Tom Wills gesagt. Es war Symbolismus, man verließ damit den festen Boden, sagte eins und meinte das andre. Und doch war vielleicht etwas daran – etwas, das Mark Twain beinah gepackt hatte, aber nicht ganz zu packen gewagt hatte – der Anfang zu einer gewaltigen, den Kontinent umfassenden Dichtung, hm?

Warme, große, reiche Ströme, die meerwärts zogen, Mutter Ohio, Mutter Mississippi. Wer ein smarter Schriftsteller werden will, muß sich vor solchem Pathos in acht nehmen. Drum sachte, Brüderlein; wenn du das laut sagst, könnte irgendein forscher Citymann dich auslachen. Tom Wills würde knurren: «Ach, schneide das lieber raus!» Wenn man als Junge dasaß und auf den Fluß schaute, tauchte oft stromaufwärts in der Ferne etwas auf, ein dunkler Fleck. Langsam sah man es herankommen, aber es war so weit draußen, daß man nicht erkennen konnte, was es war. Manchmal hüpften mit Wasser vollgesogene Planken oder Stämme vorbei, nur das eine Ende ragte heraus wie ein schwimmender Mensch. Es sah wirklich aus, als schwömme einer dort weit draußen, aber das konnte natürlich nicht sein. Kein Mensch schwimmt Meilen und Meilen den Ohio hinab, Meilen und Meilen den Mississippi hinab. Der kleine Bruce, der da auf der Bank saß und hinausspähte, kniff die Augen halb zu, und seine Mutter neben ihm tat dasselbe. Später, als erwachsener Mann, rätselte er herum, ob wohl er und seine Mutter zu gleicher Zeit das gleiche gedacht hatten. Vielleicht waren ihm die Gedanken, an die er sich später zu erinnern glaubte, als Kind nie gekommen. Mit der Einbildungskraft war es eine vertrackte Sache. Immer suchte sie zwischen einem selber und andern geheimnisvolle Bande zu knüpfen.

Gespannt sah man zu, wie der Balken daherhüpfte. Jetzt war er gegenüber, weit drüben nah dem Ufer von Kentucky, wo die träge Strömung am stärksten war.

Und nun würde er allmählich kleiner und kleiner werden. Wie lange konnte man ihn auf der grauen Wasserfläche verfolgen, ein kleines schwarzes Ding, das immer winziger wurde? Das mußte man erproben. Es war ein schrecklicher Zwang. Was für ein Zwang? Nun, den dahintreibenden, auf und nieder tauchenden schwarzen Punkt auf der gewellten, gelblichgrauen Fläche im Auge zu behalten, ihn nicht aus den Augen zu verlieren, so lange wie irgend möglich.

Was taten der Mann und die Frau, wenn sie im dämmrigen Abend auf der Bank an der Uferstraße saßen und auf das dunkelnde Gesicht des Flusses schauten; was sahen sie? Warum hatten sie das Bedürfnis, etwas so Absonderliches gemeinsam zu tun? Wenn der Vater und die Mutter des Kindes spätabends allein zusammen draußen waren, verspürten sie dann etwas von demselben Zwang wie er? Gaben sie ihm auch so kindlich nach? Wenn sie wieder zu Hause und zu Bett gegangen waren, hörte er sie zuweilen noch leise miteinander sprechen; manchmal aber war tiefe Stille.

ZWEITES KAPITEL

Andere seltsame Erinnerungen stiegen in Bruce auf, während er mit Sponge dahinging. Als er mit seinem Vater und seiner Mutter von Old Harbor nach Indianapolis zog, fuhren sie mit dem Schiff bis Louisville. Er war damals Zwölf. Seinen Erinnerungen an diese Begebenheit war vielleicht eher zu trauen. Sie standen früh auf und fuhren mit einer Mietsdroschke zur Schiffslände. Dort warteten noch zwei weitere Passagiere, junge Männer, die offensichtlich nicht aus Old Harbor waren. Wer mochten sie sein? Gewisse Gestalten, unter besonderen Umständen gesehen, prägen sich uns für immer scharf ins Gedächtnis. Doch es hat einen Haken, wenn man solche Dinge zu ernst nimmt. Es könnte einen zum Mystizismus verleiten, und ein amerikanischer Mystiker wäre eine lächerliche Figur.

Diese Frau in dem Wagen am Fabriktor, an der er soeben mit Sponge vorbeigekommen war... Sonderbar, daß Sponge gemerkt hatte, daß da zwischen ihr und Bruce etwas übergesprungen war, sozusagen. Er hatte doch gar nicht hingesehen.

Seltsam auch, wenn seine Mutter zu den Frauen gehört hätte, die auf diese Weise Beziehungen knüpften, ohne daß die andern und ihr Mann – Bruces Vater – es gewahr wurden.
Sie selber mochte es nicht bemerkt haben – nicht bewußt.
Ja, dieser Tag seiner Knabenzeit, den er auf dem Fluß verbracht, war für ihn reich an Erlebnissen gewesen.
Zwar war er damals noch ein Kind, und für ein Kind ist die Übersiedlung in eine andere Stadt ohnehin ein aufregendes Abenteuer.
Was wird man an dem neuen Ort alles zu sehen bekommen? Wie sind die Leute da, wie wird das Leben dort sein?
Die beiden jungen Männer, die an dem Morgen, als er mit Vater und Mutter Old Harbor verließ, mit aufs Schiff gekommen waren, hatten im Gespräch an der Reling des oberen Decks gestanden, als der Dampfer in den Strom hinausfuhr. Der eine war ein ziemlich schwerer, breitschultriger Mann mit großen Händen. Er rauchte eine Pfeife. Der andre war schlank und hatte einen kleinen schwarzen Schnurrbart, den er immerzu streichelte.
Bruce saß mit Vater und Mutter auf einer Bank. Der Vormittag verstrich, während der Dampfer ein paarmal anlegte und Waren auslud. Die beiden Passagiere gingen immer umher, lachend oder sich ernsthaft unterhaltend, und das Kind hatte das Gefühl, der eine von ihnen, der schlanke, habe irgendeine Beziehung zu seiner Mutter. Es war, als kennten sich die beiden von früher her und wären nun verlegen, sich auf dem gleichen Schiff zu finden. Wenn die Fremden an der Bank vorüberkamen, auf der die Stocktons saßen, sah der schlanke Mann nicht zu ihnen hin, sondern schaute über den Fluß. In Bruce regte sich eine schüchterne, knabenhafte Versuchung, ihn anzurufen. Er sah und hörte nichts anderes mehr als den jungen Mann und seine Mutter. Wie jung sie an dem Tage aussah – wie ein junges Mädchen.
Sein Vater unterhielt sich lange mit dem Kapitän des Dampfers, der mit seinen Erlebnissen aus den alten Zeiten des

Stroms großtat. Er sprach von den schwarzen Schiffsleuten. «Sie waren damals unser Eigentum, als wärens ebenso viele Pferde, aber wir mußten sie auch versorgen wie Pferde. Am meisten haben wir nach dem Kriege aus ihnen herausgeholt. Im Grunde waren sie unser Eigentum wie vorher, verstehen Sie, nur durften wir sie nicht verkaufen, und wir konnten immer so viele haben, wie wir wollten. Die Nigger lieben den Fluß. Man kann einen Nigger nicht vom Fluß wegschlagen. Wir kriegten sie für fünf oder sechs Dollar im Monat, und wenns uns nicht paßte, zahlten wir ihnen keinen Lohn. Wozu auch? Wenn ein Nigger sich mausig machte, schmissen wir ihn in den Fluß. Kein Mensch hat dazumal je nach einem verschollenen Nigger gefragt.»

Der Schiffskapitän und der Vater entfernten sich nach der andern Seite des Dampfers, und Bruce saß allein bei seiner Mutter. In seiner Erinnerung blieb sie eine schlanke, zierliche Frau mit einem lieblichen, ernsten Gesicht. Sie war fast immer still und zurückhaltend, doch mitunter – freilich selten –, wie an jenem Tage auf dem Dampfer, wurde sie sonderbar lebhaft, ja feurig erregt. Am Nachmittag, als der Junge sich auf dem Schiff müde gelaufen hatte, setzte er sich wieder zu ihr. Der Tag ging zur Neige. In einer Stunde würden sie in Louisville anlegen. Der Kapitän hatte Bruces Vater mit ins Steuerhaus hinaufgenommen. Die beiden jungen Männer waren bei Bruce und seiner Mutter stehengeblieben. Das Schiff näherte sich einer Landestelle, der letzten vor Louisville.

Das Ufer fiel mit einer breiten Böschung zu dem mit Kopfsteinen gepflasterten Damm ab, und die Stadt sah ganz ähnlich aus wie Old Harbor, nur etwas kleiner. Viele Säcke Korn mußten hier ausgeladen werden, die Nigger trabten hin und her auf dem Landungssteg und sangen bei ihrer Arbeit.

Wundersam berückende Töne kamen aus den Kehlen der zerlumpten Schwarzen, während sie auf dem Laufsteg hinauf

und hinab trabten. Melodische Rufe wurden von andern aufgenommen und weitergegeben, hinüber und herüber geworfen, schollen, in der Brust gehalten, langgezogen zurück. Es war, als hielten die Schwarzen, die Wort-Liebenden, Klang-Liebenden, den Ton im Munde warm, vielleicht unter ihrer roten Zunge. Ihre dicken Lippen wurden ein Wall, hinter dem der Ton sich barg. Ihre unbewußte Liebe zu den unbeseelten Dingen, die dem Weißen verlorengegangen war, die Liebe zu den Himmeln, dem Strom, zu einem Schiff in Fahrt – die schwarze Mystik –, drückte sich einzig und allein in ihrem Gesang und ihrer Bewegung aus. Die Leiber der schwarzen Arbeiter gingen ineinander über, wie der Himmel und der Strom ineinander übergingen. In der Ferne, flußabwärts, wo der Abendschein den Himmel rötete, berührte er den Spiegel des Stroms. Die Töne aus den schwarzen Kehlen berührten einander, liebkosten einander. Ein Maat mit rotem Gesicht stand auf dem Deck und fluchte, als verwünschte er den Himmel und den Strom.
Die Rufe, die aus den Kehlen der schwarzen Arbeiter kamen, konnte der Junge nicht verstehen, aber sie klangen kraftvoll und schön. Wenn Bruce später an diesen Augenblick zurückdachte, sah er die Rufe der schwarzen Lastträger immer als Farben. In roten, braunen, goldgelben Tönen strömte der Atem aus den schwarzen Kehlen. Eine wundersame Erregung hatte den Knaben ergriffen, und auch seine Mutter, die bei ihm saß, war bewegt. «Ach mein Kind! Ach mein Kind!» Klänge, aufgefangen, festgehalten, gedehnt in schwarzen Kehlen; Töne in Vierteltöne gebrochen. Was die Worte bedeuteten, war nicht wichtig. Vielleicht waren Worte überhaupt unwichtig. Wie seltsam das Lied von dem ‹*banjo dog*›; was war das, ein Banjo-Hund? «*Ah, my banjo dog! Oh, oh! Oh, oh! Ah, my banjo dog!*»
Braune Leiber bewegten sich hinüber, herüber; schwarze Leiber bewegten sich hinüber, herüber. Die Leiber all der Männer, die auf dem Landungssteg hin und her liefen, wur-

den zu einem einzigen Leib. Der eine war vom andern nicht mehr zu unterscheiden. Sie verloren sich ineinander.

Können die Leiber der Menschen sich so ineinander verlieren? Die Mutter hatte die Hand des Jungen ergriffen und hielt sie fest und warm in der ihren. Nah bei ihnen stand der schlanke junge Mann, der am Morgen mit ihnen aufs Schiff gekommen war. Spürte er, was die Mutter und der Junge in diesem Augenblick empfanden? Sehnte er sich, mit ihnen eins zu sein? Es war kein Zweifel, daß den ganzen Tag über, während der Dampfer sich den Strom hinaufarbeitete, zwischen der Frau und dem jungen Mann etwas gespielt hatte, das ihnen kaum bewußt war. Der Schullehrer hatte nichts davon gemerkt, aber der Junge und der Begleiter des jungen Mannes hatten es gefühlt. Manches Mal, lange nach diesem Abend, mußte der Mann, der einst als Junge mit seiner Mutter auf dem Schiff gefahren war, daran zurückdenken. Den ganzen Tag über hatte der junge Passagier, während er mit seinem Gefährten auf dem Deck umherging, sich mit ihm unterhalten, aber in ihm hatte es nach der Frau mit dem Kinde gerufen. Etwas in ihm neigte sich der Frau zu, wie die Sonne sich dem westlichen Horizont zuneigte.

Jetzt sah es beinah aus, als wollte die Abendsonne fern im Westen in den Strom sinken, und der Himmel wurde rosenrot.

Die Hand des jungen Mannes lag auf der Schulter seines Gefährten, doch sein Gesicht war der Frau und dem Kinde zugewandt. Das Antlitz der Frau war rosenrot überhaucht wie der Abendhimmel. Sie sah den jungen Mann nicht an, sondern blickte über den Fluß, und die Augen des Jungen wanderten vom Gesicht seiner Mutter zum Gesicht des jungen Mannes. Die Hand seiner Mutter hielt die seine fest umschlossen.

Bruce hatte keine Geschwister gehabt. Ob sich seine Mutter wohl mehr Kinder gewünscht hatte? Viel später, in der Zeit, als er Bernice verlassen hatte und im offenen Boot den Mississippi hinabtrieb, bis er das Boot eines Nachts, als er an Land gegangen war, im Sturm verlor, hatte er etwas Seltsames erlebt. Er hatte das Boot aufs Trockene gezogen, unter einen Baum, und sich auf der Uferböschung ins Gras gelegt. Der leere Strom belebte sich vor seinen Augen mit geisterhaften Gestalten. Eine Flut von Traumbildern zog ihm durch den Sinn, während er zwischen Schlaf und Wachen hindämmerte. Ehe der Sturm aufkam, der sein Boot abtrieb, lag er lange dort im Dunkeln am Rande des Wassers und durchlebte noch einmal einen anderen Abend auf einem Strom. Das Geheimnis, das Wunderbare in der Natur, das ihn als Kind angerührt hatte und später seinem Gefühl entschwunden war – diese Empfänglichkeit, die er verloren hatte, als er in der Stadt lebte und mit Bernice verheiratet war, konnte es sein, daß er sie wiederfand? Es war etwas Geheimnisvolles und Wunderbares um Bäume, Himmel, Großstadtstraßen, schwarze Menschen, weiße Menschen; um Häuser, Worte, Töne, Gedanken, um die Bilder der Phantasie. Daß der Weiße es mit dem rasenden Fortschritt so weit gebracht hatte, daß es Zeitungen, Reklame, Riesenstädte gab, daß er mit scharfer, erfinderischer Intelligenz die Welt beherrschte, hatte ihn vielleicht mehr gekostet, als er dabei gewonnen hatte. Er hatte nicht viel gewonnen.

Dieser junge Mann, den Bruce einst auf dem Flußdampfer gesehen hatte, als er, ein Junge noch, mit Vater und Mutter den Ohio hinauffuhr, war es vielleicht eine Ahnung seines künftigen Selbst, die ihm an jenem Abend begegnet war? Es wäre ein kurioser Streich seiner Einbildungskraft, wenn der junge Fremde gar nicht existiert hätte – wenn sein Knabenherz ihn erfunden hätte. Oder hatte er ihn erst später erfunden, um seine Mutter zu verstehen, um der Frau in seiner Mutter nahezukommen? Und selbst die Erinnerung des erwachsenen Mannes an die Frau, die seine Mutter war, könnte erdichtet sein. Ein Geist wie der seine suchte in allem eine tiefere Bedeutung.

Auf einem Ohio-Dampfer im rasch sinkenden Abend. Die Stadt ragte hoch auf dem steilen Ufer; drei oder vier Leute waren ausgestiegen. Die Neger sangen immer noch, sangen und liefen hin und her, tanzten auf und nieder auf dem Landungssteg. Eine wacklige Droschke, mit zwei abgerackerten Gäulen bespannt, zockelte die Straße zur Stadt hinauf. Am Ufer standen zwei Weiße. Der eine, ein kleiner, beweglicher Mann, hielt eine Kaufmannskladde in der Hand, in der er mit Strichen die Kornsäcke vermerkte, die an Land geschleppt wurden. «Einhundertzweiundzwanzig, -dreiundzwanzig, -vierundzwanzig.» *‹Ah, my banjo dog! Oh, oh! Oh, oh!›*
Der andere Weiße am Ufer war lang und hager und hatte etwas Wildes in seinem Blick. In der stillen Abendluft war deutlich die Stimme des Kapitäns zu hören, der oben im Steuerhaus oder auf dem oberen Deck zu Bruces Vater sagte: «Er ist verrückt.» Der Weiße hockte auf dem Uferdamm, die Knie zwischen den Armen hochgezogen. Er wiegte sich langsam hin und her im Rhythmus des Negerlieds. Dem Mann mußte etwas zugestoßen sein. Eine Wunde lief über seine lange, magere Wange, und das Blut war in seinen schmutzigen Bart gelaufen und dort geronnen. Es war ein dünner roter Strich, kaum zu sehen, wie der Streifen von feurigem Rot im roten westlichen Himmel, den der Junge sah, wenn er flußabwärts gegen die sinkende Sonne schaute. Der Mann mit der Wunde war in Lumpen gehüllt, und sein Mund stand offen, dicke offenhängende Lippen, wie die Lippen der Nigger, wenn sie sangen. Sein Oberkörper wiegte sich hin und her. Der schlanke junge Mann, der sich bemühte, das Gespräch mit seinem Gefährten, dem breitschultrigen Manne, in Gang zu halten, auch er wiegte sich fast unmerklich hin und her. Und auch die Frau, Bruces Mutter, wiegte sich leise.
Dem Jungen schien es an jenem Abend, als ob die ganze Welt, der Himmel, das Schiff, das Ufer, das sich in der dichter werdenden Dunkelheit verlor, sich leise zu den Stimmen der singenden Nigger wiegte.

War das Ganze nur Einbildung gewesen, ein Streich der Phantasie? War er, der Junge, damals auf dem Schiff eingeschlafen und hatte das alles nur geträumt? Es war den ganzen Tag über auf dem schmalen Deck des Flußdampfers sehr heiß gewesen. Und das graue Wasser, das am Bug entlangrauschte, hatte etwas Einschläferndes für ein Kind.

Was war geschehen zwischen der kleinen Frau, die schweigend auf dem Deck des Dampfers saß, und dem jungen Mann mit dem schmalen Schnurrbart, der sich den ganzen Tag mit seinem Freunde unterhielt und nie ein Wort an die Frau richtete? Was mochte zwischen Menschen geschehen, während niemand davon wußte, während sie selber es kaum wußten?

Als Bruce mit Sponge Martin heimging und an der Frau im Auto vorüberkam und etwas – etwas wie ein Funke zwischen ihnen übersprang –, was hatte das zu bedeuten?

Auf dem Dampfer, an jenem Tag auf dem Flusse, hatte seine Mutter auf einmal ihr Gesicht dem jungen Manne zugewandt, als die Augen des Jungen gerade zwischen ihren beiden Gesichtern hin und her wanderten. Es war, als habe sie ihm etwas gewährt – vielleicht einen Kuß.

Niemand hatte es wahrgenommen als der Junge und vielleicht – ein toller, phantastischer Gedanke – vielleicht der Verrückte, der auf dem Uferdamm hockte und nach dem Schiff herüberstarrte, die dicken Lippen sperrangelweit geöffnet. «Er ist dreiviertel weiß und ein Viertel Nigger, und schon seit zehn Jahren verrückt», erklärte die Stimme des Kapitäns dem Schullehrer auf dem oberen Deck.

Der Irre saß zusammengesunken am Ufer, oben auf dem Damm, bis das Schiff sich vom Kai löste; dann stand er auf und rief etwas herüber. Der Kapitän sagte nachher, das täte er jedesmal, wenn ein Dampfer dort anlegte. Der Mann sei harmlos, sagte der Kapitän. Mit der roten Blutspur auf der Wange stand der Verrückte da, eine lange, dürre, hochaufgerichtete Gestalt. Er sah aus wie der Stamm eines abgestorbenen Baums, der oben auf dem Damm gewachsen wäre.

Wer weiß, ob da nicht wirklich ein abgestorbener Baum gestanden hatte? Der Junge mochte eingeschlafen sein und alles nur geträumt haben. Er war von dem schlanken jungen Mann seltsam angetan. Vielleicht, weil er ihn in seine Nähe wünschte, hatte seine Phantasie ihn herbeigezogen durch die Frau, seine Mutter.

In was für zerlumpten und dreckigen Kleidern der Irre steckte! Die junge Frau an Deck und der schlanke junge Mann hatten einander geküßt. Der Verrückte rief etwas herüber. «Bleibt flott!» schrie er, «bleibt flott!» Die Nigger drunten im Zwischendeck schwiegen. Der junge Mann mit dem Schnurrbart zitterte. Die Frau zitterte. Der Junge zitterte.

«Schon gut», rief die Stimme des Kapitäns. «Alles in Ordnung. Wir werden schon auf uns aufpassen.»

«Er ist bloß ein harmloser Idiot, kommt jedesmal herunter, wenn ein Schiff anlegt, und ruft immer irgendwas herüber», erklärte der Kapitän Bruces Vater, während der Dampfer in den Strom hinausschwenkte.

DRITTES KAPITEL

Samstag abend, gleich gibts was zu futtern. Die Alte kocht was Gutes – ah!

Lif' up the skillet, put down the lid,
Mama 's go' na make me some a-risen bread!

An' I ain't go' na give you
None of my jelly roll.

An' I ain't go' na give you
None of my jelly roll.[4]

Ein Samstagabend im Vorfrühling in Old Harbor, Indiana. In der Luft das erste leise Versprechen der feuchtheißen Sommertage, die nun bald kommen. In dem Flachland flußauf und flußab von Old Harbor waren die tiefliegenden, ebenen Felder noch von dem geschwollenen Strom überflutet. Ein warmes, reiches Land, wo alles üppig gedieh, die Bäume, die Wälder, der Mais. Dieses ganze amerikanische Reich der Mitte, das oft von herrlichem Regen getränkt wurde, mit seinen großen Wäldern, mit Steppen, die sich im Vorfrühling mit einem Blumenteppich bedeckten, das Land der vielen Ströme, die zu der braunen, gelassenen, starken Mutter der Ströme hinabflossen – es war ein rechtes Land zum Leben, zum Lieben, zum Tanzen. Einst tanzten hier die Indianer und feierten ihre heiligen Feste. Sie streuten Poesie wie Samen in den Wind: die Namen der Flüsse, die Namen der Städte. Ohio! Illinois! Keokuk! Chicago! Michigan!
Am Samstagabend, wenn Sponge und Bruce ihre Pinsel weglegten und aus der Fabrik gingen, lud Sponge ihn jedesmal dringlich ein, Sonntag zum Mittagessen zu ihm zu kommen. «Du hast doch keine Alte. Meine Alte freut sich, wenn du kommst.»
Samstag abends war Sponge in lustiger Stimmung. Am Sonntag stopfte er sich mit gebratenem Huhn, Kartoffelmus, Hühnersauce und Pastete voll, streckte sich dann auf dem Fußboden neben seiner Haustür aus und schlief. Wenn Bruce hinging, pflegte er sich irgendwoher eine Flasche Whisky zu besorgen, und Sponge führte sich gleich ein paar lange Züge zu Gemüte. Nachdem Bruce ein oder zwei Schluck getrunken hatte, ging die Flasche zwischen Sponge und seiner Alten hin und her, bis nichts mehr da war. Dann setzte sich die alte Frau in einen Schaukelstuhl und lachte und neckte Sponge. «Der taugt nicht mehr viel, hat nicht

mehr viel Mumm in sich. Ich muß mich wohl nach einem Jüngeren umgucken, einem wie Sie vielleicht», sagte sie und zwinkerte Bruce zu. Sponge wälzte sich lachend auf dem Fußboden und grunzte manchmal wie ein fettes, sauberes altes Schwein. «Ich hab dir zwei Kinder gemacht. Hast doch wohl keinen Grund zu klagen.»
Auf dem Tisch die ungespülten Teller. Die beiden Älteren schliefen ein, Sponge quer vor der offenen Tür ausgestreckt, die Frau in ihrem Schaukelstuhl. Ihr Mund öffnete sich. Im Oberkiefer zeigten sich die falschen Zähne. Die Fliegen kamen zur offenen Tür herein und setzten sich auf den Tisch. Tut euch nur gütlich, ihr Fliegen! Viel Hühnerbraten ist übrig, viel Sauce, viel Kartoffelmus.
Bruce wußte, daß das Geschirr ungespült blieb, weil Sponge seiner Frau dabei zur Hand gehen wollte und beide nicht gern einen anderen Mann bei der Hausfrauenarbeit helfen ließen. Bruce hörte förmlich, wie sie es miteinander besprachen, bevor er kam. «Hör, Alte, laß das Geschirr stehn. Warte bis nachher, bis er weg ist.»
Sponges Haus war ein alter Backsteinbau, der einst ein Stall gewesen war; es lag nah am Ufer, wo der Strom sich nach Norden wandte. Die Eisenbahnlinie lief vor der Küchentür vorbei, und an der Vorderseite des Hauses die ungepflasterte Uferstraße. Die Frühjahrsflut überschwemmte manchmal auch die Straße, und Sponge mußte durchs Wasser waten, um zu den Geleisen zu kommen.
In früheren Zeiten war die Uferstraße der Hauptzugang zu der Stadt gewesen; damals gab es dort eine Taverne und eine Postkutschenstation, doch der kleine, aus Ziegeln gebaute Stall, den Sponge als Jungverheirateter billig gekauft und in ein Wohnhaus verwandelt hatte, war nun das einzige Zeichen früherer Größe, das an der Straße übriggeblieben war.
Auf dem alten, von Räderspuren tief zerfurchten Fahrweg, der selten von Autos benutzt wurde, scharrten ein paar Hühner und ein Gockel herum. Wenn die beiden Alten einge-

schlafen waren, schritt Bruce vorsichtig über Sponge hinweg und wanderte den Fluß entlang. Bald blieb die Stadt hinter ihm zurück. Nach einer halben Meile bog die Straße vom Fluß ab in die Hügel, und an dieser Stelle stieß die Strömung mit Macht gegen die Uferböschung und drohte die Straße zu unterspülen. Hier saß Bruce gern auf einem Baumstamm und schaute hinunter. Das Ufer fiel etwa zehn Fuß tief zum Wasser ab, und unablässig nagte die Strömung an der Böschung. Stämme und anderes Treibholz, das der Fluß herantrug, berührten fast die Wasserkante und wurden dann wieder in die Mitte seines Bettes hinausgetrieben.

Es war ein guter Platz zum Ausruhen und Träumen und Nachdenken. Wenn Bruce keine Lust mehr hatte, den Strom zu betrachten, ging er landeinwärts und kehrte abends auf einer neuen Straße, die geradewegs über die Hügel führte, in die Stadt zurück.

Sponge in der Werkstatt, samstags abends, kurz bevor die Pfeife zum Feierabend ertönte. Sein Lebtag hatte er nichts anderes getan als arbeiten, essen und schlafen. Als Bruce noch an der Zeitung in Chicago arbeitete, fühlte er sich unbefriedigt und leer, wenn er nachmittags die Redaktion verließ. Oft suchte er dann mit Tom Wills ein kleines düsteres Restaurant auf, ein Lokal in einem Gäßchen gleich jenseits des Flusses auf der Nordseite, wo man geschmuggelten Whisky und Wein bekam. Drei oder vier Stunden hockten sie in einem kleinen dunklen Raum und tranken, und Tom stimmte sein altes Klagelied an.

«Was für ein Leben für einen ausgewachsenen Mann, was für ein Mist, andre herumzuschicken, daß sie Skandale in der Stadt zusammenlesen, die dann der Jude sensationell herausputzt!»

Obwohl Sponge ein alter Mann war, schien er nicht müde, wenn er sein Tagewerk hinter sich hatte, doch sobald er zu Hause war und gegessen hatte, wurde er schläfrig. Nach dem Sonntagsessen um zwölf verschlief er den ganzen Nachmittag. Ob der Mann von seinem Leben ganz befriedigt war? Seine Arbeit, seine Frau, das Haus, in dem er wohnte, das Bett, in dem er schlief – war ihm das genug? Hatte er keine Träume, suchte er nicht nach etwas, das er nicht finden konnte? Wenn er an einem Sommermorgen nach einer Nacht auf dem Sägemehlhaufen neben dem Fluß und seiner Alten aufwachte, was ging dann in ihm vor? War vielleicht für Sponge seine alte Frau etwas Ähnliches wie der Strom, wie der Himmel über ihm, wie die Bäume auf dem andern Ufer? Nahm er sie einfach als etwas von der Natur Gegebenes, worüber man sich nicht den Kopf zerbricht – wie Geburt und Tod?

Bruce sagte sich, das müsse nicht heißen, der Alte sei unbedingt mit sich zufrieden. Zufrieden oder nicht zufrieden, diese Frage kam ihm gar nicht. Es war eine Art Bescheidenheit in ihm wie in Tom Wills, und er liebte die Geschicklichkeit seiner Hände. Das gab ihm, worauf sein Leben ruhte. Tom Wills hätte den Mann gern gehabt. «Er hat dir und mir etwas voraus», hätte Tom gesagt.

Was seine Alte betraf – an sie war er gewöhnt. Sie sah auch nicht verbraucht aus wie andere Arbeiterfrauen. Das mochte daran liegen, daß sie nur zwei Kinder bekommen hatte, doch es konnte noch einen andern Grund haben. Ihr Mann tat nützliche Arbeit und tat sie besser als die meisten andern. Darin ruhte er, und sie ruhte in ihm. Der Mann und die Frau waren in den Grenzen ihrer Fähigkeiten geblieben und hatten sich frei in einem kleinen, aber klaren Lebenskreise bewegt. Die alte Frau kochte gut und machte gelegentlich gern mit Sponge eine Lustpartie; zur Beschönigung nannten sie es ‹angeln gehn›. Sie war eine zähe, drahtige kleine Person und wurde das Leben nicht leid – noch Sponge, ihren Mann.

Mit dem Leben zufrieden oder nicht zufrieden sein – diese Frage gab es für Sponge Martin nicht. Am Samstagabend, wenn er und Bruce fertig waren und Feierabend machten, hob er die Hände und rief: «So! Samstag abend, jetzt gibts was zu futtern. Das ist der schönste Augenblick im Leben eines Arbeiters.» War Bruce auf etwas Ähnliches aus, wie es Sponge besaß? Vielleicht hatte er Bernice verlassen, weil sie nicht verstand, mit ihm am gleichen Strang zu ziehen? Sie hatte nicht mit ihm gemeinsame Sache machen wollen. Was hatte sie denn gewollt? Nun, laß sie gehn. Er hatte den ganzen Nachmittag an sie gedacht, an sie und seine Mutter; alles, was er von seiner Mutter in Erinnerung hatte, war ihm wiedergekommen.

Wahrscheinlich lief einer wie Sponge nicht, wie er selber, mit einem Hirn herum, in dem es zuging wie in einem Butterfaß: ein Gebrodel von Phantasiebildern, und dabei ein Gefühl, als sei alles verrammelt und nirgends ein Weg ins Freie. Es mußte wohl so sein, daß die meisten Menschen eines Tages auf einen toten Punkt kamen. Nur kleine Gedankenfetzen schwirrten in seinem Geist umher. Nichts Geordnetes. Und die Gedanken entfernten sich mehr und mehr.

Einst, als Junge, hatte er einen treibenden Baumstamm beobachtet, der ein Stück aus dem Wasser ragte. Er entfernte sich mehr und mehr, jetzt war er nur noch ein winziger schwarzer Punkt, trieb dahin und entschwand in der grauen strömenden Weite. Er war nicht mit einemmal weg. Wenn man scharf hinsah und ihn zu verfolgen suchte, solange man ihn im Auge behalten konnte, dann...

Ist er noch da? Ja, da ist er! Nein! Doch ja! Nein, jetzt nicht mehr!

Ein Selbstbetrug. Vielleicht waren die meisten Menschen tot und wußten es nur nicht. Wenn man lebendig war, brodelte es im Innern von Gedanken und Bildern. Vielleicht, wenn man die Gedanken und Bilder ein wenig ordnete, sie in seinem Blut kreisen, die Gedanken und Bilder mit sich eins werden ließ...

Dann könnte man sie gebrauchen, etwa wie Sponge Martin seinen Pinsel gebrauchte. Man könnte sie auf etwas anwenden, wie Sponge Martin den Lack aufstrich. Wenn auch nur ein Mensch unter Millionen die Dinge ein wenig ordnete! Was würde das bedeuten? Was könnte ein solcher Mensch werden?

Ein Napoleon? Ein Caesar?

Wahrscheinlich nicht. Das wäre zu umständlich. Würde er ein Napoleon oder ein Caesar, so müßte er immerfort an die andern denken, sich der andern zu bedienen, sie zu wecken suchen. Doch nein, er würde nicht versuchen, sie zu wekken. Wenn sie aufwachten, würden sie ja wie er. «Ich mag seinen hohlen, hungrigen Blick nicht. Er denkt zuviel.» So etwa, wie? Ein Napoleon oder ein Caesar müßte den andern ein Spielzeug geben, womit sie spielen könnten, eine Armee, Eroberungen. Er müßte sich für sie zu einem Schaustück machen, müßte Reichtümer besitzen, sich in prächtige Gewänder hüllen, sie alle neidisch machen, in allen das Verlangen erregen, zu sein wie er.

Bruce dachte viel über Sponge nach, während er neben ihm in der Werkstatt arbeitete, während er mit ihm durch die Straßen ging, wenn er ihn auf dem Fußboden schlafen sah wie ein Schwein oder einen Hund, nachdem er sich mit dem guten Essen, das seine Alte ihm gekocht, vollgestopft hatte. Sponge hatte seine Wagenmalerwerkstatt nicht durch eigene Schuld verloren. Es gab immer weniger Wagen anzustreichen. Später hätte er sich eine Autolackiererei anschaffen können, wenn er gewollt hätte, doch wahrscheinlich war er damals schon zu alt dazu. Er würde weiter Räder lackieren, von der Zeit erzählen, da er ein selbständiger Handwerker war, und essen, schlafen, sich einen Rausch antrinken. Wenn er und seine Alte beschwipst waren, kam sie ihm wie ein junges Mädchen vor, und auch er fühlte sich ein Weilchen wie ein junger Kerl. Wie oft? Ungefähr viermal in der Woche, hatte Sponge einmal lachend gesagt. Doch da mochte er aufgeschnitten haben. Bruce versuchte, sich Sponge vorzustellen, wie er mit seiner Alten auf dem Sägemehl am Ufer lag. Er konnte es nicht. Gleich mischten sich eigene Erlebnisse ein. Er vermochte nicht in Sponges Haut zu schlüpfen, des alten Arbeiters, der seiner Stellung als Meister beraubt war – der sich einen antrank und dann mit seiner alten Frau den Jüngling spielte. Bei diesem Gedanken tauchten gewisse unangenehme Erfahrungen aus seinem eigenen Leben auf und verhöhnten ihn. Einmal hatte er einen Roman von Zola gelesen, ‹Die Erde›, und später, kurz bevor er Chicago verließ, hatte Tom Wills ihn auf ein neues Buch von dem Iren James Joyce aufmerksam gemacht: ‹Ulysses›. Darin gab es so gewisse Seiten. Ein Mann namens Bloom am Strande, und ein junges Mädchen. Eine Frau, Blooms Weib, in ihrem Schlafzimmer zu Hause. Die Gedanken der Frau, ihre nächtliche Animalität, alles bis ins kleinste geschildert. Der Realismus verschärfte sich in dieser Schilderung zu etwas Brennendem und Rohem wie eine rohe Wunde. Und die Wunden wurden zu einem Schaustück für andre. Dasselbe war es für Bruce, wenn er sich Sponge und seine Frau vorzustellen suchte, wie sie ihre Lust miteinander befriedigten, eine Lust, wie sie die Jugend kannte. Es ließ einen leicht widerlichen Geruch in seiner Nase zurück – wie faule Eier, wie Aas im Walde, weit weg, jenseits des Flusses.

O Gott! War seine eigene Mutter damals auf dem Schiff, als sie den Irren sahen und den jungen Mann mit dem Schnurrbart – war sie in jenem Augenblick eine Art Bloom?

Er wies den Gedanken von sich. Die Gestalt Blooms war ihm wahr erschienen, herrlich wahr, aber sie war einem anderen Hirn entsprungen als dem seinen. Dieser Joyce war ein Europäer, ein Kontinentaler. Dort drüben hatten die Menschen jahrhundertelang am gleichen Ort gelebt und überall etwas von sich zurückgelassen. Ein feinfühliger Mensch, der dort umherging, dort lebte, nahm es in sein Wesen auf. In Amerika war ein großer Teil des Landes noch neu, noch unbesudelt. Der Sonne, dem Winde, dem Regen anheimgegeben.

A Lame One
To J. J.

At night when there are no lights, my city is a man who arises from a bed to stare into darkness.

In the daytime my city is the son of a dreamer. He has become the companion of thieves and prostitutes. He has denied his father.

My city is a thin little old man who lives in a rooming-house in a dirty street. He wears false teeth that have become loose and make a sharp clicking sound when he eats. He cannot find himself a woman and indulges in self-abuse. He picks cigar-ends out of the gutter.

My city lives in the roofs of the house, in the eaves. A woman came to my city and he threw her far down, out of the eaves onto a pile of stones. Those who live in my city declare she fell.

There is an angry man whose wife is unfaithful. He is my city. My city is in his hair, in his breath, in his eyes. When he breathes his breath is the breath of my city.

There are many cities standing in rows. There are cities that sleep, cities that stand in the mud of swamps.

My city is very strange. It is tired and nervous. My city has become a woman whose lover is ill. She creeps in the hallways of a house and listens at the door of a room.

I cannot tell what my city is like.

My city is a kiss from the feverish lips of many tired people.

My city is a murmur of voices coming out of a pit.[6]

War er aus seiner Großstadt, aus Chicago, geflohen in der Hoffnung, in den weichen Nächten der Stadt am Strom etwas zu finden, das ihn heilte?
Worum ging es ihm? Angenommen, jener junge Mann auf dem Dampfer hätte unvermittelt zu der Frau, die dort mit dem Kinde saß, gesagt: «Ich weiß, du wirst nicht mehr lange leben, du wirst keine Kinder mehr bekommen. Ich weiß alles von dir, was du selber nicht wissen kannst» – war es etwa dies, was er selber suchte? Konnte es nicht Augenblicke geben, da der Mann dem Manne, die Frau der Frau, der Mann der Frau so begegneten? ‹Schiffe, die bei Nacht vorüberziehn.› Wenn man nüchtern darüber nachdachte, kam man sich töricht vor; dennoch, er war ganz sicher, es gab etwas, wonach Menschen wie er und vor ihm seine Mutter und jener junge Mann auf dem Flußdampfer, wonach unzählige auf der Welt verstreute Menschen auf der Suche waren.
Seine Gedanken ermatteten. Seit er Bernice verlassen hatte, waren mancherlei Gedanken und Empfindungen in ihm rege geworden, von denen er früher nichts geahnt hatte; das war immerhin ein Gewinn. Vielleicht erreichte er nichts im besonderen, aber es machte ihm irgendwie Vergnügen, und der alte Überdruß war von ihm abgefallen. Die Stunden in der Werkstatt beim Räderlackieren spielten keine große Rolle. Man konnte Räder lackieren und dabei seine Gedanken schweifen lassen, wie es einem beliebte, und je geschickter die Hände wurden, desto freier Geist und Phantasie. Die Stunden gingen vergnügt dahin. Sponge, der Mensch ohne Bosheit, das Mannkind, spielte, tat sich groß, schwatzte und lehrte Bruce, wie man Räder akkurat und schön lackiert. Zum erstenmal in seinem Leben fing Bruce etwas Rechtes mit seinen Händen an.
Wie, wenn man mit seinen Gedanken, seinen Gefühlen, seinen Phantasien so umgehen lernte wie Sponge mit seinem Farbpinsel? Was für ein Mensch würde man dann?
Hieß das, ein Künstler sein? Es wäre ja zum Lachen, wenn

er, Bruce, vor Bernice und ihrer Clique, vor denen, die sich als Künstler fühlten, nur ausgerissen wäre, weil er nach demselben trachtete wie sie. Die Männer und Frauen in dem Schwarm um Bernice sprachen immer als Künstler, sprachen von sich als Künstlern. Warum empfanden Männer wie Tom Wills und er selber etwas wie Verachtung für sie? Wollten er und Tom Wills insgeheim Künstler von anderer Art sein? War es das, worauf er, Bruce, aus war, als er Bernice abhalfterte und nach Old Harbor zurückkam? War da etwas in der Stadt, das er als Junge in ihr verloren hatte und wiederfinden wollte – ein Faden, den er wiederaufnehmen wollte?

VIERTES KAPITEL

Samstag abend; Bruce ging mit Sponge aus der Werkstatt. Der andere Arbeiter, der verdrießliche Mensch an der nächsten Werkbank, war eilig vor ihnen hinausgegangen, war davongehastet ohne guten Abend zu sagen, und Sponge hatte Bruce zugeblinzelt.

«Er will geschwind nach Hause, um zu sehen, ob seine Alte noch da ist, ob sie nicht mit dem andern Kerl durchgebrannt ist, mit dem sie herumschäkert. Er kommt nachmittags zu ihr ins Haus. Keine Bange, der will sie gar nicht haben. Dann müßte er ja für sie aufkommen. Sie ließe sich nicht lange bitten, aber er will gar nicht. Viel besser, wenn dieser hier die Arbeit tut und Geld verdient, um sie zu ernähren und zu kleiden, nicht?»

Wieso hatte er gemeint, Sponge sei ohne Bosheit? Weiß der Himmel, der war boshaft genug. Es war der Mann in ihm, seine Männlichkeit, auf die er stolz war wie auf sein Können als Handwerker. Er hielt seine Frau mit festem, hartem Griff und verachtete jeden Mann, der das nicht auch konnte.

Zweifellos war seine Verachtung zu dem Arbeiter neben ihm durchgesickert und hatte ihn noch mehr verbittert, als er gewesen wäre, wenn Sponge mit ihm umgegangen wäre wie mit Bruce.

Wenn Bruce morgens in die Werkstatt kam, unterhielt er sich stets mit dem Mann am andern Radstock, und manchmal meinte er in dessen Blick ein Einverständnis zu lesen, als wollte er sagen: Wenn ich bloß Gelegenheit hätte, Ihnen mehr zu erzählen; wenn ich bloß wüßte, wie ichs Ihnen sagen soll, dann würden Sie die Sache auch mal mit meinen Augen sehen. Ich bin nun mal, wie ich bin. Wenn ich meine Frau verlöre, wüßte ich nicht, wie ich an eine andere kommen sollte. Ich bin nicht so einer, der sich mir nichts dir nichts eine kapert. Dazu hab ich nicht den Schneid. Um die Wahrheit zu sagen, wenn Sies nur wüßten: ich bin Ihnen viel ähnlicher als dieser Sponge. Bei ihm sitzt der ganze Mensch in den Händen. Alles geht bei ihm durch die Hände. Nimm ihm die Frau weg, und er würde sich mit diesen Händen eine andre packen. Ich bin eher wie Sie, ein nachdenklicher Mensch, vielleicht ein Träumer; einer von denen, die sich das Leben schwer machen.

Wieviel leichter fiel es Bruce, sich im Geiste in den grämlichen, stillen Arbeiter zu versetzen als in Sponge. Und doch war Sponge ihm lieber, ihm hätte er gleichen mögen. Wirklich? Nun, jedenfalls hätte er gern einiges von ihm gehabt.

Draußen, als die beiden Männer die Bahngeleise vor der Fabrik überquerten und in den wachsenden Dämmerung auf dem Kopfsteinpflaster der zum Geschäftsviertel von Old Harbor hinaufsteigenden Straße dahinschritten, lächelte Sponge vor sich hin. Es war das gleiche überlegene, fast maliziöse Lächeln, das Bruce zuweilen in Bernices Gegenwart aufgesetzt hatte und das sie immer in Rage brachte. Es war nicht auf Bruce gemünzt. Sponge dachte an den grämlichen Arbeiter und stolzierte daher wie ein Hahn, weil er ihm als Mann über war, weil er männlicher war. Hatte er selber sich

Bernice gegenüber auch so aufgespielt? Sicherlich. Himmel, sie sollte froh sein, daß er ihr aus den Augen war!
Seine Gedanken wirbelten weiter, drehten sich wieder um den grämlichen Arbeiter. Soeben noch, nur ein paar Minuten vorher, hatte er sich Sponge vorzustellen versucht, wie er auf dem Sägemehlhaufen unter den Sternen lag, Sponge mit dem Balg voll Whisky und seiner Alten neben sich. Er hatte versucht, sich selber in diese Umstände zu versetzen, unter dem Schein der Sterne, nah dem still dahinfließenden Strom, und sich wie ein Jüngling zu fühlen und die Frau neben sich wie ein junges Mädchen. Vergeblich. Was er tun würde, was ein Bursche wie er unter solchen Umständen tun würde, wußte er nur zu gut. Er würde in dem kalten Morgenlicht voller Gedanken aufwachen, allzu gedankenvoll. Er hatte mit jenem Versuch nur erreicht, daß er seine Unzulänglichkeit fühlte. Er war nicht in Sponges Haut geschlüpft, hatte nicht nachzufühlen vermocht, was dieser tüchtige, unmittelbare Mensch empfand, der sich ganz hingeben konnte, sondern sich nur in seine eher unzulänglichen Augenblicke zurückversetzt. Ihm war eingefallen, wie er ein paarmal, wenn er mit Frauen zusammen war, versagt hatte. Vielleicht hatte er auch bei Bernice versagt. Wer von ihnen beiden hatte versagt, er oder sie?
Ja, viel näher lag es ihm, sich in den grämlichen Arbeiter zu versetzen. Das konnte er wirklich. Er konnte sich vorstellen, wie seine Frau ihn schlug, wie er sie fürchtete. Er konnte sich in einen Menschen wie diesen Bloom in dem Roman ‹Ulysses› hineindenken, und offenbar saß Joyce, der Schriftsteller und Träumer, im selben Boot. Jedenfalls war ihm sein Bloom viel besser gelungen als sein Stephen, viel lebensähnlicher – und ebenso konnte Bruce in seiner Phantasie dem grämlichen Arbeiter mehr Lebensähnlichkeit geben als Sponge, konnte leichter in seine Haut schlüpfen, ihn besser verstehen. Er könnte dieser grämliche, untüchtige Mensch sein, er vermochte ihm nachzufühlen, wie er mit seiner Frau im Bett lag,

als läge er selber da, voller Angst und Hoffnung, Wut und Verstellung. So war es ihm mit Bernice ergangen – in gewissem Maß jedenfalls. Warum hatte er ihr, als sie jene Geschichte schrieb, nicht gesagt, was wirklich davon zu halten sei; ihr nicht mit Eiden versichert, daß es läppisches Zeug war? Statt dessen hatte er das Grinsen aufgesetzt, das sie so reizte und ärgerte. Er hatte sich in die Schlupfwinkel seines Innern verkrochen, wohin sie nicht zu folgen vermochte, und ihr von diesem uneinnehmbaren Ort aus sein grinsendes Gesicht gezeigt.

Jetzt ging er auf der Straße neben Sponge her, und Sponge trug dasselbe Grinsen auf dem Gesicht, das er so oft vor Bernice aufgesetzt hatte. Da hatten sie beieinander gesessen, vielleicht beim Abendbrot, und plötzlich war sie vom Tisch aufgestanden und hatte gesagt: «Ich muß jetzt an die Arbeit.» Dann war ihm das Grinsen gekommen. Oft brachte es sie für einen ganzen Tag aus dem Lot. Sie konnte dann kein Wort schreiben. Was für ein schmutziger Trick, wahrlich!

Sponge hingegen meinte damit nicht ihn, sondern den mürrischen Arbeiter. Dessen war Bruce ziemlich sicher. Er fühlte sich nicht getroffen.

Sie waren in der Geschäftsstraße angelangt und gingen zwischen Scharen von anderen Arbeitern, lauter Angestellten der Radfabrik. Der Wagen mit dem jungen Grey, dem Eigentümer des Werks, und seiner Frau fuhr den Hügel im zweiten Gang herauf, wobei der Motor laut aufheulte, und kam an ihnen vorbei. Die Frau am Steuer sah sich nach ihnen um. Sponge sagte Bruce, wer die beiden waren.

«Sie kommt in der letzten Zeit ziemlich oft herunter. Sie holt ihren Mann ab. Er hat sie sich anderswoher geholt, als er im Kriege war. Ich glaub kaum, daß sie viel von ihm hat. Vielleicht fühlt sie sich einsam in so einer fremden Stadt, wo es nicht viele Leute gibt wie sie, und kommt gern mal zum Feierabend runter und guckt sie sich an. Dich guckt sie neuerdings ganz besonders an, ist mir aufgefallen.»

Sponge lächelte. Nein, es war kein Lächeln, eher ein Grinsen. Wie ein alter weiser Chinese sieht er aus, durchfuhr es Bruce wie ein Echo. Ihm wurde unbehaglich. Vielleicht machte sich Sponge über ihn ebenso lustig wie über den Sauertopf an der nächsten Werkbank. Nach dem Bilde, das Bruce von seinem Arbeitskameraden gewonnen hatte und das ihm gefiel, war Sponge kein sonderlich feinfühliger Mensch. Es würde seiner Eitelkeit einen Stich geben, wenn Sponge sich als ein feiner Beobachter entpuppte. Freilich, von der Frau im Wagen war etwas Erregendes zu ihm übergesprungen, und dies war nun schon das drittemal. Aber Sponge zuzutrauen, er sei für etwas so Ungreifbares empfänglich, würde ihn ebenso schwer ankommen, wie wenn er Bernice zubilligen müßte, sie sei ihm gerade in dem Punkt, der ihm selber wesentlich war, himmelweit überlegen. Eines nämlich hoffte Bruce allen andern vorauszuhaben – die Feinheit der Witterung für alles, was um ihn her vor sich ging.

Sie kamen an eine Straßenecke, wo Bruce abbiegen mußte, um zu seinem Hotel hinaufzugehen, und Sponge lächelte immer noch. Wieder bestand er darauf, daß Bruce am Sonntag zum Essen zu ihm kam. «Schön», sagte Bruce, «und ich will sehn, daß ich mir eine gute Flasche besorge. Im Hotel wohnt ein junger Doktor, dem will ich mal wegen eines Rezepts auf den Leib rücken. Ich werd ihn schon rumkriegen.»

Sponge lächelte weiter stillvergnügt vor sich hin. «Das wär ein Schlag für ihn. Du bist nicht ganz so wie wir hier. Vielleicht erinnerst du sie an jemanden, an den sie früher mal ihr Herz verloren hat. Ich hätt eigentlich nichts dagegen, wenn der Grey mal gehörig eines ausgewischt kriegte.»

Als wollte er einer Entgegnung Bruces zuvorkommen, wechselte der alte Arbeiter rasch das Thema. «Eins wollte ich dir immer schon sagen. Du mußt dich 'n bißchen aufrappeln. Manchmal machst du genau so ein Gesicht wie dieser Smedley», sagte er lachend. Smedley war der grämliche Kollege.

Lächelnd ging Sponge weiter, und Bruce stand da und sah ihm nach. Als fühlte der andre seinen Blick, warf er sich in die Brust und straffte die alten Schultern, wie wenn er sagen wollte: «Der bildet sich ein, ich wüßte nicht, was ich weiß.» Bruce mußte bei diesem Anblick ebenfalls lächeln.
Ich glaube, ich versteh, was er meint, aber darauf ist wenig Aussicht. Ich hab Bernice nicht verlassen, um nach einer andern Ausschau zu halten. In mir rumort etwas anderes, wenn ich auch nicht recht weiß, was es ist, dachte er, während er zu seinem Hotel auf dem Hügel hinaufstieg. Bei dem Gedanken, daß Sponge fehlgeschossen hatte, fühlte er sich sehr froh und erleichtert. Wär ja auch schlimm, wenn der kleine Deubel besser über mich Bescheid wüßte als ich, sagte er sich wieder.

SECHSTES BUCH

ERSTES KAPITEL

Vielleicht war sie sich von Anfang an darüber im klaren und wagte nur nicht, sichs einzugestehen. Sie sah ihn zum erstenmal, wie er mit einem kleinen Mann mit dichtem Schnurrbart die Kopfsteinstraße von der Fabrik ihres Mannes hinaufstieg, und dabei hatte sie nur den Wunsch verspürt, ihn eines Abends mal anzusprechen, wenn er von der Arbeit käme. Ebenso war es ihr mit jenem Mann in Paris ergangen, den sie bei Rose Frank gesehen hatte, und der war ihr ausgewichen. Es war ihr nie gelungen, sich ihm zu nähern, auch nur ein Wort aus seinem Munde zu hören. Vielleicht hatte Rose ihn mit Beschlag belegt und verhindert, daß er mit ihr zusammenkam. Doch das war Rose eigentlich nicht zuzutrauen. Sie schien eher eine Frau, die etwas riskiert. Möglicherweise hatten die beiden Männer, dieser und der in Paris, sie gar nicht wahrgenommen. Und Aline mochte nicht grob vorgehen, um sich als Dame nichts zu vergeben. Außerdem, wenn man nicht auf zartere Weise an die Dinge kam, hatte alles in der Welt keinen Wert. Viele Frauen liefen offen hinter den Männern her, warfen sich ihnen geradezu an den Hals, aber was erreichten sie damit? Es hatte keinen Zweck, einen Mann zu erobern, der einem in anderer Hinsicht nichts sein konnte. Das besaß sie in Fred, ihrem Ehemann, und, dachte sie, es war alles, was er zu bieten hatte.

Es war eigentlich nicht viel – ein rührender kindlicher Glaube an sie, der kaum gerechtfertigt war, sagte sie sich. Er hatte eine starre Vorstellung, wie eine Frau, das Weib eines Mannes in seiner Position, sein müsse, und er nahm es als selbstverständlich, daß sie so war. Fred nahm gar zu vieles als selbstverständlich.

Von außen gesehen entsprach sie ganz seinen Erwartungen.

Aber das war eigentlich nicht das Wesentliche. Man konnte nicht umhin, sich Gedanken zu machen. Vielleicht war das Dasein nichts weiter als dies: am Leben sein, die Tage hingehen sehen, Weib sein und vielleicht demnächst Mutter, träumen und im Innern Ordnung halten. Wenn man in sich nicht immer Ordnung halten konnte, so mußte man wenigstens dafür sorgen, daß nichts davon sichtbar wurde. Man achtete auf seinen Gang, trug die richtigen Kleider, wußte eine Unterhaltung zu führen, blieb in einer gewissen Fühlung mit den Künsten, mit der Musik, der Malerei, hielt sich über die neuen Moden in der Innenarchitektur auf dem laufenden und las die neuesten Romane. Man hatte mit seinem Mann zusammen eine gewisse Position zu wahren und trug das Seine dazu bei. Er sah darauf, daß man gewisse Dinge beachtete, daß ein gewisser Stil aufrechterhalten wurde – die gesellschaftlichen Apparencen. In einer Stadt wie Old Harbor, Indiana, war das nicht schwierig.

Und ein Mann, der in einer Fabrik arbeitete, war wahrscheinlich nur ein Arbeiter – weiter nichts. Man mußte ihn sich aus dem Kopf schlagen. Seine Ähnlichkeit mit jenem andern, den sie bei Rose gesehen hatte, war zweifellos ein rein äußerlicher Zufall. Doch um die beiden Männer war die gleiche Luft, eine Bereitschaft, zu geben und nicht viel zu verlangen. Von einem solchen Manne konnte man sich vorstellen, daß er so vor sich hin ging und unversehens von etwas gepackt wurde, Feuer und Flamme war und sich darin verzehrte und es dann fallenließ – vielleicht ebenso unberechenbar. Worin sich verzehren? Nun, vielleicht in einer Arbeit, in der Liebe zu einer Frau. Wünschte sie sich, so geliebt zu werden, von einem solchen Manne?

Ja, ja! Jede Frau wünscht es sich. Aber es ist uns nicht vergönnt, und wenns sich uns böte, würden die meisten von uns Angst haben. Wir sind schrecklich nüchterne und praktisch denkende Geschöpfe, wir alle. Frauen sind nun einmal so.

Ich möchte nur wissen, warum wir dann immer diesem Traum nachhängen und uns davon nähren.
Man muß es wohl bedenken. Die Tage gehen dahin. Ein Tag wie der andre. Ein erträumtes Erlebnis ist nicht dasselbe, wie wenn mans wirklich durchmacht, aber es ist immerhin etwas. Wenn eine Frau sich verheiratet, ändert sich manches für sie. Sie muß versuchen, die Illusion aufrechtzuerhalten, alles sei noch wie vorher. Und das kann es doch nicht sein. Wir wissen zuviel.
Aline holte Fred immer häufiger abends ab, und wenn er sich verspätete, strömten die Männer aus dem Fabriktor und kamen an ihr vorbei, die am Steuer des Wagens saß. Was bedeutete sie ihnen? Was bedeuteten sie ihr? Dunkle Gestalten in Overalls, große Männer, kleine Männer, Alte, Junge. Der eine aber wollte ihr nicht aus dem Sinn. Das war Bruce, wie er mit Sponge Martin, dem Kleinen mit dem schwarzen Schnurrbart, aus der Werkstatt kam. Sie wußte nicht, wer Sponge war, hatte nie von ihm gehört; er redete, und der andre hörte ihm zu. Hörte er wirklich zu? Jedenfalls hatte er nur ein paarmal zu ihr hingesehen – ein flüchtiger, scheuer Blick.
Wie viele Männer gab es in der Welt! Sie selber hatte einen Mann gefunden, der Geld und eine Position besaß. Vielleicht war es ihr Glück gewesen. Sie war nicht mehr ganz jung, als Fred um sie anhielt, und manchmal fragte sie sich dumpf, ob sie seinen Antrag angenommen hätte, wenn ihr nicht die Heirat mit ihm als eine so vollkommene Lösung erschienen wäre. Man mußte im Leben etwas wagen, und dies ließ sich gut an. Durch diese Heirat bekam sie ein Haus, eine gesellschaftliche Stellung, Kleider, ein Auto. Wenn man auch elf Monate von zwölfen in einer Kleinstadt von Indiana hockte, so stand man dort wenigstens obenan. Als Caesar durch ein elendes kleines Nest ritt, um sich zu seiner Armee zu begeben, sagte er zu seinem Gefährten: «Lieber König auf einem Misthaufen als Bettler in Rom.» So ungefähr.

Aline nahm es mit Zitaten nicht sehr genau, und sicher dachte sie nicht ‹Misthaufen›. Das gehörte nicht zu dem Wortschatz, der einer Frau wie ihr vertraut war – es stand nicht in ihrem Wörterbuch.
Sie dachte viel an Männer, mit fragender Verwunderung. Nach Freds Vorstellung war für sie alles festgelegt, aber war es das wirklich? Wenn das Dasein ein für allemal festgelegt war, ließ man alles andre hinter sich zurück, man könnte sich gleich in den Schaukelstuhl setzen und auf den Tod warten. Auf den Tod, ehe man gelebt hatte.
Aline hatte noch keine Kinder. Sie fragte sich, warum? Hatte Fred sie nicht tief genug angerührt? Mußte etwas in ihr noch aufgerüttelt, aus dem Schlaf geweckt werden?
Ihre Gedanken glitten in eine andre Bahn; sie wurden, was sie selber zynisch genannt hätte. Eigentlich war es doch zum Lachen, wie sie es fertigbrachte, den Leuten in Freds Heimatstadt zu imponieren, und auch ihm zu imponieren. Vielleicht, weil sie in Chicago und New York gelebt hatte und in Paris gewesen war; weil Fred seit dem Tode seines Vaters der wichtigste Mann in der Stadt war; weil sie sich zu kleiden verstand und ein gewisses Air hatte.
Wenn die Damen von Old Harbor bei ihr Besuch machten, die Frau des Richters, die Frau Strickers, des Kassierers bei der Bank, von der Fred bei weitem die meisten Anteile besaß, die Frau des Arztes – wenn sie zu ihr ins Haus kamen, meinten sie, sie müßten sich mit ihr gebildet unterhalten, über Bücher, Musik und Malerei. Alle wußten, daß sie Kunststudentin gewesen war. Das machte sie unsicher und war ihnen ungemütlich. Gewiß war sie in der Stadt nicht beliebt, aber die Frauen wagten nicht ihr heimzuzahlen, daß sie sie ein bißchen von oben herab behandelte. Wenn eine von ihnen ihr etwas anhaben könnte, würden sie sie vielleicht in Stücke reißen; doch wie sollten sie das anfangen? So etwas auch nur zu denken war eigentlich gewöhnlich. Es widerte sie an.

Man konnte ihr nichts anhaben, würde ihr nie etwas anhaben können.

Am Steuer des kostspieligen Wagens sitzend, beobachtete sie Bruce Dudley und Sponge Martin, wie sie zwischen anderen Arbeitern die Kopfsteinstraße hinaufgingen. Sie waren unter all den Männern, die sie aus dem Fabriktor hatte strömen sehn, die einzigen beiden, die sich füreinander zu interessieren schienen; und was für ein komisches Gespann waren sie! Der Jüngere sah nicht aus wie einer, der körperlich arbeitet. Aber wie sah ein Arbeiter aus? Was unterschied einen Arbeiter von einem andern Mann, von der Art Männer, mit denen Fred befreundet war, von denen, die sie als junges Mädchen in ihrem Elternhaus in Chicago kennengelernt hatte? Eigentlich stellte man sich vor, ein Arbeiter sehe selbstverständlich bescheiden aus, aber der kleine Breitschultrige hatte nichts Bescheidenes an sich; und was Fred, ihren Mann, anging, an dem war, als sie ihn zum erstenmal sah, nichts gewesen, was ihn als etwas Besonderes kennzeichnete. Vielleicht fesselten die beiden Männer sie nur, weil sie sich offenbar füreinander interessierten. Der kleine Alte, wie gockelhaft er war! Er stolzierte auf dem Kopfsteinpflaster daher wie ein kleiner Kampfhahn. Wäre Aline mehr wie Rose Frank und deren Freundesschar in Paris gewesen, sie hätte bei Sponge Martins Anblick an einen Pfauhahn gedacht, der vor den Hennen sein Rad schlägt, und dieser Gedanke, in etwas andere Worte gefaßt, ging ihr tatsächlich durch den Kopf. Lächelnd dachte sie, man hätte Sponge Martin für einen kleinen Napoleon halten können, wie er, mit plumpen Fingern den schwarzen Schnurrbart streichend, daherkam. Der Bart war ein bißchen zu schwarz für einen so alten Mann. Er glänzte kohlrabenschwarz. Vielleicht färbte er ihn, der kleine gockelhafte Alte. Na, ja, irgendwie mußte man sich amüsieren, an irgendwas mußte man doch denken, um sich die Zeit zu vertreiben.

Was hielt Fred nur so lange auf? Seit sein Vater gestorben

und er in den Besitz seines Geldes gekommen war, nahm Fred das Leben wahrlich ungeheuer ernst. Er schien das Gefühl zu haben, alles lastete auf seinen Schultern; er redete immer, als ob in der Fabrik alles schiefginge, wenn er nicht von früh bis spät an der Arbeit blieb. Sie fragte sich, ob das, was er tat, wirklich so wichtig war, wie er immer sagte.

ZWEITES KAPITEL

Aline hatte ihren Mann bei Rose Frank in Paris kennengelernt. Das war in dem Sommer, nachdem der sogenannte Weltkrieg zu Ende gegangen war, und es war ein denkwürdiger Abend. Komisch auch dieses Gehabe mit der Welt. Die Angelsachsen, die Nordischen führten das Wort immerzu im Munde: das Beste in der Welt, das Größte in der Welt, Weltkriege, Weltchampions.

Man geht so durchs Leben, ohne viel zu denken, ohne viel zu empfinden, ohne viel zu wissen, weder über sich selbst noch über andre; man meint, das Leben ist so und so, und dann – krach! Irgend etwas passiert. Und dann zeigt sich, man ist durchaus nicht der, für den man sich gehalten hatte. Während des Krieges sind viele Menschen dahintergekommen.

Man hatte geglaubt, man wisse, wie man unter bestimmten Umständen handeln würde, aber alle diese Gedanken waren höchstwahrscheinlich Selbstbetrug. Am Ende kannte man wohl nichts richtig, bis es ins eigene Leben eingriff, bis mans am eigenen Leibe spürte. Da wächst ein Baum im Felde. Ist es wirklich ein Baum? Was ist das, ein Baum? Geh hin und befühle ihn mit den Händen. Tritt ein paar Schritte zurück und wirf dich gegen ihn. Er gibt nicht nach – wie ein Fels. Wie rauh die Rinde ist! Die Schulter tut dir weh. Deine Wange blutet.

Und es kann sein, daß ein anderer in dem Baum etwas völlig anderes sieht als du. Stell dir vor, du wärst ein Holzarbeiter und solltest den Baum fällen. Du legst die Axt an seinen Leib, an seinen starken Stamm. Manche Bäume bluten, wenn man sie verletzt, andere weinen bittere Tränen. Eines Tages, als Aline Aldridge noch ein Kind war, kam ihr Vater, der an Terpentinwäldern irgendwo im Süden interessiert war, von einer Reise nach dort unten heim und unterhielt sich im Wohnzimmer zu Hause mit einem andern Manne. Er erzählte, wie man die Bäume einschnitt und verstümmelte, damit der Saft mit dem Terpentin heraustroff. Aline war auch im Zimmer, saß auf einem Stühlchen an den Knien ihres Vaters und hörte das alles – die Geschichte von einem großen Walde, dessen Bäume allesamt eingeschnitten und verstümmelt wurden. Wozu? Um Terpentin zu gewinnen. Was war Terpentin? War es ein geheimnisvolles goldenes Lebenselixir?

Was für eine Geschichte! Aline wurde bleich, als sie das hörte, aber ihr Vater und sein Freund bemerkten es nicht. Ihr Vater schilderte ihm den technischen Vorgang bei der Terpentingewinnung. Die Männer empfanden nicht wie sie und spürten auch nicht, was sie empfand. Abends im Bett weinte sie. Warum taten die Leute das? Wozu brauchten sie denn das böse olle Terpentin?

Die Bäume schrien laut, sie bluteten. Die Männer gingen von einem zum andern und verwundeten sie, hieben mit Äxten auf sie ein. Manche Bäume stürzten ächzend nieder, andere blieben stehen, das Blut rann an ihnen herunter und schrie nach dem Kinde im Bett. Die Bäume hatten Augen, sie hatten Arme, Beine, einen Körper. Ein Wald voll verwundeter Bäume, die hin und her schwankten und bluteten. Der Boden unter den Bäumen war rot von Blut.

Als der Weltkrieg kam und Aline erwachsen war, erinnerte sie sich der Geschichte ihres Vaters von den Terpentinbäumen, wie man ihnen das Terpentin abzapft. Ihr Bruder

George, der drei Jahre älter war als sie, fiel in Frankreich, und Teddy Copeland, der junge Mann, mit dem sie verlobt war, starb in einem amerikanischen Lager an Grippe; doch nicht als Tote schwebten sie ihr vor, sondern als blutüberströmte Verwundete weit weg in irgendeinem fremden Ort. Weder ihr Bruder noch Ted Copeland standen ihr sehr nahe, nicht näher vielleicht als die Bäume des Waldes in der Geschichte. Sie wußte nicht, wie sie sich anfühlten. Sie hatte Copeland, weil er in den Krieg ging und um ihre Hand angehalten hatte, ihr Jawort gegeben. Es war für ihr Gefühl das einzig Richtige gewesen. Konnte man in einer solchen Zeit nein sagen zu einem jungen Manne, der ins Feld ging und vielleicht fiel? Es wäre ihr vorgekommen, als sagte sie nein zu einem der Bäume. Als würde sie gebeten, einem der Bäume die Wunden zu verbinden, und sagte nein. Freilich war Teddy Copeland nicht dasselbe wie ein Baum. Er war ein Jüngling, und ein sehr hübscher. Wäre Aline seine Frau geworden, so hätten ihr Vater und ihr Bruder sich sehr gefreut.

Als der Krieg aus war, ging sie nach Paris mit Esther Walker und ihrem Manne Joe, der das Porträt ihres toten Bruders nach einer Photographie gemalt hatte. Auch ein Porträt Teddy Copelands hatte er für dessen Vater gemalt, und dann eines von Alines verstorbener Mutter – für jedes hatte er fünftausend Dollar bekommen –; und Aline war es, die ihren Vater auf den Maler aufmerksam gemacht hatte. Im *Art Institute,* wo sie damals studierte, hatte sie ein Porträt von seiner Hand gesehen und ihrem Vater von ihm erzählt. Dann lernte sie Esther Walker kennen und lud sie und ihren Mann nach Aldridge House ein. Esther und Joe waren beide so freundlich, etwas Nettes über Alines Arbeiten zu sagen, aber das, fühlte sie, war nichts als Höflichkeit. Sie hatte zwar Talent zum Zeichnen, doch nahm sie ihre Geschicklichkeit nicht sehr ernst. Es war etwas an der Malerei, der wahren Malerei, das ihr unzugänglich blieb, das sie nicht verstand.

Zu Beginn des Krieges, als ihr Bruder und Ted ausrückten, hatte sie das Bedürfnis gehabt, etwas zu tun, und sich doch nicht dazu überwinden können, von früh bis spät ‹den Krieg gewinnen zu helfen›, indem sie Socken strickte oder herumlief, um Liberty-Bonds zu verkaufen. In Wirklichkeit war ihr der Krieg lästig und langweilig. Sie begriff nicht, worum gekämpft wurde. Wäre der Krieg nicht gekommen, so hätte sie Ted Copeland geheiratet, und dann – wenigstens wären ihr dann manche Dinge aufgegangen.

Junge Männer zogen aus und fielen, Tausende, Hunderttausende. Ob viele Frauen es wie sie empfanden? Er beraubte die Frauen, machte ihre Hoffnungen zunichte. Als wäre man ein Feld, und der Frühling nahte. Ein Bauer kommt mit einem Sack voll Saatkorn. Nun hat er den Acker beinah erreicht, aber statt den Samen auszusäen, hält er am Wegrand inne und verbrennt ihn. So etwas dürfte man als Frau gar nicht denken, nicht so unverhohlen. Eine anständige Frau tut das nicht.

Da widmet man sich besser der Kunst, nimmt Malunterricht, namentlich wenn man recht geschickt mit dem Pinsel ist. Wenn nicht, dann sucht man sich zu bilden, liest die neuesten Bücher, geht ins Theater, in Konzerte. Wenn man Musik hört, eine gewisse Musik... Aber lassen wir das. Das gehört auch zu den Dingen, die eine anständige Frau nicht sagt, nicht einmal denkt.

Es gibt viele Dinge im Leben, die man auf sich beruhen lassen muß; das ist sicher.

Erst in Paris war sich Aline darüber klargeworden, was für ein Maler Joe Walker und was für eine Frau Esther war, doch auf dem Schiff begann sie es zu ahnen, und als ihr dann wirklich ein Licht über sie aufging, mußte sie lächeln bei dem Gedanken, wie bereitwillig sie es hatte geschehen lassen, daß Esther die Dinge zu ihren eigenen Gunsten deichselte. Die Frau des Malers hatte ihr so eifrig und verschlagen zu verstehen gegeben, eine Liebe sei die andere wert. «Sie haben uns einen großen Dienst erwiesen, fünfzehntausend sind wahrlich nicht zu verachten; nun werden wir Ihnen Gleiches mit Gleichem vergelten.» Etwas so Plumpes wie ein Augenzwinkern oder Achselzucken Esthers gab es nicht zum zweitenmal. Alines Vater war das Unglück des Krieges sehr nahegegangen, und seine Frau war gestorben, als Aline noch ein kleines Mädchen von zehn Jahren war; und während die beiden in Chicago waren und Joe an den Porträts arbeitete – mit einem Porträt zu fünftausend Dollar darf man nicht zu schnell fertig werden, man muß an jedes mindestens zwei bis drei Wochen wenden –, während Esther sich in Aldridge House geradezu häuslich niederließ, ging sie dem alten Mann so um den Bart, daß er fast das Gefühl hatte, er habe nun wieder eine Frau, die ihn umsorgte.

Mit größter Ehrerbietung sprach sie zu ihm von seinem Charakter und der unbezweifelbaren Begabung seiner Tochter. «Welch große Opfer haben Menschen wie Sie gebracht! Und gerade die stillen, geistig hochstehenden Menschen, die unbeirrt ihren Weg allein gehen, die dazu beitragen, daß die soziale Ordnung nicht Schaden leidet, die allen Schicksalsschlägen ohne Murren standhalten – diese Menschen sind es, die – man darf es ja kaum offen aussprechen, aber in Zeiten wie diesen, wenn die soziale Ordnung erschüttert ist, wenn die alten Maßstäbe in den Staub gerissen werden, wenn die jungen Menschen den Glauben verloren haben...

Wir, die wir an der überlieferten Ordnung festhalten, wir müssen der jüngeren Generation nun Vater und Mutter sein. Die Schönheit wird bleiben; die Dinge, die das Leben lebenswert machen, werden fortdauern.

Arme Aline, daß sie ihren zukünftigen Gatten und ihren Bruder verlieren mußte! Und sie ist so ein begabtes Mädchen! Sie ist wie Sie, sagt nicht viel. Ein Jahr im Ausland wird sie vielleicht vor einem Zusammenbruch bewahren.»

Wie leicht hatte Esther Alines Vater, den gewiegten und tüchtigen Syndikus und Anwalt, eingewickelt. Die Männer allesamt waren doch gar zu einfältig! Kein Zweifel, Aline hätte zu Hause bleiben müssen, in Chicago. Man dürfte einen Mann, einen unbeweibten Mann, der Geld hat, nicht unbewacht herumlaufen lassen, wenn eine Frau wie Esther in der Nähe ist. Aline hatte zwar noch nicht viel Erfahrungen gesammelt, aber sie war nicht dumm. Das wußte Esther. Als Joe Walker zu den Aldridge ins Haus kam, um die Porträts zu malen, war Aline Sechsundzwanzig. An jenem Abend, als sie vor der Fabrik in Old Harbor in dem Wagen ihres Mannes am Steuer saß, war sie Neunundzwanzig.

Was für ein tolles Durcheinander! Wie wirr und unberechenbar das Leben war!

DRITTES KAPITEL

Die Heirat! Hatte sie ans Heiraten gedacht, hatte Fred wirklich ans Heiraten gedacht an jenem Abend in Paris, als Rose Frank sowohl wie er so ziemlich den Kopf verloren, einer nach dem andern? Wie kam man überhaupt dazu, sich zu verheiraten? Wie ging das zu? Was stellten die Menschen sich vor, wenn sie diesen Schritt taten? Was bewog einen Mann, nachdem er Dutzende von Frauen gekannt hatte, plötzlich zu dem Entschluß, eine bestimmte zu heiraten?

Fred war ein junger Amerikaner, der ein College im Osten des Landes besucht hatte, einziger Sohn eines reichen Vaters; dann Soldat, ein reicher Mann, der sich großmütig als einfacher Soldat stellte, um den Krieg gewinnen zu helfen, erst in einem amerikanischen Ausbildungslager, später in Frankreich. Als das erste amerikanische Kontingent durch England zog, waren die englischen Frauen, ausgehungert von den Entbehrungen, die ihnen der Krieg auferlegte – die englischen Frauen...

Auch bei den amerikanischen Frauen galt die Losung: ‹Hilf den Krieg gewinnen!›
Wie viele mochte Fred gekannt haben, von denen er Aline nie erzählt hatte.

An dem Abend, da sie vor der Fabrik in Old Harbor im Wagen saß, ließ Fred sich offenbar Zeit. Er hatte ihr gesagt, er erwarte einen Werbefachmann aus Chicago, und vielleicht werde er sich dazu entschließen, ‹eine nationale Werbekampagne aufzuziehen›, wie man das nannte. Die Fabrik warf eine Masse Geld ab, und wenn man nicht einen Teil darauf wandte, die Firma für die Zukunft auszubauen und ihr Ansehen zu stärken, müsse er alles versteuern. Werbung sei eine gute Kapitalanlage, ein gesetzlich erlaubter Kostenaufwand; Fred meinte, er werde es wohl mal mit der Werbung versuchen. Wahrscheinlich war er noch in seinem Büro und verhandelte mit dem Werbefachmann aus Chicago.
Es wurde allmählich dunkel im Schatten des Fabrikgebäudes, aber wozu die Scheinwerfer anschalten? Es war angenehm, in der Dämmerung am Steuer zu sitzen und seinen Gedanken nachzuhängen. Eine schlanke Frau in einem hocheleganten Kleide, einem hübschen Hut – den sie aus Paris mitgebracht hatte –, lange schmale Finger auf dem Steuerrad ruhend, und Männer in Overalls, die aus dem Fabriktor über die staubige Straße kamen und ganz nah am Wagen vorbeikamen – hochgewachsene Männer – kleine Männer – ein leises Gemurmel männlicher Stimmen.
Mit einem gewissen Respekt gingen die Männer an einem solchen Auto, an einer solchen Frau vorüber.
Sehr wenig Respekt dagegen zeigte der kleine breitschultrige Alte, der sich mit plumpen Fingern den gar zu schwarzen Schnurrbart strich. Er sah aus, als wollte er sich über Aline lustig machen. Als wollte er ihr zurufen: «Ich durchschaue dich!» – der gockelhafte kleine Alte. Sein Gefährte, mit dem

er gut Freund schien, ähnelte jenem Mann in Roses Wohnung in Paris – an jenem Abend, dem denkwürdigen Abend.
Der Abend, als Aline Fred zum erstenmal begegnete! Esther und Joe Walker hatten es aus einem bestimmten Grund für ratsam befunden, zu Rose Frank zu gehen, und Aline begleitete sie. Damals amüsierte sich Aline schon im stillen über Esther und Joe. Sie sagte sich, wenn die beiden lange genug in Amerika geblieben wären und ihr Vater sie öfter getroffen hätte, wäre auch er ihnen nach einiger Zeit auf die Schliche gekommen. Sie hatten ihn einfach in einem wehrlosen Augenblick überspielt mit ihrem Gerede über Kunst und Schönheit – diesen Mann, der soeben einen Sohn im Kriege verloren hatte, einen Sohn, dessen Bildnis Joe malte und das sehr ähnlich wurde.
Es gab nicht ihresgleichen, wenn es darum ging, die besten Chancen zu erspähen; kein Paar war so geeignet wie sie, einem Mädchen von Alines Klugheit und rascher Auffassungsgabe Weltkenntnis zu vermitteln. Kaum Gefahr, daß dieses Paar sich irgendwo zu lange aufhielt. Ihre Übereinkunft mit Aline war von ganz besonderer Art. Doch darüber verlor man keine Worte. Worte waren nicht nötig. «Unter unseren Fittichen kannst du einen Blick hinter die Kulissen tun, ohne etwas zu riskieren. Wir sind verheiratet. Wir sind sehr geachtete Menschen, verkehren nur in den besten Kreisen; du siehst es ja selbst. Das ist der Vorteil bei Künstlern unserer Art. Du lernst das Leben von allen Seiten kennen und läufst dabei keine Gefahr. New York wird Paris mit jedem Jahr ähnlicher. Chicago dagegen...»
Aline war zwei- oder dreimal ein paar Monate mit ihrem Vater in New York gewesen, wenn er wichtige Geschäfte dort zu erledigen hatte. Sie waren in einem kostspieligen Hotel abgestiegen. Die Walkers aber hatten offensichtlich einen Einblick in das moderne New Yorker Leben, der Aline versagt war.
Sie hatten es erreicht, daß ihr Vater sie ihnen unbesorgt an-

vertraute; vielleicht war es ihm auch lieb, daß sie wegging – wenigstens für eine Weile. Das hatte Esther ihr einzureden gewußt. Es war ein gutes Arrangement für alle Beteiligten. Und das war sicher, dachte Aline, sie hatte viel dabei gelernt. Du lieber Himmel, was für Menschen! Wie sonderbar, daß ihr Vater, der auf seine Weise ein gescheiter Mann war, sie nicht gleich durchschaut hatte! Indem sie einander in die Hand arbeiteten, luchsten sie einem Manne wie ihm fünftausend pro Stück ab. So solide, achtbare Leute, Esther und Joe! Auf dieser Saite fiedelte Esther feste herum, und Joe – der sich niemals eine Blöße gab, indem er sich in anderer als der besten Gesellschaft sehen ließ, solange sie in Amerika waren; der sehr routiniert malte und ziemlich freie Reden führte, aber nicht allzu freie –, auch er tat das Seine dazu, ihm eine dichte und warme Kunstatmosphäre vorzuzaubern, als sich die neue Aussicht an ihrem Horizont abzeichnete.
Aline lächelte im Dunkeln vor sich hin. Ich bin ja eine nette kleine Zynikerin! In ihrer Vorstellung konnte sie ein ganzes Jahr ihres Lebens wieder durchleben, während sie vielleicht nur drei Minuten darauf wartete, daß ihr Mann aus dem Fabriktor käme, und dann konnte man den Hügel hinauffahren und zwei Arbeiter überholen, deren Anblick ihre Gedanken in Gang gebracht hatte; sie überholen, noch ehe sie drei Blocks weit die Straße hinaufgestiegen waren.
Sie war in jenem Pariser Sommer mit Esther ganz gut ausgekommen. Als sie sich zusammen nach Europa einschifften, waren die beiden Frauen bereit, die Karten auf den Tisch zu legen. Doch Aline hatte, auf ihr kleines Zeichentalent gestützt, tiefes Kunstinteresse geheuchelt – aber vielleicht war das nicht bloße Vorspiegelung gewesen –, und Esther hatte viel von verborgenen Anlagen geredet, die man ans Licht bringen müsse, und dergleichen mehr.
«Ich durchschaue dich und du durchschaust mich. Wir brauchen einander nichts vorzumachen. Laß uns zusammen hinfahren, ohne von der Sache zu reden.» Das ungefähr hatte

Esther dem jungen Mädchen ohne Worte zu verstehen gegeben, und Aline war auf ihre Laune eingegangen. Doch nein, eine Laune war es nicht. Solche Leute hatten keine Launen. Sie bestimmten die Spielregeln, und wenn man die einhielt, konnten sie sehr freundlich und liebenswürdig sein. Eines Abends während der Überfahrt ging Aline das alles auf und bestätigte ihr, was sie ungefähr vermutet hatte; und sie mußte blitzschnell denken und sehr an sich halten – vielleicht dreißig Sekunden lang –, während sie einen Entschluß faßte. Wie gräßlich einsam kam sie sich vor! Sie mußte die Hände zur Faust ballen, um ihre Tränen niederzukämpfen. Dann fing sie sich, beschloß sie, das Spiel durchzuhalten – mit Esther. Joe zählte nicht. Man lernt schnell, wenn man nur will. Innerlich wird sie mich wohl nicht anrühren können. Ich werde weitermachen und meine Augen offenhalten.
Das hatte sie getan. Wirklich, sie waren verrottet, die beiden Walkers, aber Esther hatte etwas in sich. Von außen gesehen war sie die Harte, der Pläneschmied, doch in ihrem Innern gab es etwas, woran sie sich zu halten suchte, und das war nie angetastet worden. Ihr Mann, Joe Walker, konnte es offenbar nicht antasten, und Esther war vielleicht zu vorsichtig, sich auf ein gewagtes Abenteuer mit einem andern Mann einzulassen. Später machte sie Aline einmal eine Andeutung. «Der Mann war noch jung und ich eben erst mit Joe verheiratet. Es war in dem Jahr vor dem Kriege. Eine Stunde lang war ich nah daran, es zu tun, aber dann tat ichs doch nicht. Es hätte Joe freie Hand gegeben, und das wagte ich nicht. Ich würde niemals alles aufs Spiel setzen und mich ruinieren. Der junge Bursche war einer von der rücksichtslosen Sorte – ein amerikanischer Junge. Ich sagte mir, lieber nicht. Du verstehst schon.»
Sie hatte mit Aline etwas versucht, damals auf dem Schiff. Was hatte Esther gewollt? Eines Abends, als Joe sich mit einigen Leuten unterhielt, sich über die moderne Malerei, über Cézanne und Picasso und die übrigen verbreitete und

mit sanften, gütigen Worten von den Rebellen in der Kunst sprach, entfernten sich Esther und Aline und ließen sich auf der anderen Seite des Decks in Liegestühlen nieder. Zwei junge Männer kamen heran und suchten mit ihnen anzubändeln, doch Esther verstand es, jemanden abzuwehren, ohne ihn vor den Kopf zu stoßen. Offensichtlich glaubte sie, Aline wisse mehr, als sie wußte, aber es war nicht Alines Sache, ihr die Illusion zu rauben.

Welcher Instinkt tief im Innern hatte sie geschützt!

Was hatte Esther mit ihr versucht?

Es gibt vieles, das man nicht in Worte fassen kann, nicht einmal im stillen. Esther hatte von einer Liebe gesprochen, die nichts fordert, und wie schön das klang! «Es müßte zwischen zwei Menschen vom gleichen Geschlecht sein. Mit einem Manne geht es nicht. Ich habs versucht», sagte sie.

Sie hatte Alines Hand ergriffen, und lange saßen sie schweigend da, während ein seltsamer Schauder Aline tief im Innern ergriff. Welch eine Kraftprobe, das Spiel mit dieser Frau bis zu Ende zu spielen – sie nicht merken zu lassen, wie dein Instinkt dich warnt, tief im Innern; es durchzuhalten, ohne daß die Hand zittert, ohne mit dem leisesten Zusammenzucken deinen Abscheu zu verraten. Die sanfte Stimme der Frau – es klang Liebkosung darin, eine gewisse Aufrichtigkeit auch. «Sie lieben einander auf eine feinfühligere Weise. Es dauert länger. Es braucht länger, bis man versteht, aber es währt auch länger. Man sucht etwas Reines und Schönes. Ich habe lange gewartet, vielleicht gerade auf dich. Was Joe angeht, ihm gegenüber bin ich anständig gewesen. Doch es ist nicht leicht, darüber zu sprechen. Es gibt so vieles, was man nicht sagen kann. In Chicago, als ich dir dort begegnete, dachte ich: In deinem Alter sind die meisten Mädchen, die so gestellt sind wie du, schon verheiratet. Irgendwann wirst du das wohl auch tun müssen, aber für mich ist es wesentlich, daß du noch nicht verheiratet bist – daß du es noch nicht warst, als ich dich fand. Es ist schon so weit, daß man anfängt zu tuscheln, wenn man einen Mann mit einem andern Mann oder zwei Frauen zuviel zusammen sieht. Amerika wird schon fast so aufgeklärt, so wissend wie Europa. Da ist einem ein Ehemann eine große Hilfe. Man hilft ihnen auch, so gut man kann, einerlei, worum es ihnen geht, aber all das Schönste in sich bewahrt man für den andern – für den, der versteht, wonach man sich wirklich sehnt.»

Aline rutschte unruhig auf dem Steuersitz des Wagens hin und her, während sie daran dachte, was sie an jenem Abend erlebt hatte und was das alles bedeutete. Fing nicht damit die Aufklärung für sie an? Das Leben ist nicht ganz so, wie es in den Schulbüchern geschrieben steht. Wie weit wagt man sich auf Entdeckungen einzulassen? Ein Spiel auf Leben und Tod. Es ist sehr leicht, in romantischen Träumen zu schwelgen – und dann gibt es ein schreckliches Erwachen. Ja, die amerikanischen Frauen haben es leicht gehabt. Ihre Männer waren so unerfahren – wagten so wenig, sich Erfahrungen auszusetzen. Man kann sich vor jeder Entscheidung drükken, wenn man will, aber ist es denn ein Vergnügen, nicht zu wissen – nicht eingeweiht zu sein? Wenn man einen tieferen Einblick ins Leben tut, wenn man seine Verderbtheit gründlich kennenlernt, kann man sich selber dann draußen halten? «Wohl kaum», hätte ohne Zweifel Alines Vater geantwortet, und etwa dasselbe hätte auch Fred, ihr Mann, gesagt. Also muß man seinem eigenen Lebensgesetz folgen. Als ihr Schiff sich von der amerikanischen Küste löste, ließ es so vieles hinter sich zurück, daß Aline sich scheute, daran zu denken. Präsident Wilson hatte um die Zeit ähnliche Erfahrungen gemacht. Und sie hatten ihn getötet.

Soviel war jedenfalls sicher: nach dem Gespräch mit Esther war Aline um so eher bereit, Fred Grey zu heiraten, als sie ihn später traf. Außerdem war sie dadurch weniger anspruchsvoll geworden, weniger sicher ihrer selbst wie der andern, der meisten andern, denen sie in jenem Sommer in der Begleitung von Joe und Esther begegnete. Fred war so kreuzbrav gewesen wie, sagen wir, wie ein wohlerzogener Hund; er war es noch. Wenn das das Amerikanische an ihm war, dann war sie als Frau herzlich gern bereit, es mit einem Amerikaner zu wagen – so dachte sie damals.

Zögernd, behutsam hatte Esther auf sie eingeredet. Sich das Ganze in aller Deutlichkeit zurückzurufen und es zu bedenken war eine Sache von Sekunden, aber Esther hatte wohl beträchtlich länger gebraucht für die vielen Worte, die nötig waren, um ihr zu suggerieren, was sie meinte.

Und was sie meinte, mußte Aline, unwissend wie sie war, im Fluge erfassen, instinktiv oder gar nicht. Esther war ein Mensch, der stets für ein sauberes Alibi sorgte. Eine überaus kluge Frau, daran war nicht zu zweifeln. Joe konnte von Glück reden, daß er eine Frau von ihrem Kaliber erwischt hatte.

Doch es hatte nicht verfangen, noch nicht.

Es geht mit einem auf und ab. Ein Mädchen von sechsundzwanzig, sofern sie überhaupt etwas in sich hat, ist empfänglich. Und hat sie nichts in sich, dann liegt einer andern wie Esther gar nichts an ihr. Wenn man einen Tropf will, einen romantischen Tropf, wie wärs mit einem Manne, einem braven amerikanischen Geschäftsmann? Er wird vollauf genügen, und man ist bei ihm bestens aufgehoben. Dann kann dich nichts mehr anfechten, du hast etwas fürs Leben und bist aller Gefahr entrückt. Willst du das?

Weiß Gott, Aline war zumut, als habe Esther sie vom Rande des Schiffes ins Meer geworfen. Und das Meer war wunderschön an jenem Abend, da Esther mit ihr sprach. Das mag einer der Gründe gewesen sein, daß Aline sich unantastbar fühlte. So kommt einem von außen etwas zu Hilfe, wie ihr die See; es hilft einem allein durch seine Schönheit. Da ist die See mit ihrem Wellengekräusel, weiß schäumt sie in der Kielspur des Schiffes, spült an der Bordwand entlang mit einem Geräusch, als risse weiche Seide entzwei, und am

Himmel kommen einer nach dem andern die Sterne hervor. Wenn man die Dinge aus ihrer natürlichen Ordnung zerrt, wenn man die Einfalt verliert und mehr begehrt, als man sonst je begehrte, warum wird die Gefahr dann um so größer? Ein Baum ist davor gefeit, er ruht in sich.

Eine Stimme murmelt, eine Hand berührt einem den Arm auf eine eigentümliche Weise. Die Worte kommen einzeln, mit langen Pausen. Auf der anderen Seite des Decks schwätzt Joe, Esthers Mann, über die Kunst. Einige Damen haben sich um ihn geschart. Hernach werden sie sich darüber unterhalten und seine Worte zitieren. «Wie mein Freund Joe Walker, wissen Sie, der berühmte Porträtmaler, zu mir sagte: Cézanne ist so und so; Picasso ist dies und jenes.»

Nimm an, du wärst eine junge Amerikanerin von sechsundzwanzig, erzogen, wie es für die Tochter eines wohlhabenden Chicagoer Anwalts üblich ist, unkompliziert, aber gescheit, der Körper frisch und kräftig. Du hast einen Traum gehabt. Freilich, der junge Copeland, von dem du geglaubt hattest, du werdest ihn heiraten, entsprach nicht ganz deinem Traum. Er war recht nett. Ein bißchen ahnungslos – eigentlich sonderbar. Die meisten Amerikaner kommen vielleicht nicht über die Siebzehn hinaus.

Nimm einmal an, du wärst dies Mädchen und würdest von einem Schiff in die See gestoßen. Diesen kleinen Dienst hätte Joes Frau, Esther, dir erwiesen. Was würdest du tun? Dich zu retten suchen? Hinab gehts, tiefer und tiefer hinab, schon schlägt das Wasser über dir zusammen. Ach Gott, wie viele Lebenssphären gibt es, von denen ein mittelmäßiger Mann und eine durchschnittliche Frau nichts ahnen! Ich frage mich, warum nicht? Es ist doch alles – wenigstens das meiste – so offenkundig. Vielleicht ist selbst der Baum für dich erst ein Baum, wenn du gegen ihn geprallt bist. Warum wird für einige der Deckel gelüftet, während für andre alles heil, alles dicht abgeschirmt bleibt? Diese Frauen an Bord, die sich Joes Gerede anhörten – diese Schwätzerinnen. Joe, der geschäftstüchtige Künstler, hielt die Augen offen. Höchstwahrscheinlich notierten er und Esther sich Namen und Adressen in ein Büchlein. Gute Idee, jeden Sommer hinüberzufahren. Und im Herbst zurück. Die Leute haben es gern, wenn sie auf dem Schiff Künstlern und Schriftstellern begegnen. Da kommen sie mit dem, was Europa verkörpert, ganz nah in Berührung, haben sie es aus erster Hand. Viele wissen das wahrzunehmen. Und wie die Amerikaner darauf hereinfallen! Wie die Fische auf den Köder gehen! Dennoch packte sowohl Esther wie Joe in manchen Augenblicken ein furchtbarer Überdruß.

Was man tut, wenn man so ins Meer gestoßen wird, wie Esther es mit Aline tat – man hält den Atem an und wird nicht kopfscheu und entrüstet sich nicht. Es kommt nichts dabei heraus, wenn man sich entrüstet. Wenn du meinst, eine Esther wäre um eine Ausflucht verlegen, eine Esther könnte sich nicht aus der Klemme ziehen, bist du noch recht naiv.

Wenn es über einem zusammengeschlagen ist, hat man nur den einen Gedanken, so rein und sauber wieder in die Höhe zu kommen, wie man hinabsank. Dort unten ist alles kalt und naß – hier gehts in den Tod. Du weißt, wie die Dichter sagen. Komm, geh mit mir in den Tod. Im Sterben halten unsre Hände sich fest umschlungen. Laß uns den weiten weißen Weg gemeinsam gehn. Der Mann mit dem Manne, die Frau mit der Frau. Eine solche Liebe – mit Esther! Worum geht es im Leben? Wer sorgt dafür, daß das Leben weitergeht, durch uns in neuer Gestalt wiedergeboren wird?

Wenn du zu der einen Art gehörst, wirst du ein weißer toter Fisch – weiter nichts. Das muß jeder mit sich selber ausmachen. Und wenn du zu denen gehörst, die niemand von Bord stößt, wird das alles nie deinen Weg kreuzen, und du bist in Sicherheit. Vielleicht bist du zu wenig interessant, um gefährdet zu werden. Die meisten Menschen gehen hoch über den Abgründen unbedroht dahin, ihr Leben lang.

Ja, wir Amerikaner! Jedenfalls hatte man etwas davon, wenn man mit einer Frau wie Esther nach Europa ging. Nach diesem einen Mal versuchte es Esther nicht wieder. Sie hatte alles wohl berechnet. Wenn Aline ihr nicht das werden sollte, was sie sich wünschte, so konnte sie ihr dennoch von Nutzen sein. Die Familie Aldridge galt etwas in Chicago, da sprangen sicherlich noch mehr Porträtaufträge heraus. Esther hatte längst begriffen, wie es im allgemeinen mit dem Kunstsinn der Leute steht. Wenn Aldridge Senior von Joe Walker zwei Porträts malen ließ, und sie fielen so aus, daß ihm schien, so hätten seine Frau und sein Sohn ausgesehen, dann würde er wahrscheinlich in Chicago das Lob des Malers singen und damit den Walkers in die Hände arbeiten; und da er sie mit fünftausend das Stück bezahlt hatte, schätzte er die Bilder gewiß aus eben diesem Grunde um so höher ein. «Der bedeutendste Maler der Gegenwart, finde ich», – Esther hörte förmlich, wie er das zu seinen Chicagoer Freunden sagte.

Die Tochter Aline mochte es besser wissen, doch daß sie schwatzen würde, sah ihr nicht ähnlich. Als Esther merkte, woran sie mit Aline war, zog sie sich säuberlich aus der Affäre, als sei nichts gewesen; schon an jenem Abend auf dem Schiff wurde sie ganz gut damit fertig, und sie festigte ihre Stellung noch an jenem anderen Abend, als sie sechs Wochen in Paris waren und sie, Aline und Joe zu Rose Frank gingen. An jenem denkwürdigen Abend, als Aline schon einigen Einblick in das Pariser Leben der Walkers genommen hatte und Esther meinte, sie wisse nun viel besser Bescheid, redete sie mit leiser Stimme auf sie ein, und Joe ging neben ihnen her, ohne es zu hören, ohne hinzuhören. Es war ein sehr schöner Abend, sie gingen auf dem linken Ufer der Seine entlang und wandten sich bei der Chambre des Députés vom Flusse ab. Viele Leute saßen vor den kleinen Cafés der Rue Voltaire, und über allem lag der klare Abendschein von Paris, das Licht, das die Maler lieben. «Du mußt dir mal da

drüben die Männer und Frauen ansehen», sagte Esther. «Die meisten Europäer halten uns Amerikaner für dumm, bloß weil wir von manchen Dingen nichts wissen wollen. Wir kommen eben aus einem neuen Lande und haben noch eine Art Frische und Gesundheit in uns.»
So redete sie unaufhörlich auf Aline ein. Was sie aber wirklich sagen wollte, war etwas ganz anderes. In Wirklichkeit leugnete sie damit ab, sie habe an jenem Abend auf dem Dampfer etwas Bestimmtes gewollt. ‹Wenn du das glaubst, so weil du selber nicht sehr anständig bist.› Das ungefähr wollte sie ihr beibringen. Aline ließ es über sich hinweggehen. An dem Abend auf dem Schiff war sie als Siegerin aus dem Kampf hervorgegangen, sagte sie sich. Nur einen Augenblick hatte sie nach Luft ringen müssen, damit ihre Hände, die Esther in den ihren hielt, nicht zitterten und um nicht von einem Gefühl der Einsamkeit und Traurigkeit überwältigt zu werden, als sie so ihre Kindheit, ihr Mädchentum hinter sich ließ; aber nach dem einen Augenblick war sie ganz ruhig und so mucksmäuschenstill, daß sie Esther leise Angst einjagte – und das war es ja, was sie wollte. Es ist immer besser, man läßt den Feind nach der Schlacht die Toten wegräumen; man erspart sich Scherereien damit.

VIERTES KAPITEL

Fred kam aus dem Fabriktor und war etwas ungehalten über Aline – oder tat wenigstens so –, weil sie da in der Dämmerung im Wagen gesessen hatte, ohne es ihn wissen zu lassen. Der Werbefachmann, mit dem er drinnen verhandelt hatte, ging die Straße hinauf, und Fred lud ihn nicht ein mitzufahren. Weil Aline dabei war. Fred hätte ihn ihr vorstellen müssen. Es wäre daraus eine neue Bekanntschaft für ihn wie auch für Aline entstanden und hätte seine Beziehung zu dem Manne leicht verändert. Fred erbot sich zu steuern, doch Aline lachte ihn aus. Sie genoß es, den starken Wagen unter ihren Händen zu fühlen, während er sich die steilen Straßen hinaufarbeitete. Fred zündete eine Zigarre an, und bevor er sich seinen Gedanken überließ, rügte er noch einmal, daß sie in der wachsenden Dunkelheit im Wagen auf ihn gewartet hatte, ohne ihm Bescheid zu geben. In Wirklichkeit war es ihm ganz lieb so, eine liebe Vorstellung, daß Aline, sein Weib, wie eine Magd auf ihn, den Geschäftsmann, wartete. «Wenn ich gewollt hätte, daß du kämst, hätte ich ja nur zu hupen brauchen. Doch ich sah dich durchs Fenster mit dem Mann sprechen», erwiderte Aline.

Der Wagen arbeitete sich im zweiten Gang die Straße hinauf, und da sah sie wieder diesen Mann, er stand unter einer Laterne und sprach noch mit dem kleinen Breitschultrigen. Ja, in den Gesichtszügen glich er jenem andern, dem Amerikaner, den sie bei Rose Frank gesehen hatte an jenem Abend, da sie Fred kennenlernte. Kurios, daß er Arbeiter in der Fabrik ihres Mannes war; doch sie erinnerte sich, daß auch der Amerikaner bei Rose zu jemandem gesagt hatte, er habe einmal in einer Fabrik in Amerika gearbeitet. Sie hatte es gehört, als eine Flaute in der Unterhaltung eintrat, ehe Roses Ausbruch kam. Aber warum war dieser so von dem kleinen Mann, der bei ihm war, eingenommen? Sie sahen einander nicht sehr ähnlich, die beiden Männer.

Arbeiter, Männer, die aus dem Fabriktor strömten, aus der Fabrik ihres Mannes. Große, kleine, stämmige, schlanke Männer, Lahme, andere, die auf einem Auge blind waren, ein Einarmiger, lauter Männer in verschwitzten Kleidern. Schlurfend gingen sie daher, überquerten die holprige Landstraße vor dem Fabriktor und die Eisenbahnschienen, und verschwanden in der Stadt. Ihr eigenes Haus lag zuhöchst auf dem Hügel oberhalb der Stadt, es blickte hinunter auf die Stadt, auf den Ohio, der einen großen Bogen um die Stadt machte, auf Meilen und Meilen flachen Landes, wo das Flußtal sich oberhalb und unterhalb der Stadt verbreiterte. Im Winter war das ganze Tal grau. Der Fluß überschwemmte das Tiefland und wurde ein großer grauer See. Freds Vater, der Bankier – bei allen in der Stadt hieß er nur ‹der alte Grey› – hatte von dem Grund und Boden des Tals einen beträchtlichen Teil an sich gebracht. In den alten Tagen wußte man nicht, wie man aus dem Land Gewinn ziehen könnte, und weil man dort keine Farmhäuser und Scheunen bauen konnte, glaubte man, es sei zu nichts nütze. Und doch war es der fruchtbarste Ackerboden im Staate. Jedes Jahr ließen die Überschwemmungen einen feinen grauen Schlamm zurück, der den Boden wunderbar bereicherte. Die ersten Farmer hatten versucht, Deiche zu bauen, doch sie brachen, und ihre Häuser und Scheunen wurden von der Flut weggespült.

Wie eine Spinne hatte der alte Grey auf der Lauer gelegen. Farmer ließen sich an dem Ufer nieder, borgten ein wenig Geld für das billige Land und gaben es dann auf, ließen es ihm als Pfand. War er klug gewesen, oder war das alles Zufall? Später kam man dahinter, daß das Wasser, wenn man es hereinströmen und das Land überfluten ließ, im Frühling wieder zurücktrat und diesen feinen, fruchtbaren Schlamm absetzte, der das Korn fast baumhoch wachsen ließ. Man zog dann spät im Frühjahr hinaus mit einem Heer von Tagelöhnern, die in Zelten und hoch auf Pfählen errichteten Hütten hausten. Man pflügte und säte, und das Korn schoß wie Unkraut in die Höhe. Nach dem Mähen stapelte man es auf Diemen, die ebenfalls auf Pfähle gestellt wurden, und wenn die Flut kam, fuhr man mit Barken in dem überschwemmten Land umher, um das Korn hereinzubringen. Man machte Geld im Handumdrehen. Fred hatte Aline das alles erzählt. Fred fand, sein Vater sei einer der gescheitesten Männer gewesen, die je auf Erden gelebt haben. Manchmal sprach er von ihm, wie die Bibel vom Erzvater Abraham spricht. ‹Der

Nestor des Hauses Grey› – in diesem Stil. Was mochte Fred darüber denken, daß seine Frau ihm keine Kinder geboren hatte? Sicherlich machte er sich allerhand wunderliche Gedanken über sie, wenn er allein war. Darum fuhr er zuweilen so fast erschrocken zusammen, wenn sie ihn ansah. Vielleicht fürchtete er, sie erriete seine Gedanken. Tat sie das wirklich?

«Dann gab Abraham seinen Geist auf und starb in einem ruhigen Alter, da er alt und lebenssatt war; und ward zu seinem Volk versammelt.
Und es begruben ihn seine Söhne, Isaak und Ismael, in der zwiefachen Höhle auf dem Acker Ephrons, des Sohns Zohars, des Hethiters, die da liegt Mamre gegenüber.
In dem Felde, das Abraham von den Kindern Heth gekauft hatte. Da ist Abraham begraben mit Sara, seinem Weibe.
Und nach dem Tod Abrahams segnete Gott Isaak, seinen Sohn. Und er wohnte bei dem Brunnen des Lebendigen und Sehenden.»

Es war sonderbar, daß Aline trotz allem, was Fred ihr erzählt hatte, sich kein rechtes Bild von dem alten Grey, dem Bankier, machen konnte. Er starb kurz nachdem Fred sie in Paris geheiratet hatte, während Fred zu ihm heimeilte, seine junge Frau in Paris zurücklassend. Vielleicht wünschte Fred damals nicht, daß sie seinen Vater sah, daß der Vater sie sah. Er hatte soeben noch ein Schiff erreicht am Abend des Tages, da er die Nachricht von der Krankheit seines Vaters erhielt, und Aline fuhr erst einen Monat später.
Er blieb dann für Aline ‹der alte Grey› – ein Mythos. Fred sagte, sein Vater habe alles in die Höhe gebracht, die Stadt in die Höhe gebracht. Vor seiner Zeit sei sie ein bloßes Drecknest gewesen, sagte Fred. «Und sieh sie dir nun an!» Er hatte

das Tal produktiv gemacht, die Stadt produktiv gemacht. Er, Fred, sei ein Dummkopf gewesen, daß er das nicht eher eingesehen habe. Er sei in Paris geblieben, als der Krieg aus war, habe sich da herumgetrieben, sogar eine Zeitlang daran gedacht, sich der Kunst zu widmen, oder dergleichen. «In ganz Frankreich hat es nie einen Mann wie meinen Vater gegeben», hatte Fred einmal seinem Weibe Aline erklärt. Er wurde bei solchen Äußerungen leicht zu pathetisch. Hätte er sich nicht länger in Paris aufgehalten, so wäre er Aline nicht begegnet, hätte er sie nicht geheiratet. Wenn er so großartige Behauptungen aufstellte, lächelte Aline, ein sanftes, wissendes Lächeln, und er wechselte den Ton – ein wenig.
Da war dieser Bursche, mit dem er auf dem College das Zimmer geteilt hatte. Der redete unaufhörlich und gab ihm Bücher zu lesen, Bücher von George Moore, von James Joyce: ‹The Artist as a Young Man› – ‹Der junge Künstler›. Er hatte es erreicht, daß Fred ganz aufgedreht wurde und so weit ging, sich dem Wunsch seines Vaters, daß er nach Hause komme, widersetzte; und als der alte Grey sah, daß sein Sohn auf seinem Willen beharrte, hatte er eine Lösung vorgeschlagen, die ihn klug dünkte: «Du kannst ein Jahr in Paris bleiben, kannst Kunst studieren und tun, was du Lust hast, und dann kommst du heim und bleibst ein Jahr hier bei mir», hatte der alte Grey ihm geschrieben. Sein Sohn sollte so viel Geld zur Verfügung bekommen, wie er wollte. Jetzt wünschte Fred, er hätte das erste Jahr zu Hause verbracht. «Ich wäre ihm vielleicht eine Stütze gewesen», sagte er. «Es war oberflächlich und gedankenlos von mir. Dir, Aline, hätte ich auch in Chicago oder New York begegnen können.»
Was für Fred bei dem Jahr in Paris herausgekommen war, war Aline. War das den Preis wert? Der alte Mann lebte allein zu Hause und wartete. Er hatte die Frau seines Sohnes nie gesehen, nicht einmal von ihr gehört. Ein Mann mit einem einzigen Sohn, und dieser Sohn trieb sich in Paris herum, als der Krieg aus war, nachdem er seinen Anteil an der Aufgabe

drüben geleistet hatte. Fred konnte ganz nett zeichnen, ebenso wie Aline, aber was bedeutete das? Er hatte ja nicht einmal gewußt, was er wollte. Wußte Aline, was sie wollte? Es wäre schön, wenn er mit ihr über alles das sprechen könnte. Warum konnte er es nicht? Sie war lieb und fein, aber meist sehr still. Mit einer solchen Frau mußte man behutsam umgehen.

Der Wagen arbeitete sich jetzt den Hügel hinauf. Es war eine einzige kurze Straße, aber steil und gewunden, wo man herunterschalten mußte.

Männer – Arbeiter, Werbevertreter, Geschäftsleute. Freds Freund in Paris, der ihn zum Widerstand gegen seinen Vater aufgeputscht und ihm geraten hatte, sich als Maler zu versuchen – dieser Bursche würde sich wohl als ein zweiter Joe Walker entpuppen. Schon bearbeitete er Fred. Für Fred war Tom Burnside, sein College-Freund, der Inbegriff eines Malers, denn er verstand es, in Cafés herumzuhocken, kannte sich in den Namen der Weine aus und sprach Französisch mit einem fast vollkommenen Pariser Akzent. Demnächst würde er sich wohl nach Amerika aufmachen, um Bilder zu verkaufen und Porträts zu malen. Schon hatte er Fred ein Gemälde für achthundert Dollar verkauft. «Es ist das Beste, was ich bisher gemacht habe. Hier bietet mir jemand zweitausend dafür, aber ich möchte es nicht jetzt schon ganz aus den Händen geben. Lieber sähe ich es in deinen Händen, mein einziger wahrer Freund.» Fred war darauf hereingefallen. Ein zweiter Joe Walker, dieser Tom. Wenn es ihm gelang, sich noch irgendwo eine Esther aufzugabeln, wäre er fein heraus. Es geht doch nichts über einen reichen Jugendfreund; das muß man beizeiten bedenken. Wenn Fred das Bild einem seiner Freunde in Old Harbor zeigte, überkam Aline etwas wie ein Schwindel, als sei sie nicht bei ihrem Manne, sondern zu Hause bei ihrem Vater, und er zeigte

irgendeinem Anwaltkollegen oder Klienten die Porträts, die Joe Walker gemalt hatte.
Warum kann man als Frau nicht den Mann, mit dem man verheiratet ist, als Kind nehmen und sich damit zufriedengeben? Weil eine Frau eigene Kinder haben will, nicht fremde adoptieren oder heiraten. Diese Männer in der Fabrik ihres Mannes, große Männer, kleine Männer... Die Männer, die abends auf den Pariser Boulevards spazierengingen... Franzosen mit einer gewissen Miene. Sie waren auf Frauen versessen, die Franzosen. Ihr Ideal war, bei den Frauen Hahn im Korbe zu sein, sie zu benutzen, sie sich hörig zu machen. Die Amerikaner waren im Umgang mit Frauen sentimentale Esel. Sie erwarteten von einer Frau, daß sie für den Mann tue, wozu er selber sich nicht stark genug fühlte.
Der Mann bei Rose Frank an jenem Abend, da sie Fred zum erstenmal begegnete... was war an ihm so merkwürdig anders? Warum war ihr sein Bild alle diese Monate so scharf im Gedächtnis geblieben? Nur auf der Straße einer Stadt in Indiana einen Mann zu sehen, der ihr denselben Eindruck machte, hatte sie ganz aufgewühlt, in ihrem Gemüt und ihrer Phantasie einen wahren Wirbelsturm entfesselt. Jedesmal wenn sie abends hinunterfuhr, um Fred abzuholen, war es ihr so ergangen.
Vielleicht hatte sie an dem Abend in Paris, als sie Fred bekam, statt seiner den andern begehrt?
Er, der andre, den sie bei Rose Frank fand, als sie mit Esther und Joe zu ihr ging, hatte sie nicht beachtet, hatte nicht einmal das Wort an sie gerichtet.
Der Arbeiter, den sie soeben gesehen hatte, wie er mit dem kleinen breitschultrigen, gockelhaften Kerl die steile Straße hinaufging, glich dem andern auf eine ungreifbare Weise. Wie vertrackt, daß sie nicht mit ihm sprechen, nicht Näheres über ihn erfahren konnte. Sie fragte Fred, wer der Kleine sei, und er lachte. «Das ist Sponge Martin, ein Unikum», sagte Fred. Er hätte ihr mehr über ihn erzählen können, doch er

wollte über die Vorschläge des Werbefachmanns nachdenken. Ein tüchtiger Kerl, der Werbefachmann. Hatte selbstverständlich seinen eigenen Vorteil im Auge, aber was machte das, wenn er mit Freds Vorteil zusammenfiel?

FÜNFTES KAPITEL

Jener Abend bei Rose Frank in Paris, nach dem halben Erlebnis mit Esther auf dem Schiff, während der Überfahrt, und nach ein paar Wochen mit Esthers und Joes Bekannten in Paris... Der Maler und seine Frau kannten eine ganze Menge reicher Amerikaner, die in Paris etwas Aufregendes erleben wollten, und Esther wußte es so zu deichseln, daß sie und Joe an zahlreichen Parties teilnahmen, ohne viel Geld auszugeben. Sie fügten ihnen eine künstlerische Note hinzu, und sie waren diskret – wo die Klugheit Diskretion gebot.

Und nach dem Abend auf dem Schiff fühlte sich Esther mehr oder weniger frei mit Aline. Sie traute ihr mehr Lebenserfahrung zu, als sie besaß.

Das war ein Gewinn für Aline, wenigstens sah sie es als Gewinn an. Sie bewegte sich allmählich freier im Bereich ihrer Gedanken und Impulse. Manchmal dachte sie: Das Leben ist nichts weiter als eine Komödie. Man entscheidet sich für eine bestimmte Rolle, und dann sucht man sie gewandt zu spielen. Sie schlecht zu spielen, stümperhaft zu spielen, war die große Sünde. Die Amerikaner, junge Männer und Mädchen wie sie, die Geld genug und genügend gesellschaftliche Geltung besaßen, um sich sicher zu fühlen, konnten im allgemeinen beinah tun, was ihnen beliebte, sofern sie nur darauf achteten, daß sie sich keine Blöße gaben. Zu Hause in Amerika lag schon in der Luft, die man atmete, etwas, das einem ein Gefühl der Sicherheit verlieh, zugleich aber engte

es einen schrecklich ein. Gut und Böse, Moral und Unmoral waren klare, eindeutige Begriffe. Man bewegte sich in einem wohlabgemessenen Zirkel von Gedanken, Vorstellungen und Gefühlen. Als Mädchen aus gutem Hause genoß man bei den Männern die Achtung, die sie einem Mädchen aus gutem Hause zu schulden glaubten. Hatte man Geld und eine angesehene gesellschaftliche Stellung, so mußte man schon offen etwas tun, das vor aller Öffentlichkeit gegen die Gesetze der Gesellschaft verstieß, ehe man in eine freie Welt hinaustreten konnte; und die freie Welt, in die man durch eine solche Tat hinaustrat, war durchaus nicht frei. Sie war schrecklich begrenzt, ja, gräßlich war sie, jene Welt, die von – nun, sagen wir, von Filmschauspielerinnen bewohnt war.
In Paris war Aline, eher trotz Esther und Joe als dank ihnen, eindrucksvoll ein Zug des französischen Lebens aufgegangen, der sie faszinierte. Kleine alltägliche Dinge, wie die Bedürfnishäuschen für Männer auf offener Straße, die Hengste vor den Abfallkarren, die nach den Stuten wieherten. Die Liebespärchen, die sich in den Stunden des späten Nachmittags unbefangen auf der Straße küßten – diese Art, das Natürliche als selbstverständlich zu nehmen, die für Engländer und Amerikaner unerreichbar schien, entzückte sie sehr. Manchmal ging sie mit Esther und Joe nach der Place Vendôme und verbrachte den Tag mit deren amerikanischen Freunden, aber mehr und mehr nahm sie die Gewohnheit an, allein auszugehen.
Eine Frau ohne Begleitung mußte in Paris stets gewärtig sein, daß man sie belästigte. Männer sprachen sie an, machten andeutende Gesten mit den Händen, mit dem Munde, und gingen ihr auf der Straße nach. Immerzu war, wenn sie allein daherging, etwas wie ein Angriff auf sie im Gange, auf sie als Frau, als ein Wesen mit weiblichem Körper, mit den heimlichen Wünschen einer Frau. Wenn mit dem Freimut des europäischen Lebens etwas gewonnen war, so war dabei doch auch manches verlorengegangen.

Sie ging in den Louvre. Zu Hause hatte sie im Institut Zeichen- und Malunterricht genommen, und man hatte gesagt, sie sei begabt. Joe Walker hatte ihre Arbeiten gelobt. Damals hielt sie Joe noch für einen echten Maler. Auch ich bin dem amerikanischen Trugschluß erlegen, eine Sache, die Erfolg hat, sei aus diesem Grunde auch schön, dachte sie, und dieser Gedanke, ihr selbst entsprungen und nicht von einem andern übernommen, war ihr eine Offenbarung. Auf einmal wurde sie, die Amerikanerin, vor den Meisterwerken wahrhaft demütig. Joe Walker und alle seinesgleichen, erfolgreiche Maler, Musiker und Schriftsteller, die Amerika als Helden verehrte, wurden in ihren Augen kleiner und kleiner. Ihre eigenen kläglichen, nachahmenden Versuche schienen ihr angesichts der Werke von El Greco und Cézanne, von Fra Angelico und anderen Italienern nichts als kindliches Krikel-Krakel; und die Amerikaner, die in der Kulturgeschichte Amerikas so hohe Geltung genossen...?
Mark Twain hatte ein Buch geschrieben mit dem Titel ‹The Innocents abroad› – ‹Die Einfalt in der Fremde›, das Alines Vater sehr schätzte. Als sie klein war, hatte er immer wieder darin gelesen und vor Vergnügen gelacht, und im Grunde war es nichts anderes gewesen als eine hämische, kindische Geringschätzung für Dinge, von denen er nichts verstand. Ein Kinderpäppchen für vulgäre Gemüter. Aber konnte sie ehrlich glauben, ihr Vater oder Mark Twain seien vulgäre Menschen? Nein, das konnte sie nicht. Zu ihr war der Vater immer lieb und gut und zärtlich gewesen – allzu zärtlich vielleicht.
Eines Vormittags saß sie auf einer Bank in den Tuilerien, und auf einer benachbarten Bank saßen zwei junge Männer im Gespräch. Sie waren Franzosen; beide hatten nicht bemerkt, daß sie sich in ihrer Nähe niederließ. Wie schön, ein solches Gespräch mitanzuhören. Mit leidenschaftlicher Inbrunst diskutierten sie über die Malerei. Welches war der rechte Weg? Einer der beiden bewunderte die Modernen,

Cézanne und Matisse, und plötzlich floß er über vor glühender Verehrung. Die Künstler, von denen er sprach, seien ihr Leben lang auf dem rechten Wege weitergegangen. Matisse tue es noch. Da sei Hingabe, Größe, der große Stil. Das sei in der Welt nahezu in Vergessenheit geraten, bis sie kamen, und nun, nachdem sie erschienen waren und dank ihrer schönen Hingabe bestünde die Hoffnung, daß dieser Geist in der Welt wiedergeboren werde.

Aline hatte sich auf ihrer Bank vorgebeugt, um zu lauschen. Die Worte des jungen Franzosen überstürzten sich so, daß sie Mühe hatte, ihn zu verstehen. Ihr eigenes Französisch war ziemlich dürftig. Gespannt auf jedes Wort, neigte sie sich vor. Wenn sie doch mit einem solchen Mann, mit einem Menschen, der für das glühte, was ihr als das Schöne im Leben erschien, zusammenkommen könnte...

Und da, in diesem Augenblick, sah der junge Mann zu ihr hinüber, sah den Ausdruck ihres Gesichts, erhob sich und kam auf sie zu. Irgend etwas warnte sie. Nun hieß es fliehen, rasch ein Taxi nehmen. Der junge Mann war ja doch ein Europäer, ein Kontinentaleuropäer. Sie spürte den Hauch Europas, der Alten Welt, einer Welt, in der die Männer zuviel von den Frauen wußten und – vielleicht – nicht genug. Hatten sie recht oder unrecht? Sie waren nicht fähig, in den Frauen etwas anderes zu sehen und zu empfinden als den Körper, und das war schrecklich, wenn es auch rätselhafterweise eigentlich die Wahrheit traf; gleichviel, für eine Amerikanerin, vielleicht auch für eine Engländerin, war es gar zu erschreckend. Wenn Aline dagegen in Begleitung von Joe und Esther einem solchen Mann begegnete, wie es zuweilen geschah, wenn ihre Position eindeutig und sie in Sicherheit war, empfand sie ihn neben den meisten Amerikanern, die sie kennengelernt hatte, als einen wirklich erwachsenen Menschen, voller Anmut in seinem Gebaren, viel ersprießlicher im Umgang, viel interessanter, mit tausendmal größeren Anlagen zu reifer Menschlichkeit, zu wahrer Bildung.

Während Aline mit Joe und Esther unterwegs war, hörte Esther nicht auf, im stillen unruhig an ihr zu zerren. Ihre Gedanken stocherten wie feine Haken im Innern des Mädchens herum. Hat es dich aufgerüttelt und in Schwung gebracht, das Leben hier? Oder bist du bloß eine stumpfsinnige, selbstzufriedene Amerikanerin, die nach einem Ehemann Ausschau hält und meint, das sei die Lösung für alles? Wie du dahergehst – das Bild eines sittsamen, niedlichen Weibchens mit hübschen Fesseln, einem schmalen, ausgeprägten, anziehenden Gesicht, einem feinen Nacken, der ganze Wuchs anmutig und bezaubernd. Was suchst du in Wirklichkeit? Sehr bald nun, in drei oder vier Jahren, wird dein Körper anfangen, schwer zu werden. Irgendeiner wird deiner Lieblichkeit den zarten Schmelz rauben. Am liebsten täte ichs selber. Es wäre mir eine Genugtuung, eine Freude. Meinst du, du kannst dem entgehen? Ist es das, was du willst, du kleine amerikanische Törin?

Nachdenklich ging Esther durch die Straßen von Paris. Joe, ihr Mann, würde alle Gelegenheiten verpassen, er kümmerte sich um nichts, rauchte Zigaretten und wirbelte seinen Stock durch die Luft. Rose Frank, die sie besuchen wollten, war Korrespondentin mehrerer amerikanischer Zeitungen, die jede Woche eine Plauderei über Amerikaner in Paris von ihr wünschten, und Esther hielt es für ratsam, die Beziehung zu ihr zu pflegen. Wenn Rose auch über sie und Joe im Bilde war, was verschlug das? Sie gehörten ja gerade zu der Art Menschen, über die die amerikanischen Zeitungen gern Klatsch brachten.

Es war der Abend nach dem Ball der Quat'z Arts. Sobald sie in der Wohnung anlangten, spürte Aline, daß etwas nicht stimmte; Esther dagegen, im Augenblick nicht so auf dem

Quivive, merkte nichts davon. Vielleicht beschäftigte sie sich in Gedanken noch mit Aline. Mehrere Gäste waren schon da, lauter Amerikaner, und Aline, die von Anfang an eine feine Witterung für Rose und ihre Stimmung hatte, begriff sogleich, daß sie lieber allein oder in einem intimen Kreise gewesen wäre, hätte sie nicht die Leute schon zu diesem Abend eingeladen gehabt.

Es war eine Atelierwohnung mit einem großen Zimmer, in dem die Gäste sich versammelt hatten, und Rose wanderte rauchend mit einem sonderbar geistesabwesenden Blick zwischen ihnen umher. Als sie Esther und Joe erblickte, machte sie eine Bewegung mit der Hand, die die Zigarette hielt. O Himmel, auch ihr noch? Hab ich euch denn eingeladen? schien die Geste zu sagen. Anfangs übersah sie Aline; doch nach einer Weile, als noch einige Herren und Damen eingetreten waren, setzte sie sich auf eine Couch in der Ecke, und während sie dort weiterrauchte, sah sie Aline unverwandt an.

Na, was bist du denn für eine? Du auch hier? Soviel ich mich entsinne, bin ich dir noch nicht begegnet. Du gehörst zu der Walker-Clique, gibst mir also wohl Stoff für die Zeitung. Miß Soundso aus Indianapolis. So etwas wirds wohl sein. Die Walkers wissen, was sie wollen. Wenn die jemanden mit sich herumschleppen, muß es sich lohnen.

So dachte Rose Frank. Lächelnd sah sie Aline an. Ich habe etwas erlebt, das mich umgeworfen hat. Ich werde es erzählen. Ich kann nicht anders, ich muß es erzählen. Es ist mir ziemlich einerlei, wer dabei ist. Die Leute müssen es nehmen, wies kommt. Zuweilen widerfährt einem Menschen etwas – selbst einer reichen jungen Amerikanerin wie dir könnte es widerfahren –, das einem schwer auf der Seele liegt. Dann muß man sich aussprechen. Man muß explodieren. Sieh dich vor, du! Es wird dir einen Schock versetzen, mein Fräulein, aber ich bin nicht schuld. Du bist selber schuld, warum bist du hergekommen?

Die amerikanische Journalistin war sichtlich nicht im Lot. Alle Anwesenden fühlten es. Man stürzte sich in eine hastige, ziemlich nervöse Unterhaltung, an der sich alle beteiligten außer Rose Frank, Aline und einem Mann, der abseits saß und weder von Aline, Joe und Esther noch von den andern Notiz genommen hatte, als sie eintraten. Nur einmal sprach er mit einem jungen Mädchen, das neben ihm saß. «Ja», sagte er, «ich bin dort gewesen, ein Jahr lang habe ich in dem Ort gelebt. Ich habe dort in einer Fahrradfabrik gearbeitet und Räder lackiert. Es liegt etwa achtzig Meilen von Louisville entfernt, nicht wahr?»

Es war am Abend nach dem Ball der Quat'z Arts, im ersten Jahr nach dem Kriege, und Rose Frank, die in der Nacht mit einem jungen Mann auf dem Ball gewesen war – er war auf ihrer Party nicht zugegen –, drängte es, zu erzählen, was sie da erlebt hatte.
Ich muß es erzählen, sonst platze ich, sagte sie sich, während sie in ihrem Studio zwischen den Gästen saß und Aline unverwandt ansah.

Sie begann. Ihre Stimme war schrill vor nervöser Erregung. Alle die andern im Zimmer, alle, die sich unterhalten hatten, verstummten sogleich. Eine peinliche Stille trat ein. Die Gäste hatten sich auf Stühlen, die sie sich heranzogen, und auf einer Couch in der Ecke zu kleinen Gruppen zusammengeschart. Ein paar Jünglinge und Mädchen saßen im Kreise auf dem Fußboden. Aline hatte sich nach dem ersten Blick, mit dem Rose ihre Begleiter ansah, instinktiv von Joe und Esther entfernt und sich allein auf einem Stuhl am Fenster niedergelassen. Das Fenster stand offen und ging auf die Straße, und da kein Schirm davor war, konnte sie die Leute draußen vorbeigehn sehen. Männer und Frauen wanderten der Rue Voltaire zu, um über eine der Brücken in die Tuilerien zu gehen oder sich zum Aperitif vor die Cafés auf den Boulevards zu setzen. Paris! Paris am Abend! Der stille junge Mann, der außer der kurzen Bemerkung über seine Arbeit in einer Fahrradfabrik irgendwo in Amerika, offenbar als Antwort auf eine Frage, nichts gesprochen hatte, schien in irgendeiner undefinierbaren Beziehung zu Rose Frank zu stehen. Aline hatte den Kopf gewandt und sah zu ihm und Rose hinüber. Gleich würde in dem Zimmer etwas geschehen, und aus einem unerfindlichen Grunde ging es den stillen Fremden, sie selber und einen jungen Mann namens Fred Grey, der neben dem Schweigsamen saß, unmittelbar an. Vielleicht ist er so wie ich, noch unerfahren, dachte Aline und streifte Fred Grey mit einem raschen Blick.

Die vier Menschen, fast alle einander fremd, waren in dem Zimmer voller Gäste seltsam isoliert. Gleich würde etwas geschehen, das sie mehr betraf als jeden der andern. Es war schon im Gange. Ob der Schweigsame, der so in sich versunken dasaß und die Augen auf den Boden heftete, Rose Frank liebte? War es denkbar, daß es etwas wie Liebe gab in diesem Haufen von Menschen, unter Amerikanern dieser Art, Zeitungsleuten, jungen Radikalen, Kunstbeflissenen, vom Zufall zusammengewürfelt in einer Pariser Wohnung? Wie komisch, Esther und Joe in dieser Umgebung! Sie paßten nicht hierher, und Esther fühlte es. Sie war etwas nervös, aber Joe, ihr Mann – er fand es köstlich, was dann kam.

Vier Personen, einer dem andern fremd, abgesondert in einem Raum voller Menschen. Die Menschen waren wie Wassertropfen, die in einem Strom dahinfließen. Plötzlich brauste der Strom auf. Mit wütigem Ungestüm überflutete er das Land, entwurzelte Bäume, schwemmte Häuser hinweg. Einige Tropfen wurden im Kreise um und um gewirbelt, immer einander berührend, ineinander fließend, einer im andern aufgehend. So konnte also zuweilen die Isolierung des einzelnen aufgehoben werden? Was der eine empfand, emp-

fand auch der andre. Manchmal, könnte man sagen, verließ man den eigenen Körper und ging vollkommen im Körper eines andern auf. So ähnlich mußte die Liebe sein. Der Schweigsame dort kam Aline, während Rose Frank redete, wie ein Stück von ihr selber vor. Wie seltsam!
Und der junge Amerikaner, Fred Grey, klammerte sich an Aline. «Sie sind ein Mensch, mit dem ich mich verständigen kann. Ich verliere hier den Boden unter den Füßen.»

Ein junger amerikanischer Journalist irischer Abstammung, der im Auftrag einer amerikanischer Zeitung in Irland gewesen war, um über den irischen Aufstand zu berichten und die Rebellenführer zu interviewen, begann zu erzählen, Rose Frank hartnäckig unterbrechend. «Sie verbanden mir die Augen und ließen mich in eine Droschke steigen. Natürlich hatte ich keine Ahnung, wohin es ging. Ich mußte dem Mann Vertrauen schenken, und ich vertraute ihm. Der Vorhang wurde heruntergelassen. Ich dachte immerzu an Madame Bovary, wie sie durch die Straßen von Rouen fuhr. Der Wagen ratterte im Dunkeln über das Kopfsteinpflaster. Vielleicht lieben es die Iren, wenn es dramatisch zugeht.
Dann war ich da. Ich fand mich bei ihm, bei V..., hinter dem die Geheimagenten der britischen Regierung so scharf her sind; ich saß mit ihm in einem Zimmer, so nah und gemütlich wie zwei Wanzen in der Bettdecke. So kam ich an eine großartige Geschichte. Ich werde mal auf den Busch klopfen wegen einer Gehaltserhöhung.»

Es war ein Versuch, Rose Frank zum Schweigen zu bringen. Alle Anwesenden spürten also, daß die Frau verstört war. Zwar hatte sie die andern für diesen Abend zu sich eingeladen, doch nun wäre sie sie gern los gewesen. Nur Aline wollte sie da haben. Auch den Schweigsamen, der in sich gekehrt dasaß, und den jungen Amerikaner Fred Grey wollte sie bei sich haben. Warum nur sie drei, wußte Aline nicht. Aber sie ahnte es. Der junge iroamerikanische Journalist war ihr mit seinen Erlebnissen in Irland ins Wort gefallen, um die gespannte Atmosphäre zu lockern. Wartet nur, ihr da! Jetzt erzähle ich etwas, dann jemand anders. Wir werden schon behaglich und mit Anstand durch den Abend kommen. Irgend etwas muß passiert sein. Vielleicht hat Rose sich mit ihrem Liebhaber verzankt. Vielleicht ist das ihr Liebhaber, der da drüben für sich allein sitzt. Ich hab ihn zwar noch nie gesehen, aber ich wette, er ists. Laß mich nur machen, Rose, und wir helfen dir schon über den heiklen Augenblick hinweg. Etwas in diesem Sinne war es, was der junge Mann, indem er seine Episode erzählte, Rose und den andern hatte zu verstehen geben wollen.

Er kam damit nicht durch. Rose Frank lachte wie toll – eine gellende, erregte Lache, ein unheimliches Gelächter. Sie war eine rundliche, kräftige kleine Amerikanerin von vielleicht dreißig Jahren, und es hieß, sie sei sehr gescheit und tüchtig in ihrem Beruf.
«Ja, zum Teufel, ich bin dagewesen. Ich hab alles mitgemacht, alles gesehen, alles miterlebt», sagte sie mit lauter, rauher Stimme, und obwohl sie nicht sagte, wo sie gewesen war, wußte jeder, selbst Aline und Fred Grey, was sie meinte.

Schon tagelang vorher hatte es in der Luft gelegen, ein Versprechen, eine Drohung – der Ball der Quat'z Arts dieses Jahres; und am Abend vorher hatte er stattgefunden.
Aline hatte es in der Luft gespürt, wie es heranrückte, und ebenso Joe und Esther. Joe hatte insgeheim gewünscht hinzugehen, war ganz begierig darauf gewesen.

Der Ball der Quat'z Arts ist ein alter Pariser Brauch. Er gehört zum studentischen Leben in der Hochburg der Künste. Jedes Jahr wird er abgehalten, und die Kunstjünger, die aus der ganzen westlichen Welt nach Paris kommen – aus den Vereinigten Staaten, England, Südamerika, Irland, Kanada, Spanien –, die nach Paris pilgern, um eine der vier so edlen Künste zu studieren, in dieser Nacht sind sie außer Rand und Band.

Feinheit der Linie, Zärtlichkeit der Linie, feines Farbempfinden – heute nacht weg damit!

Die Frauen, die daran teilnehmen, gewöhnlich Modelle aus den Ateliers, sind sehr frei. Alles schlägt über die Stränge. Darauf ist man gefaßt. Dies eine Mal jedenfalls!

Jedes Jahr ist es so, aber in dem ersten Jahr nach dem Kriege... Na, das war ja auch ein Jahr, nicht wahr?

Schon lange vorher hatte etwas in der Luft gelegen.

Allzu lange vorher schon!

Aline hatte etwas von dem Tumult gesehen, der am ersten Tage des Waffenstillstands in Chicago ausbrach, und es hatte sie unheimlich berührt wie alle, die es sahen und erlebten. Man hörte von den gleichen Vorfällen in New York, Cleveland, St. Louis, New Orleans und selbst in kleineren amerikanischen Städten. Grauhaarige Frauen umarmten halbwüchsige Burschen, junge Mädchen fielen jungen Männern um den Hals; die Fabriken verlassen, die Prohibition über den Haufen geworfen, die Büros leer; es wurde gesungen, es gab wieder einmal ein bißchen Tanz im Leben; ihr, die ihr nicht im Kriege, in den Schützengräben gewesen seid, die ihr einfach dieses Kriegsgeschrei, dieses Haßgeschrei leid seid – welche Freude! Welch unbändige Freude! Wie wurde da die Lüge Lügen gestraft!

Jetzt war Schluß mit den Lügen, Schluß mit der Heuchelei, Schluß mit der ganzen Gemeinheit – der Krieg war aus!

Die Männer logen, die Frauen logen, die Kinder logen, denn man hatte sie lügen gelehrt.
Die Pastoren logen, die Priester logen, Bischöfe, Päpste, Kardinäle, alle logen.
Könige logen, die Regierungen logen, die Schriftsteller logen, die Maler malten verlogene Bilder.
Eine Orgie der Lügen. Halts durch! Bis zum bitteren Ende! Sei standhafter als der andre Lügner! Gibs ihm! Töte ihn! Töte noch mehr! Töte immer weiter! Um der Freiheit willen! Um Gottes willen! Aus Liebe zu den Menschen! Mordet!

Die Sache in Paris war sorgfältig überlegt und vorbereitet. Die jungen Künstler aus aller Welt, die sonst immer nach Paris pilgerten, um dort die hochedlen Künste zu studieren, waren sie nicht statt dessen in die Schützengräben gegangen – für Frankreich, das geliebte Frankreich, die Mutter der Künste? Junge Männer, Künstler, die feinfühligsten Menschen der westlichen Welt...

Nun zeigt es ihnen! Zeigts ihnen! Hämmert es ihnen ein! Gebts ihnen bis zum Äußersten!
Sie schwingen so große Reden – nun sollen sie es gern haben!

Alles war hin, die Felder verwüstet, die Obstbäume zerfetzt, die Weinstöcke aus dem Boden gerissen, der alten Mutter Erde selber den Bauch aufgeschlitzt. Soll nun diese verdammte feile Zivilisation so glatt weitergehen, nie einen Schlag ins Gesicht bekommen? Wie, zum Teufel!
Dada, wie? Die Unschuldigen! Die Kindlein! Die holde Weiblichkeit! Reinheit! Heim und Herd!
Erwürg den Säugling in der Wiege!
Nein, so geht es nicht! Wir wollens ihnen zeigen!

Zahlt es den Frauen heim, gründlich! Trefft sie ins Lebendige! Zahlt es den Schwätzern heim! Schlitzt ihnen den Bauch auf!

In den Gärten der Städte liegt Mondschein auf den Bäumen. Ihr habt nie im Schützengraben gelegen, nicht wahr? Ein Jahr, zwei Jahre, drei, vier, fünf, sechs Jahre?
Wie, zum Teufel, wars da mit dem Mondschein?

Gebt es den Weibern einmal! Bis zum Hals haben sie sich hineingestürzt. Welche Gefühlsduselei! Welche Überspanntheit! Das wars im Grunde – wenigstens zum guten Teil. Sie fanden alle Gefallen daran, die Weiber! Nun spielt ihnen mal zum Tanz auf! Cherchez la femme! Uns hat man verkauft mit Haut und Haar, und sie haben das Ihre gründlich dazu getan. Auch David-und-Uriah-Geschichten, wie viele! Bathsebas in hellen Scharen. Viel Zärtlichkeit führten die Frauen im Munde – «unsere geliebten Söhne» – wißt ihr noch? Die französischen Frauen redeten große Töne, die Engländerinnen, die Irinnen, die Italienerinnen ebenfalls. Wie war das möglich?

Nun laßt sie spüren, wie das stank! Das Leben! Die westliche Zivilisation!
Der Gestank der Schützengräben an den Händen, in den Kleidern, im Haar, er blieb haften, er drang uns ins Blut; und die Schützengraben-Gedanken, die Schützengraben-Gefühle, die Schützengraben-Liebe, hm?
Ist nicht das geliebte Paris die Kapitale unserer westlichen Zivilisation?
Wie wärs, zum Teufel? Wir wollen ihnen einen Einblick geben, wenigstens einmal!

Waren wir nicht, die wir waren? Hatten wir nicht unsere Träume? Liebten wir nicht ein wenig, wie?

Nun, zeigts ihnen in aller Nacktheit!
Und das Perverse – na, wie wärs damit?
Werft sie zu Boden, tanzt auf ihnen herum!
Wieviel kannst du aushalten? Was bleibt von dir im Innern noch übrig?
Wie kann man das Auge ausschlagen, ohne daß die Nase zerschunden wird?

Recht so. Du braunes rundliches Weibchen da drüben, sieh mich an! Schau ihn dir einmal richtig an, den Schützengraben-Hund!
Junge Künstler der westlichen Welt! Kommt, wir wollen ihnen die westliche Welt zeigen, dies eine Mal!
Bis zum Exzeß, hört ihr – dies eine Mal!
Nun, wie gefällts euch?
Wie ist es dazu gekommen?

SECHSTES KAPITEL

Rose Frank, die amerikanische Journalistin, war an dem Abend, bevor Aline ihr begegnete, auf dem Ball der Quat'z Arts gewesen. Ein paar Jahre lang, den ganzen Krieg hindurch, hatte sie sich ihr Brot damit verdient, daß sie schmissige Pariser Plaudereien an amerikanische Zeitungen schickte, doch auch sie hatte gehungert – nach dem Exzeß. Es lag eben damals in der Luft, die Gier nach dem Exzeß.
Und an dem Abend in ihrem Studio mußte sie sich ausspre-

chen. Ihr war, als würde sie verrückt, wenn sie sich nicht Luft machte. Nachdem sie die ganze Nacht inmitten der Orgie verbracht hatte, war sie den ganzen Tag über wach geblieben, war Zigaretten rauchend in ihrem Zimmer auf und ab gewandert und hatte gewartet – vielleicht auf eine Gelegenheit, sich auszusprechen.

Sie hatte es alles miterlebt. Der Journalistenausweis berechtigte zwar nicht zum Eintritt, doch eine Frau konnte trotzdem Mittel und Wege finden, wenn sie sich hineinwagen wollte.

Rose war mit einem jungen amerikanischen Kunststudenten hingegangen, dessen Namen sie nicht nannte. Als sie auf ihrem Wunsch beharrte, hatte der junge Amerikaner gelacht.

«Na schön. Sie Törin! Ich wills tun.»

Der junge Amerikaner hatte versprochen, ein Auge auf sie zu haben.

«Ich will sehn, was sich machen läßt. Natürlich werden wir alle betrunken sein.»

Und am frühen Morgen, als es vorüber war, hatten die beiden eine Droschke genommen und waren in den Bois gefahren. Leise sangen die Vögel. Männer, Frauen und Kinder gingen spazieren. Ein alter, grauhaariger Mann, der sehr vornehm aussah, ritt durch den Park, vielleicht ein Mann des öffentlichen Lebens, ein Mitglied der Deputiertenkammer oder dergleichen. In den Anlagen tollte ein kleiner Junge, nicht älter als Zehn, mit einem weißen Hündchen im Grase, während eine Frau auf einem Pfad in der Nähe stand und ihn bewachte, ein leises, weiches Lächeln auf den Lippen. Der Junge hatte so schöne Augen.

O Herrgott!
O Kalamazoo!

It takes a long, lean brown-skin gal,
To make a preacher lay his Bible down.[7]

Aber was für ein Erlebnis! Es hatte Rose etwas gelehrt. Was? Sie wußte es nicht.

Sie hatte dem jungen Amerikaner unendliche Scherereien gemacht; das wars, was ihr leid tat und was sie beschämte. Als sie dort ankam und das Treiben überall im Gange war, drehte sich dort alles vor den Augen – ihr wurde schwindlig und sie fiel in Ohnmacht.

Und dann die Begierde – eine finstere, wollüstige, lechzende Begier, alles, was es Schönes in der Welt gab, zu töten – in sich und anderen – in jedem Menschen.

Ein Mann, mit dem sie tanzte, riß ihr das Kleid auf. Der junge Amerikaner kam gelaufen und zerrte sie weg. Solche Dinge kamen drei-, vier-, fünfmal vor. Sie wußte es nicht mehr genau. Die andern Männer waren alle betrunken, doch der junge Amerikaner rührte nichts an. Er rauchte nicht einmal. Er hatte seinen Grund dafür. Gleichviel.

Esther, die hinter Aline saß, blickte etwas nervös und aufgeregt drein, wie jemand auf einem Schiff im Sturme, während Rose erzählte; Joe dagegen leckte sich förmlich die Lefzen. Es war widerlich, ihn anzusehen, während Rose redete.

Mitten im Erzählen lachte sie mitunter auf, und manchmal kamen ihr die Tränen in die Augen. «Nie wieder werde ich darüber sprechen, nur dies eine Mal», sagte sie.

Am tiefsten schien es sie zu quälen, daß sie körperlich unberührt daraus hervorgegangen, daß sie davongekommen war. «Was für ein Betrug, wenn es doch so in mir aussah! Dieser Dreck! Diese dreckigen Männer! Diese dreckigen Frauen! Der Krieg! Warum sollte ich verschont bleiben?»

Einmal versuchte der iroamerikanische Journalist, ihr das Wort abzuschneiden.

«In Irland», sagte er und fing dann nochmals an:

«In Irland...»
Er hielt inne.

«Der irische Freiheitskampf wird weitergeführt.»

«Um zwölf begann die Pantomime», sagte Rose; «neunundzwanzig Variationen des Liebesakts – alle in lebenden Bildern vorgeführt – von nackten Menschen. Der Augenblick war gekommen. Um zwölf konnten alle Frauen, die sich das ersparen wollten, hinausgehen. Ich blieb.
Ich mußte mich entscheiden. Alles hing von dieser Entscheidung ab. Der Jüngling, mit dem ich dort war, hatte gesagt, er werde versuchen, mich unversehrt hindurchzubringen. Was, zum Teufel, hatte ich mit ihm zu tun? Wollte ich ihn mir zur Richtschnur nehmen?
Es war etwas Unbegreifliches, was mich da überkam – etwas Primitives, wie es die Negerinnen bei afrikanischen Tänzen überkommt. Das war es, was sie mit dem Spektakel erreichen wollten. Man reißt sich alles vom Leibe, läßt allen Schein fahren. Wäre ich eine Schwarze gewesen, irgendein exotisches Wesen – dann gute Nacht! Dann wär kein Halten mehr gewesen, das ist sicher.
Stellt euch vor, eine Frau wie ich. Ich bin doch einigermaßen herumgekommen. Als Journalistin bekommt man allerhand zu sehen. Stellt euch vor: eure heimlichen Gedanken – sie kommen uns allen – Gedanken, deren wir uns schämen – alle die Vorstellungen und seltsamen, schrecklichen Träume, die man als junges Mädchen hat – mit fünfzehn etwa – nachts, wenn das Bett so heiß ist – wenn man nicht schlafen kann, nicht wach werden kann – alles das entblößt.
Alle eure geheimen Vorstellungen von Menschen verwirklicht – von Männern und Weibern; offen, vor euren Augen, führen sie euch euch selber vor – für einmal; so etwa ist das.

Den meisten Frauen, die dageblieben waren, machte es nichts. Es war eine Orgie der Männer, das Ganze. Die Männer taten es, um es den Weibern mal zu zeigen, um ihnen ihre Schwärmereien, ihre Gefühlsduselei heimzuzahlen – um sie in den Dreck zu ziehen, daß der Gestank an ihnen hängen blieb; so ungefähr war es. Konnte eine Frau dazu ja sagen, sich mitreißen lassen? Viele taten es. Ich hab Dinge gesehn! Sie genossen es. Ich bin dem entgangen dank einem glücklichen Zufall, durch einen Betrug, wie immer. Dank diesem Kleinen, der mit mir da war. Wenn ein Mann mich packen wollte, war er jedesmal zur Stelle und schnappte mich ihm weg. Alles war besinnungslos betrunken. Das hat mich bewahrt, sofern ich bewahrt geblieben bin. Kann ein Mensch auf dieser Welt bewahrt bleiben?

Es war ein Taumel, eine Orgie, etwas Wildes, Unbezähmbares. Seht ihr, die meisten Männer dort waren junge Kerls, die in den Schützengräben gelegen hatten, für Frankreich, für Amerika, für England. Für Frankreichs Fortbestand, für Englands Vorherrschaft zur See, für Amerika zum Andenken. Sie haben ihre Andenken schnell genug gekriegt. Sie waren zynisch geworden – alles war ihnen einerlei. Du hier, eine Frau? Was hast du hier zu suchen? Ich werds dir zeigen. Verdammtes Weib! Wenn du dich wehrst, um so besser. Ich krieg dich schon zahm. Auch das ist eine Art zu lieben. Hast du das nicht gewußt?

Der Junge fuhr danach mit mir ins Freie. Es war früh am Morgen, im Bois waren die Bäume grün und die Vögel sangen. Und dabei solche Bilder vor Augen, wie sie der Junge, der bei mit war, gesehen hatte, wie ich sie gesehen hatte. Der Junge hat sich fein benommen, er lachte. Auch er hat zwei Jahre im Graben gelegen. ‹Wir Jungen können doch wohl einen Krieg durchstehen. Hols der Teufel! Wir müssen ja unser ganzes Leben für andre einstehen, nicht wahr?› Er beschäftigte sich mit Pflanzen, damit hielt er sich in dem Schlamassel über Wasser. ‹Du hast dich nun mal damit eingelas-

sen, Rose; ich hab dich ja gewarnt›, sagte er. Er hätte mich wie ein Butterbrot nehmen, mich verschlucken können mit Haut und Haar, glaub ich. Statt dessen hat er mir einen guten Rat gegeben: ‹Geh lieber heute nicht schlafen.›
‹Ich habs so kommen sehen›, sagte er. ‹Aber was sollte ich machen? Laß sie laufen! Doch ich glaube, jetzt ist es besser für dich, wenn ich dir für heute aus den Augen geh. Du kriegst sonst einen Abscheu vor mir. Im Kriege bekommt man einen Abscheu vor allen Menschen – und bei diesen Dingen ists ebenso. Es spielt keine Rolle, daß dir nichts passiert ist, daß du heil davongekommen bist. Das ist einerlei. Du brauchst dich aber deswegen nicht zu schämen. Nimm es, als hättest du mich geheiratet und merktest, daß du mich nicht magst und ich dich nicht, oder so.›»

Rose war verstummt. Solange sie erzählte, war sie nervös im Zimmer hin und her gegangen, die Zigarette in der Hand. Als ihre Worte versiegten, ließ sie sich in einen Sessel fallen und saß da, die runden Wangen von Tränen überströmt. Ein paar Frauen von den Gästen gingen zu ihr und suchten sie zu trösten. Eine nach der andern trat zu ihr und beugte sich über sie und küßte sie ins Haar, doch Esther und Aline blieben auf ihrem Platz sitzen, die Hände krampfhaft geschlossen. Es bedeutete ihnen etwas ganz Verschiedenes, doch beide waren bestürzt. «Wie töricht von dieser Frau; wie kann sie sich etwas so nahegehen lassen, daß sie sich dermaßen aufregt und sich bloßstellt», hätte Esther gesagt.

SIEBENTES BUCH

ERSTES KAPITEL

Die Greys, Fred und Aline, waren nach ihrem Hause in Old Harbor hinaufgefahren und hatten zu Abend gegessen. Trieb nicht Aline mit ihrem Manne das gleiche Spiel, wie es Bruce damals in Chicago mit seiner Frau Bernice zu spielen pflegte? Fred Grey sprach von seinen Geschäften, von seinem Plan, in Zeitschriften, die im ganzen Lande gelesen wurden, für seine Autoräder Reklame zu machen.

Für ihn war die Radfabrik der Mittelpunkt seines Lebens geworden. Wie ein kleiner König bewegte er sich dort in einer Welt voll Untergebener, Büroangestellter und Arbeiter. Die Fabrik und seine leitende Stellung bedeuteten ihm um so mehr, als er im Kriege als einfacher Soldat gedient hatte. In der Fabrik schien er sich erst recht zu entfalten. Sie war letzten Endes ein riesiges Spielzeug, eine Welt für sich in der Stadt, eine ummauerte Stadt innerhalb der Stadt, worin er der Herrscher war. Wenn die Leute wegen irgendeines Nationalfeiertags – Jahrestag des Waffenstillstands oder dergleichen – frei haben wollten, so war er es, der ja oder nein sagte. Man mußte sich freilich davor hüten, einen Dünkel zu bekommen. Oft sagte Fred zu Harcourt, dem Sekretär der Gesellschaft: «Im Grunde bin ich ja nur ein Diener hier.» Es war gut, gelegentlich so etwas auszusprechen, um sich die Verantwortung vor Augen zu rufen, die ein Geschäftsmann auf seine Schultern nehmen mußte, Verantwortung für den Besitz, Verantwortung gegenüber den andern Investitoren, den Arbeitern, den Familien der Arbeiter. Fred hatte einen Helden – Theodore Roosevelt. Ein Jammer, daß Roosevelt nicht während des Weltkriegs am Ruder war. Hätte er nicht einiges zu sagen gehabt über die Reichen, die die Verantwortung, die ihre Stellung mit sich brachte, nicht auf sich nahmen? Wäre Teddy zu Beginn des Weltkriegs dagewesen, so wären wir früher eingetreten und hätten die Feinde vernichtet.

Die Fabrik war ein kleines Königreich, aber wie stand es mit Fred zu Hause? Seine Stellung dort beunruhigte ihn ein wenig. Dieses Lächeln, das seine Frau zuweilen zeigte, wenn er von seinen Geschäften sprach... Was wollte sie damit sagen? Er meinte, er müsse sie unterhalten.

«Wir haben einen Markt für so viel Räder, wie wir heute nur herstellen können, doch das könnte sich ändern. Die Frage ist: Weiß der Durchschnittsmensch, der ein Auto fährt, woher die Räder kommen? Interessiert ihn das? Das muß man sich überlegen. So eine übers ganze Land ausgedehnte Werbung kostet eine Masse Geld, aber wenn wirs nicht tun, müssen wir um so mehr Steuern zahlen – Steuern für den Übergewinn, weißt du. Die Regierung erlaubt, davon abzuziehen, was man für Werbung ausgibt. Das heißt, es gilt als berechtigte Ausgabe. Die Zeitungen und Zeitschriften sind eine Macht, sag ich dir! Den fetten Brocken haben sie sich von der Regierung nicht entreißen lassen. Ja, ich glaube doch, ich täte ganz gut daran.»

Aline saß lächelnd da. Fred fand immer wieder, sie sehe eher wie eine Europäerin aus, nicht wie eine Amerikanerin. Wenn sie so lächelte und nichts sagte, machte sie sich dann im stillen über ihn lustig? Verdammt nochmal, die ganze Frage, ob die Rad-Kompanie Geld machte oder nicht, war doch für sie ebenso wichtig wie für ihn. Sie war von jeher gewohnt gewesen, schöne Sachen zu haben, als Kind wie nach ihrer Heirat. Es war ein Glück für sie, daß der Mann, den sie geheiratet hatte, steinreich war. Aline gab dreißig Dollar für ein Paar Schuhe aus. Sie hatte lange, schmale Füsse, und es war schwierig für sie, fertige Schuhe zu finden, die ihr nicht weh taten; so ließ sie sie nach Maß anfertigen. Zwanzig Paar Schuhe mußten in dem Wandschrank oben in ihrem Zimmer stehen, und jedes Paar hatte dreißig bis vierzig Dollar gekostet. Zwei mal drei ist sechs. Sechshundert Dollar allein für Schuhe. Du lieber Gott!

Vielleicht aber hatte ihr Lächeln nichts Besonderes zu bedeuten. Fred vermutete, daß seine geschäftlichen Angelegenheiten, alles, was mit der Fabrik zusammenhing, Aline ein bißchen über den Horizont ging. Frauen kümmerten sich nicht um diese Dinge, oder sie verstanden nichts davon. Dazu brauchte es das Gehirn eines Mannes. Als er plötzlich gerufen wurde, die Geschäfte seines Vaters zu übernehmen, hatte jedermann geglaubt, er werde einen Kuddelmuddel machen, doch das hatte er durchaus nicht getan. Was Frauen betraf, hätte er keineswegs eine von dem tüchtigen, unternehmerischen Typ haben mögen, die einem sagen, wie mans machen muß. Aline war ganz nach seinem Sinn. Er fragte sich, warum er keine Kinder hatte. War sie schuld oder er? Na ja, sie hatte wieder mal ihre Launen. Wenn sie so war, ließ man sie am besten in Ruhe. Das würde schon nach einer Weile vergehen.

Nach dem Dinner, bei dem Fred beharrlich das Thema Werbung großen Stils für Automobilräder ausgesponnen hatte, ging er ins Wohnzimmer hinüber, setzte sich in einen Sessel unter der Lampe und las bei einer Zigarre die Abendzeitung, und Aline schlüpfte unbemerkt hinaus. Seit ein paar Tagen war es ungewöhnlich warm für die Jahreszeit. Sie warf einen Mantel über und ging in den Garten. Noch zeigte sich nichts Grünes, die Bäume waren noch kahl. Sie setzte sich auf eine Bank und brannte eine Zigarette an. Fred sah es gern, wenn sie rauchte. Er fand, es gab ihr eine gewisse Note, eine europäische vielleicht; jedenfalls wirkte es apart.

Der Garten atmete die milde Feuchtigkeit eines spätwinterlichen oder Vorfrühlingsabends. Welches von beiden? Die Jahreszeiten waren in der Schwebe. Wie still es in dem Garten auf der Hügelkuppe war! Weiß Gott, im Mittelwesten war man von der übrigen Welt abgeschnitten. In Paris, London, New York schickten sich die Leute um diese Stunde an,

ins Theater zu fahren. Wein, Lichter, ein Wirbel von Menschen, Gespräche. Man wurde davon eingefangen und mitgetragen. Keine Zeit, sich in einem Strudel eigener Gedanken zu verlieren, Gedanken, die einem wie windgepeitschte Regentropfen durch den Sinn fuhren.
Allzu viele Gedanken!
Jener Abend, als Rose erzählte – wie heftig war es über sie hereingestürzt, über Fred und sie selber, hatte sie gepackt und mit ihnen gespielt, wie der Wind mit dürren, welken Blättern spielt; der Krieg, seine Gräßlichkeit, die Männer, die von dem Gräßlichen durchdrungen waren wie die Erde vom Regen – und das jahrelang.
Der Waffenstillstand – die Entspannung – der Ausbruch der nackten Lust.
Wie Rose Frank redete – die Flut nackter Worte – der Tanz. Was waren sie denn, die meisten Frauen auf dem Ball in Paris? Etwa Huren? Ein Versuch, den falschen Schein, die Maske, abzuwerfen. All das verlogene Geschwätz, alle die Phrasen den ganzen Krieg hindurch. Kampf für die Gerechtigkeit; Krieg, um die Welt frei zu machen. Die jungen Männer hatten es satt, satt bis zum Ekel. Trotzdem lachten sie – ein unheimliches Lachen. Durchhalten! sagten sie sich, die Männer. Was Rose Frank gesagt hatte – wie sie sich schämte, daß sie nicht bis zum Äußersten gegangen war, bis in den Pfuhl. – Seltsame, zusammenhanglose Gedanken einer Frau. Einen Mann müßte man haben, den besten von allen, wenn man ihn bekommen kann.
Da war dieser junge Jude, der eines Abends in Paris mit Aline gesprochen hatte, als sie schon mit Fred verheiratet war. Eine Stunde lang war er in dieselbe Verfassung geraten, in der Rose gewesen war und in die Fred geriet – nur ein einziges Mal – nur damals, als er Aline bat, seine Frau zu werden. Sie lächelte bei der Erinnerung. Dem jungen amerikanischen Juden, der ein Liebhaber von alten Stichen war und eine wertvolle Sammlung besaß, war es erspart geblieben, im

Schützengraben zu liegen. «Ich habe statt dessen Latrinen gegraben – Tausende von Meilen Latrinen, so schien es mir. Graben, Graben, Graben in steinigem Boden, Gräben, Latrinen. Es war ihnen schon zur Gewohnheit geworden, mich dazu heranzuholen. Ich versuchte zu komponieren, als der Krieg kam, das heißt, als sie mich in die Krallen bekamen. Ich dachte: Nun, ein so empfindlicher Mensch, ein Neurotiker – dachte ich. Ich dachte, sie würden mich laufen lassen. Jeder, der nicht ein dummer, blinder Narr war, dachte das, hoffte es, ob er es aussprach oder nicht. Jedenfalls hoffte er es. Dies eine Mal war es eine große Sache, ein Krüppel zu sein oder blind oder Diabetiker. Es kam so vieles zusammen, der Drill, die häßlichen Baracken, in denen wir hausten, keine Möglichkeit, allein zu sein, und man lernte seine Mitmenschen allzu gut kennen und allzu schnell. Und die Latrinen. Dann war es vorbei, und ich habe nie wieder versucht zu komponieren. Ich hatte etwas Geld und fing an, alte Drucke zu kaufen. Ich brauchte etwas Zartes, zarte Linien und Zartheit der Empfindung – ich mußte etwas um mich haben, das zarter und feiner empfunden war, als ich es je wieder könnte – nach dem, was ich durchgemacht hatte.»

Rose Frank war auf dem Ball gewesen, wo das Pulverfaß in die Luft ging. Danach hatte fast nie mehr jemand in Alines Beisein davon gesprochen. Rose war Amerikanerin, und sie war davongekommen, indem sie sich mitten hineinstürzte, mitten in den Exzeß, und hindurchschlüpfte – dank diesem Jungen, der über sie wachte – einem amerikanischen Jungen. War auch Aline durch die Maschen geschlüpft? War Fred, ihr Mann, unberührt hindurchgeschlüpft? War Fred derselbe, der er gewesen wäre, wenn es keinen Krieg gegeben hätte? War sein Denken dasselbe geblieben, sein Lebensgefühl dasselbe?

An jenem Abend, als sie Rose Frank verließen, hatte es Fred instinktiv zu Aline hingezogen. Er war mit Esther, Joe und ihr aus dem Hause gekommen. Wer weiß, vielleicht hatte

Esther ihn sogar mit einem Hintergedanken aufgefordert mitzukommen. Kann man vielleicht mal gebrauchen – in diesem Sinne etwa. Und der junge Mann, der neben Fred saß und von seiner Arbeit in einer Fabrik in Amerika gesprochen hatte, ehe Rose anfing... Er war geblieben, als die andern alle weggingen. Der Abend in Roses Studio hinterließ bei allen fast das Gefühl, als wären sie in ein Schlafzimmer eingedrungen, wo eine Frau nackt lag. So war allen zumute gewesen.
Fred hatte sich Aline angeschlossen, als sie die Wohnung verließen. Was ihnen da begegnet war, hatte ihn zu ihr hingezogen und sie zu ihm. Daran war nicht zu zweifeln, sie fühlten sich einander sehr nahe, jedenfalls an dem einen Abend. Er war für sie an jenem Abend dasselbe wie der amerikanische Jüngling, der mit Rose auf dem Ball gewesen war, nur daß zwischen ihnen nichts geschah, das man mit dem, was Rose schilderte, hätte vergleichen können.
Warum war nichts geschehen? Wenn Fred gewollt hätte – in jener Nacht... Er hatte es nicht gewollt. Sie waren nur miteinander durch die Straßen gewandert, Esther und Joe irgendwo voraus, und schließlich hatten sie die beiden sogar verloren. Wenn Esther sich für Aline verantwortlich fühlte, so beunruhigte es sie doch nicht. Sie wußte, wer Fred war, wenn auch Aline es nicht wußte. Man konnte sich darauf verlassen, daß Esther über einen jungen Mann unterrichtet war, der so viel Geld hatte wie Fred. Wie ein Schießhund spürte sie Menschen dieser Art auf. Und Fred hatte ebenfalls gewußt, wer Aline war, nämlich die wohlachtbare Tochter eines ach so wohlachtbaren Chicagoer Anwalts. War das der Grund...? Wie vieles hätte sie Fred zu fragen, das sie ihn nie gefragt hatte, nie hatte fragen können – jetzt, da sie seine Frau war in Old Harbor, Indiana.

Sowohl Fred wie Aline waren aufgewühlt durch das, was sie gehört hatten. Sie gingen das linke Seineufer entlang und fanden ein kleines Café, wo sie einkehrten und etwas tranken. Nach dem ersten Glas sah Fred Aline an. Er war sehr bleich. «Ich möchte nicht als Säufer erscheinen, aber ich brauche ein paar scharfe Schnäpse, einen auf den andern. Würden Sie es mir übelnehmen?» fragte er. Dann waren sie den Quai Voltaire entlanggewandert und über den Pont Neuf nach dem andern Ufer der Seine. Sie kamen in den kleinen Garten von Notre-Dame. Aline war froh, an diesem Abend mit einem Mann zusammenzusein, den sie nie zuvor gesehen hatte, und sie dachte immerzu: Wenn er etwas will, ich könnte... Er war Soldat gewesen, hatte als Gemeiner im Schützengraben gelegen, zwei Jahre lang. Rose hatte Aline so lebhaft empfinden lassen, wie beschämend es war, davongekommen zu sein, wenn die Welt in den Dreck gestürzt wird. Auch Fred Grey war froh, an diesem Abend mit einer Frau zusammenzusein, die er nie zuvor gesehen hatte. Er war über sie ungefähr im Bilde. Esther hatte ihm einige Andeutungen gemacht. Doch was für ein Bild sich Fred von ihr machte, hatte Aline nicht geahnt – damals nicht.

In dem kleinen Garten, durch den sie schlenderten, saßen überall Franzosen aus der Nachbarschaft, junge Liebespaare, Alte mit ihren Frauen, behäbige Männer aus dem Mittelstand mit Frau und Kindern. Säuglinge lagen im Grase und strampelten mit ihren dicken Beinchen, Säuglinge tranken an der Brust der Mutter, Säuglinge schrien; man hörte das Geplätscher der Unterhaltung, französisches Geplauder. Als Aline einmal abends mit Esther und Joe ausgegangen war, hatte sie einen Mann über die Franzosen sagen hören: «Ob sie kämpfen und töten, ob sie Tote vom Schlachtfeld tragen, ob sie sich lieben – gleichviel. Wenn Schlafenszeit ist, dann gehn sie schlafen, wenn Essenszeit ist, dann essen sie.»

Eigentlich war dies Alines erster Abend in Paris gewesen. «Ich möchte die ganze Nacht draußen bleiben. Ich möchte etwas erleben. Ich glaube, heute nacht könnte ich mich betrinken», hatte sie zu Fred gesagt.

Fred hatte gelacht. Seit dem Augenblick, da er mit Aline allein war, fühlte er sich stark und männlich, und das, fand er, war ein schönes Gefühl. Das Zittern im Innern schwand mehr und mehr. Sie war Amerikanerin, eine von der Art, die er heiraten möchte, wenn er nach Amerika zurückkehrte – was nun bald geschehen sollte. Es war ein Fehler gewesen, so lange in Paris zu bleiben. Zu vieles erinnerte hier daran, wie das Leben war, wenn man es im Rohzustand sah.

Man wünschte von einer Frau nicht, daß sie in die Realitäten des Daseins, in seine Niedrigkeiten eingeweiht war und sie mit einem teilte. Diese Art Weiber gab es in Mengen, in Paris jedenfalls; auch viele Amerikanerinnen, wie Rose Frank und ihresgleichen.

Fred war zu Rose Frank gekommen, weil Tom Burnside ihn mitgeschleift hatte. Tom kam aus einer anständigen Familie in Amerika, aber er meinte – weil er nun einmal in Paris war und weil er Maler war –, ja, er meinte, er müsse sich mit all diesen liederlichen Leuten herumtreiben, den Bohemiens.

Es ging darum, Aline etwas zu erklären, ihr etwas zu verstehen zu geben – aber was? Nun, daß anständige Menschen, Frauen jedenfalls, nichts von den Dingen wissen, von denen Rose Frank gesprochen hatte.

Nach den Schnäpsen, die Fred getrunken hatte, fühlte er wieder festen Boden unter den Füßen. In der trüben Beleuchtung des kleinen Gartens hinter der Kathedrale betrachtete er Aline, ihr ausgeprägtes, zartes, schmales Gesicht, ihre schlanken Füße, die in teuren Schuhen steckten, die schmalen Hände, die in ihrem Schoß lagen. In Old Harbor, in dem von seinem Garten umgebenen Backsteinhaus der Greys, das auf der Kuppe des Hügels über dem Fluß lag, wie reizvoll, wie erlesen würde sie da wirken – wie eine der altmodischen kleinen, weißen Marmorstatuen, die manche Leute auf einem Sockel zwischen grünem Laub im Garten stehen hatten.

Das Schwierige war, ihr, einer Amerikanerin, einer reinen und vornehmen Frau, zu sagen – nun, was? Was ein Amerikaner, ein Amerikaner wie er, der in Europa gesehen hatte, was er gesehen hatte – was ein solcher Mann ersehnte. Noch am Abend vorher – Tom Burnside hatte ihn in ein Lokal auf dem Montmartre geschleppt, ins Pariser Nachtleben –, was für Weiber hatte er da gesehen! Diese gräßlichen Frauenzimmer, diese gräßlichen Kerls, die sich den Amerikanern und Engländern feilboten!

Diese Rose Frank! Ihr Erguß – was für Empfindungen aus dem Munde einer Frau!

«Ich möchte Ihnen etwas sagen», brachte Fred schließlich hervor.

«Nun?» fragte Aline.

Fred suchte nach Worten für seine Empfindungen. «Ich habe von den Dingen, wie sie Rose Frank da ausposaunt hat, zuviel gesehen», sagte er. «Ich bin an der Front gewesen.»

Eigentlich hatte er etwas über Amerika und das Leben daheim sagen wollen, um es ihr in Erinnerung zu rufen. Es schien ihm nötig, einem jungen Mädchen wie Aline – und sich selber auch – etwas vor Augen zu halten, das man nicht vergessen durfte. Der Schnaps machte ihn ein bißchen redselig. Namen schwebten ihm vor, Namen von Männern, die etwas Wesentliches im Leben Amerikas verkörperten. Emerson, Benjamin Franklin, W.D. Howells – ‹The better aspects of American life› – ‹Die bessere Seite unseres amerikanischen Lebens› – Roosevelt, der Dichter Longfellow.

«Wahrheit, Freiheit – die Freiheit des Menschen. Amerika, das größte Freiheitsexperiment der Menschheit.»

War er betrunken? Er sagte etwas ganz anderes, als er im Sinn hatte. Dieses verrückte, hysterische Weib mit ihrem Geschwätz in dem Studio da drüben!

In seinem Innern ein irrer Tanz von Gedanken, von Bildern des Grauens. Eines Nachts, während Kämpfe im Gange waren, ging er auf Patrouille ins Niemandsland vor und sah einen andern in der Dunkelheit herumstolpern und schoß auf ihn. Der Mann sackte vornüber, tot. Es war das einzige

Mal, daß er wissend einen Menschen getötet hatte. Man tötet eigentlich nicht viele Menschen im Kriege. Sie fallen. Er hatte ziemlich kopflos gehandelt. Mit den Kameraden, die bei ihm waren, hätte er den Kerl vielleicht zwingen können, sich zu ergeben. Sie hatten alle Bammel. Als es geschehen war, nahmen sie Reißaus, allesamt.
Einen Mann getötet. Manchmal bleiben sie so in den Granattrichtern liegen und verwesen. Man geht vor, um sie herauszuholen, und sie zerfallen einem unter den Händen.
Später einmal, bei einem Angriff, kroch er hinaus und suchte in einem Granattrichter Deckung. Da lag einer mit dem Gesicht nach unten. Fred war nah an ihn herangekrochen und hatte ihn aufgefordert, ihm ein bißchen Platz zu machen. Ihm Platz zu machen – o Hölle! Der Mann war tot, ein verrotteter Leichnam.
Möglicherweise war es derselbe, den er damals nachts in seiner Panik erschossen hatte. Wie konnte er wissen, ob der Kerl ein Deutscher war oder nicht, in dieser Finsternis? Er hatte einfach die Nerven verloren.
Andre Male vor einem Angriff. Wie die Männer beteten, wie sie von Gott sprachen.
Dann war es wieder einmal überstanden, und er und andre waren noch am Leben. Kameraden, die noch lebten wie er – verrottet bei lebendigem Leibe.
Sonderbar das Bedürfnis, Unflat im Munde zu führen, mit Worten um sich zu schleudern, die stanken, wie die Schützengräben stanken; eine wahre Besessenheit, wenn man so davongekommen, mit dem Leben davongekommen war, dem kostbaren Leben – um es dann mit dieser Unflätigkeit, dieser Wüstheit zu entwürdigen. Fluche! Lästere Gott! Geh bis zum Äußersten!
Amerika weit weg. Etwas Liebes und Schönes. Daran muß man glauben, an die Männer daheim, an die Frauen daheim. Daran halt dich! Klammere dich mit deinen Händen daran, mit deiner ganzen Seele! An das Schöne, das Wahre! Und

es muß schön und treu und wahr bleiben. Denk an die Felder, die Städte, die Straßen, die Häuser, die Bäume, die Frauen.
Vor allem die Frauen. Schlag ihn tot, der etwas gegen unsre Frauen sagt, gegen unser grünes Land, unsre Städte.
Vor allem die Frauen. Sie wissen nicht, wie sehr es auf sie ankommt. Wir sind müde – verdammt müde, todmüde.

So sitzt Fred Grey nachts in dem kleinen Pariser Garten und redet. Nachts sieht man auf dem Dach von Notre-Dame Engel gen Himmel wandeln, weißgekleidete Frauen, die zu Gott hinaufschreiten.
Es mag sein, daß Fred einen Rausch hatte. Vielleicht hatte Rose Franks Erzählung ihn berauscht. Was war mit Aline? Sie weinte. Fred klammerte sich an sie. Er küßte sie nicht, danach hatte er kein Begehr. «Werden Sie meine Frau; wir wollen zusammen in Amerika leben.» Wenn er den Kopf hob, sah er die marmorweißen Frauen, die Engel, die auf dem Dach der Kathedrale himmelwärts wandelten.
Aline zu sich selber: Seine Frau? Wenn er etwas will – er ist ein versehrter, besudelter Mann –, warum sollte ich mich ihm versagen?
Immer noch klangen Roses Worte in ihr nach und beherrschten sie, Roses Scham, weil sie geblieben war – was man so rein nennt – immer noch klang es in ihr nach und beherrschte sie.
Fred war in Schluchzen ausgebrochen, während er versuchte, Aline sein Herz auszuschütten; sie nahm ihn in die Arme. Die Franzosen in dem kleinen Garten kümmerten sich kaum darum. Sie hatten viel erlebt, den Granatschock, alle die Schrecknisse des modernen Krieges. Es wurde spät. Zeit, heimzugehen, schlafen zu gehen. Die französische Prostitution während des Krieges. «Nie vergessen sie, Bezahlung zu fordern, nicht wahr, Buddy?»
Fred klammerte sich an Aline und Aline klammerte sich an

Fred – in jener Nacht. «Du bist ein anständiges Mädchen, ich hatte es gleich auf dich abgesehen. Die Frau, mit der du kamst, hat es mir gesagt; Tom Burnside hatte mich mit ihr bekannt gemacht. Bei mir zu Hause ist alles in Ordnung, wir sind anständige Leute. Ich muß dich haben. Wir müssen an etwas glauben, müssen die Leute totschlagen, die an nichts glauben.»

Sie fuhren in einer Droschke umher, die ganze Nacht, und frühmorgens in den Bois, wie Rose Frank und ihr kleiner Amerikaner es getan hatten. Danach die Trauung – sie schien unerläßlich.

Wie wenn man in einen Zug eingestiegen ist und er fährt ab. Er bringt einen irgendwohin, ohne eigenes Zutun.

Fred redete und redete. «Sprich, Junge, das hilft vielleicht.» Er erzählte von einem Mann, den er erschossen hatte – im Dunkeln. «Zu viele Dinge verfolgen mich, ich will nichts mehr davon hören. Wir Amerikaner haben unsre Sache gut gemacht. Kamen vorwärts. Warum bin ich nur hiergeblieben, als der Krieg aus war? Tom Burnside hat mich dazu überredet, vielleicht sollte es so sein, um deinetwillen. Tom Burnside war nie im Schützengraben, dieser glückliche Hund; ich nehme es ihm nicht übel.

Ich will nichts mehr von Europa hören. Dich will ich. Ich will weiter nichts als vergessen, mich aus dem Dreck ziehen. Mag Europa verfaulen.»

Aline fuhr die ganze Nacht mit Fred in der Droschke umher. Welch absonderliche Liebeswerbung! Er hielt ihre Hand fest, aber er küßte sie nicht und sagte ihr keine Zärtlichkeiten.

Er war wie ein Kind, voller Verlangen nach etwas, das sie für ihn verkörperte – ein verzweifeltes Verlangen.

Warum sich ihm nicht hingeben? Er war jung und hübsch. Sie war bereit gewesen, sich ihm hinzugeben.

Danach aber schien ihn nicht zu verlangen.

Man bekommt das, wonach man die Hand ausstreckt, was man nimmt. Das Nehmen ist immer Sache der Frauen – sofern sie den Mut dazu haben. Man nimmt einen Mann – oder eine Stimmung – oder ein Kind, das einen Knacks abbekommen hat. Esther war hart wie ein Nagel, aber in manchen Dingen wußte sie Bescheid. Es war lehrreich für Aline gewesen, mit ihr nach Europa zu gehen. Was dabei herausgekommen war, daß sie Fred und Aline miteinander allein ließ, empfand Esther sicherlich als einen Triumph ihres Systems, ihrer Art, die Dinge zu lenken. Sie wußte, wer Fred war. Bei Alines Vater würde sie einen Stein im Brett haben, wenn ihm klar wurde, was sie vollbracht hatte. Hätte er seiner Tochter einen Mann suchen sollen, er hätte keinen andern als Fred gewählt. Nicht viele dieser Art liefen frei herum. Mit diesem Mann konnte eine Frau wie Aline, wenn sie erst ein bißchen älter und erfahrener war – nun, sie konnte einfach mit ihm machen, was sie wollte. Eines Tages würde sie Esther dafür Dank wissen.

Und darum hatte Esther am folgenden Tage kurzerhand die Trauung durchgesetzt – vielmehr am selben Tage noch, um genau zu sein. «Wenn Sie mit einem Mädchen wie Aline die ganze Nacht herumschwärmen – aber, junger Mann!» Fred und Aline zu deichseln war nicht schwierig gewesen. Aline schien ganz benommen. Sie war wirklich ganz benommen. Die ganze Nacht und am nächsten Tage und noch ein paar Tage lang war sie nicht sie selber. Was war mit ihr? Vielleicht hatte sie sich eine Weile eingebildet, sie sei Rose Frank, die Journalistin. Das Weib hatte sie behext – hatte ihr das ganze Leben unheimlich gemacht und auf den Kopf gestellt. Durch Rose hatte sie begriffen, was der Krieg war – all das Ungeheuerliche auf einmal, mit einem Schlage. Sie, Rose, hatte sich hineingestürzt und war davongekommen. Und schämte sich, davongekommen zu sein.

Auch Aline wollte sich hineinstürzen, bis über die Ohren, bis zum Exzeß – wenigstens einmal.

Und sie hatte sich hineingestürzt...

In die Ehe mit Fred Grey.

ZWEITES KAPITEL

Aline erhob sich von der Bank im Garten, wo sie eine halbe Stunde, vielleicht eine Stunde gesessen hatte. Die Nacht war voller Frühlingsverheißung. Noch eine Stunde, und ihr Mann würde sich anschicken, zu Bett zu gehen. Vielleicht hatte er einen schweren Tag in der Fabrik hinter sich. Sie wollte lieber hineingehen. Sicherlich war er in seinem Sessel eingeschlafen, sie würde ihn wecken. Sie würden noch eine Weile plaudern. «Geht alles gut in der Fabrik?» «Ja, Liebe. In diesen Tagen habe ich viel zu tun. Ich versuche jetzt, über die Werbung zu einem Schluß zu kommen. Manchmal denke ich, ich tus, manchmal nein.»

Dann würde Aline mit dem Mann, ihrem Gatten, im Hause allein sein, und draußen war die Nacht, die er gar nicht wahrzunehmen schien. In ein paar Wochen, wenn der Frühling etwas weiter war, würde auf dem ganzen Hügelhang, über dem das Haus stand, zartes Grün sprießen. Der Boden hier oben war fruchtbar. Freds Großvater, von dem die alten Leute in der Stadt noch erzählten als dem Old Wash Grey, war ein Pferdehändler ziemlich großen Stils gewesen. Es hieß, im Bürgerkrieg habe er Pferde an beide Parteien verkauft, und bei mehreren großen Pferderennen habe er seine Hand im Spiele gehabt. Er verkaufte Pferde an Grants Armee, die Rebellen machten einen Überfall, die Pferde verschwanden von der Bildfläche, und bald darauf verkaufte Old Wash sie noch einmal an Grants Truppen. Der ganze Hügel war einst eine ungeheure Pferdekoppel.

Noch wenige Wochen, dann grünte er über und über, die Bäume belaubten sich, das Gras sproß, die ersten Frühlingsblumen kamen hervor, blühende Büsche überall.

Sie würden noch dies und jenes sagen, und dann würde im Hause Schweigen herrschen. Aline und ihr Mann würden hinaufgehen. Wenn sie oben auf der Treppe anlangten, kam immer ein Augenblick der Entscheidung. «Soll ich diese Nacht zu dir kommen?» «Nein, Liebster; ich bin ein bißchen müde.» Irgend etwas legte Feuer zwischen den Mann und die Frau, eine Wand, die sie trennte. Immer war diese Wand dagewesen – außer einmal eine Stunde lang, eines Nachts in Paris. Lag Fred wirklich daran, die Wand zwischen ihnen niederzureißen? Dazu gehörte viel. In einer wirklichen Gemeinsamkeit mit einer Frau lebt man nicht für sich allein. Das Leben sieht dann anders aus. Es bringt neue Verwicklungen. Das Gefühl muß wach sein, man muß den Dingen ins Auge sehen. Aline fragte sich, ob sie wünschte, die Wand würde niedergerissen. Manchmal bemühte sie sich darum. Oben auf der Treppe wandte sie sich um und lächelte ihrem Mann zu. Dann nahm sie seinen Kopf zwischen ihre Hände und küßte ihn; darauf ging sie schnell in ihr Zimmer, und später kam er im Dunkeln zu ihr. Es war seltsam, ja erschreckend, wie man sich so nah sein konnte und dennoch so fern. Könnte sie, wenn sie willens wäre, die Wand niederreißen und dem Manne, dem sie angetraut war, wirklich nahe kommen? Sehnte sie sich danach?

Es tat so gut, draußen allein zu sein an einem Abend wie diesem, an dem wir Alines Gedanken belauschen. In dem Garten, der auf der Hügelkuppe in Terrassen angelegt war, standen mehrere Bäume mit einer Bank darunter, und eine niedrige Mauer trennte den Garten von der Straße, die an dem Hause vorbei über den Hügel lief und dann wieder hinabführte. Im Sommer, wenn die Bäume und die hohen Büsche auf den Terrassen voll belaubt waren, konnte man die übrigen Häuser an der Straße nicht sehen, doch jetzt boten sie sich frei dem Blick dar. In einem Nachbarhause, wo Mr. und Mrs. Willmott wohnten, hatte man an diesem Abend Gäste, und zwei oder drei Autos standen vor der Tür. Die Leute saßen in einem hell erleuchteten Zimmer am Tische und spielten Karten. Man sah, wie sie lachten und plauderten, zuweilen erhoben sie sich und standen beieinander. Auch

Aline war mit ihrem Manne eingeladen worden, doch sie hatte sich davor gedrückt, indem sie Kopfschmerzen vorschützte. Seit sie in Old Harbor war, hatte sie langsam aber sicher ihren und ihres Mannes Umgang mit anderen eingeschränkt. Fred sagte, das sei ihm nur lieb, und er lobte die Gewandtheit, mit der sie sich aller Geselligkeit entzog. Abends nach dem Essen las er die Zeitung oder ein Buch. Am liebsten las er Kriminalromane, er sagte, sie regten ihn an und lenkten ihn doch nicht von seinen Geschäften ab wie die sogenannten ernsthaften Bücher. Manchmal fuhren er und Aline abends spazieren, doch das kam selten vor. Sie hatte auch die gemeinsame Benutzung des Wagens eingeschränkt, es brachte sie zuviel mit Fred zusammen. Sie wußten nicht, worüber sie miteinander sprechen sollten.

Als Aline von der Bank aufgestanden war, ging sie langsam und leise durch den Garten. Sie war weiß gekleidet und spielte mit sich selber ein kindliches Spiel, wie sie es gern tat. Sie stellte sich an einen Baum und verschränkte die Arme und blickte mit geneigtem Gesicht reglos zur Erde, oder sie brach einen Zweig vom Strauch und hielt ihn an die Brust wie ein Kreuz. In Europa und hier und da auch in Amerika gab es alte Parks mit hohen Bäumen und dichtem Gebüsch, wo auf einem Postament kleine weiße Figuren standen und stimmungsvoll aus dem Schatten des Laubes schimmerten. Traumversunken verwandelte sich Aline in solch eine zierliche weiße Statue – in ein steinernes Mädchen, das sich niederbeugte, um ein kleines Kind auf die Arme zu nehmen, das seine Hände zu ihr emporstreckte, oder in eine Nonne in einem Klostergarten, die ein Kreuz an die Brust drückte. Als kleine Steinfigur dachte und fühlte sie nichts. Für eine Weile war sie nur eine liebliche Erscheinung zwischen dem nächtlich dunklen Laubwerk des Gartens; sie wurde eins mit der Schönheit der Bäume und dichten Büsche, die in der Erde wurzelten. Sie wußte nicht, daß Fred, ihr Mann, sie einmal in seinem Zukunftstraum so gesehen hatte – in der Nacht, da er um ihre Hand bat. So könnte sie jahrelang, vielleicht für immer Tag und Nacht dastehen mit ausgestreckten Armen, um ein Kind an sich zu ziehen, oder als Nonne das Sinnbild des Kreuzes, an dem ihr himmlischer Bräutigam gestorben war, an sich drücken. Es war eine Dramatisierung, kindisch und sinnlos, und doch eine Art tröstlicher Befriedigung für einen Menschen, dessen wirkliches Leben unerfüllt blieb. Zuweilen, wenn sie so im Garten stand, während ihr Mann im Hause seine Zeitung las oder in seinem Sessel eingenickt war, regte sich minutenlang kein Gedanke, kein Gefühl in ihrem Innern. Sie war eins geworden mit dem Himmel, mit der Erde, mit dem säuselnden Wind. Wenn es regnete, wurde sie der Regen. Wenn der Donner das Tal des Ohio entlangrollte, lief ein leichtes Beben durch ihren Körper. Als liebliches kleines Steinbild war sie ins Nirwana eingegangen. Dies war der Augenblick, da ihr Geliebter hätte kommen müssen, jäh aus dem Boden wachsend oder aus den Zweigen des Baumes herabspringend, um sie zu nehmen, lachend bei dem bloßen Gedanken, sie um ihre Zustimmung zu fragen. In einem Museum hätte solch eine Figur lächerlich gewirkt; doch im Garten zwischen den Bäumen und Büschen und von den farbigen Schatten der Nacht liebkost, war sie von geheimnisvoller Schönheit. Und wie ihre Beziehung zu ihrem Mann beschaffen war, wollte sie vor allem in ihren eigenen Augen schön und geheimnisvoll sein. Sparte sie sich für irgend etwas auf, und wenn es so war, wofür?

Als sie so mehrmals ihre Posen gewechselt hatte, wurde sie des kindlichen Spiels müde, und sie mußte über ihre Narrheit lächeln. Sie schlug den Pfad ein, der zum Hause zurückführte. Durchs Fenster blickend, sah sie ihren Mann in seinem Lehnstuhl schlafen. Die Zeitung war ihm aus der Hand gefallen und sein Körper war in den üppigen Tiefen des Sessels zusammengesunken, so daß nur sein knabenhaft wirkender Kopf zu sehen war. Nachdem Aline ihn einen Augenblick betrachtet hatte, entfernte sie sich wieder und ging den

Weg hinunter, der zum Tor führte. Wo der Greysche Besitz an die Straße grenzte, war die gegenüberliegende Seite unbebaut. Zwei Landstraßen, die von der Stadt heraufkamen, vereinigten sich an der Ecke des Gartens zu einer Straße, und dort standen mehrere Häuser; in dem einen konnte sie, wenn sie aufblickte, die Leute noch bei ihrem Kartenspiel sehen. Nah dem Tore stand ein dicker Nußbaum. Sie lehnte sich an den Stamm und schaute auf die Straße. Die Ecke, wo die beiden Landstraßen zusammenliefen, war von einer Laterne erhellt, doch nur ein matter Schein drang bis zum Eingang des Greyschen Gartens.

Da geschah etwas.

Ein Mann kam die Straße herauf, ging unter der Laterne her und bog auf das Greysche Tor zu. Es war Bruce Dudley, der Mann, den sie mit dem kleinen breitschultrigen Arbeiter aus der Fabrik hatte kommen sehen. Alines Herz tat einen Sprung, dann wars, als hörte es auf zu schlagen. Wenn der Mann sich im stillen so mit ihr beschäftigt hatte wie sie mit ihm, dann war schon etwas zwischen ihnen im Werden. Dann hatten sie füreinander eine Bedeutung gewonnen, mit der man würde rechnen müssen.

Jener Mann in Paris, den sie in der Nacht, als sie Fred fand, bei Rose Frank gesehen hatte – sie hatte damals leise und schüchtern die Fühler nach ihm ausgestreckt, doch umsonst. Rose hatte ihn gekapert. Wenn sich eine solche Chance noch einmal böte, würde sie kühner sein? Eins war sicher: Wenn es dahin kommen sollte, würde Fred keine Rolle spielen. Wenn so etwas zwischen einem Mann und einer Frau geschieht, sind einzig der Mann und die Frau betroffen. Kein Dritter wird da ernstlich hineingezogen, dachte sie und lächelte trotz der Angst, die sie ergriffen hatte.

Sie beobachtete den Mann; er kam geradewegs auf sie zu, und als er das Gartentor erreicht hatte, blieb er stehen. Aline bewegte sich ein wenig, doch ein Busch in der Nähe des Nußbaumes verbarg sie wenigstens bis zu den Schultern. Ob der

Mann sie sah? Der Gedanke kam ihr, sich, diesmal zu einem bestimmten Zweck, in ein kleines Steinbild zu verwandeln, wie sie in manchen Gärten stehen. Doch der Mann arbeitete in der Fabrik; vielleicht kam er, um Fred in einer geschäftlichen Sache zu sprechen; von den Beziehungen zwischen einem Fabrikherrn und seinen Angestellten hatte Aline nur eine blasse Vorstellung. Wenn der Mann wirklich den Weg zum Hause hinaufging, käme er so nah an ihr vorbei, daß er sie streifte; das könnte zu einer komischen Situation führen. Sie sagte sich, sie täte besser daran, sich ganz unbefangen von dem Tor zu entfernen, vor dem der Mann jetzt stand. Doch sie rührte sich nicht. Wenn er sie sah und sie anspräche, wäre der Bann gebrochen. Er würde sie wohl nach ihrem Mann fragen, und sie würde ihm antworten. Das ganze kindische Spiel, das sie im stillen spielte, wäre damit aus. Wie der waidwunde Vogel sich ins Gras duckt, wenn der Jagdhund übers Feld pirscht, so duckte Aline sich zusammen.

Der Mann stand etwa zehn Fuß von ihr entfernt; erst blickte er zu dem erleuchteten Hause hinauf und sah dann ruhig zu ihr hin. Ob er sie sah? Wurde er gewahr, daß sie ihn wahrgenommen hatte? Wenn der Jagdhund seinen Vogel aufgespürt hat, stürzt er sich nicht gleich auf ihn, sondern verharrt reglos vor seiner Beute.

Wie unsinnig, daß Aline den Mann dort auf der Straße nicht ansprechen konnte! Seit Tagen hatte sie an ihn gedacht. Vielleicht hatte auch er an sie gedacht.

Sie sehnte sich nach ihm.

Warum?

Sie wußte es nicht.

Eine Weile blieb er stehen, ohne sich zu rühren; es war für sie einer der seltsamen Augenblicke, da das Leben in der Schwebe ist – Augenblicke, die so lächerlich unbedeutend sind und zugleich höchst bedeutungsvoll. Hätte sie den Mut,

aus dem Schutz des Baumes und der Büsche hervorzutreten und zu ihm zu sprechen? Dann finge es an. Dann finge es an. Die Worte tanzten in ihrem Kopf.
Er wandte sich ab und ging widerstrebend davon. Zweimal blieb er stehen und schaute zurück. Erst verschwanden seine Beine, dann sein Rumpf, schließlich auch sein Kopf in der Dunkelheit am Hang jenseits des Lichtkreises der Laterne. Es war, als sänke er wieder in den Boden, aus dem er nur wenige Minuten vorher aufgetaucht war.
Der Mann hatte so nah bei ihr gestanden wie der andre in Paris, als sie sich verabschiedete und Roses Studio verließ; der Mann, für den sie einst so vergeblich ihre weiblichen Reize hatte spielen lassen.
Daß der Neue sich ihr auf diese Weise näherte, war eine Herausforderung.
Sollte sie sie annehmen?
Ein Lächeln spielte um ihre Lippen, als sie wieder den Pfad zum Hause hinaufging, zu ihrem Mann, der noch immer fest in seinem Sessel schlief, die Abendzeitung neben sich auf dem Fußboden.

ACHTES BUCH

ERSTES KAPITEL

Sie hatte ihn eingefangen. Er hegte kaum noch Zweifel; aber da es für ihn etwas Erfreuliches hatte, sich einzubilden, er sei der Werbende und sie sei gleichgültig, gestand er sich die volle Wahrheit nicht ein. Doch nun war es geschehen. Als er sich dessen völlig bewußt wurde, lächelte er glücklich vor sich hin. Soweit wären wir jedenfalls, sagte er sich. Es schmeichelte ihm, daß er dies vermochte, daß er sich so hingeben konnte. Damals sagte sich Bruce: Zuzeiten muß ein Mann die ganze Kraft seines Wesens auf eines sammeln, sich entweder ganz in eine Arbeit versenken oder in einen anderen Menschen – wenigstens für eine Weile. So war es gewesen, solange er lebte. Wenn er sich einem Menschen am nächsten fühlte, schien er ihm ferner, als wenn er – was selten vorkam – sein Genügen in sich fand. Dann kostete es ihn große Anstrengung, aus sich heraus- und dem andern entgegenzugehen.

Was Arbeit anging, fühlte sich Bruce nicht Künstler genug, um zu glauben, er könnte seine Kräfte in künstlerischem Tun auslassen. Hin und wieder, wenn er tief bewegt war, schrieb er etwas, das man vielleicht Gedichte nennen konnte. Doch die Vorstellung, ein Dichter zu sein, als Dichter bekannt zu werden, war ihm geradezu peinlich. Ungefähr wie wenn man weit und breit als Liebhaber bekannt wäre, als professioneller Frauenliebhaber, dachte er.

Und gewöhnliche Arbeit, in einer Fabrik Räder lackieren, Neuigkeiten für eine Zeitung hinkritzeln und dergleichen? Keine große Möglichkeit für Entladungen, wenigstens nicht emotioneller Art. Männer wie Tom Wills und Sponge Martin waren ihm ein Rätsel. Sie waren gescheit, sie bewegten sich mit einer Miene des Behagens in einem begrenzten Lebenskreise. Vielleicht hatten sie gar kein Verlangen und kein Bedürfnis nach dem, was Bruce ersehnte und was ihm lebensnotwendig schien – Zeiten leidenschaftlich sich verströmenden Gefühls. Doch Tom Wills war sich wenigstens der Nichtigkeit seines Tuns, seiner Ohnmacht bewußt. Er hatte mit Bruce öfters über die Zeitung gesprochen, an der sie beide arbeiteten. «Bedenk doch nur, Mensch», sagte er, «dreihunderttausend Leser! Überleg dir mal, was das heißt! Dreihunderttausend Augenpaare heften sich täglich fast zur selben Stunde auf dieselbe Seite, dreihunderttausend Geister, sollte man meinen, sind am Werk, den Inhalt einer Seite in sich aufzunehmen, und was für eine Seite, was für Nachrichten! Wenn es wirklich Geister wären, was dann? Großer Gott! Es gäbe eine Explosion, die die Welt erschüttern würde, meinst du nicht? Wenn diese Augen sähen! Wenn die Hände fühlten, die Ohren hörten! Der Mensch ist stumpf, blind, taub! Könnte es mit Chicago oder Cleveland, mit Pittsburgh, Youngstown, Akron – mit dem modernen Kriege, der modernen Industrie, dem modernen College, mit Rheno, Los Angeles, mit dem Film, den Kunstschulen, den Musiklehrern, dem Rundfunk, den Regierungen – könnte es mit alledem so glatt weitergehen, wenn die dreihunderttausend, alle die dreihunderttausend nicht vollkommen verblödet wären?»

Als ob das für Bruce oder für Sponge Martin von Belang wäre! Für Tom schien es von großem Belang. Ihn schmerzte es geradezu.

Aber Sponge blieb ein Rätsel. Er ging angeln, trank Moon-Whisky und war stolz, wenn er etwas witterte. Beide, er wie seine Frau, waren Foxterrier, nicht ganz menschlich.

Aline hatte Bruce eingefangen. Die Mittel und Wege, die sie angewandt, ihre Schachzüge waren zum Lachen und eigentlich grobschlächtig, fast als hätte sie in einem Blatt für Heiratsvermittlung annonciert. Als sie ganz mit sich darüber im reinen war, daß sie ihn, einstweilen wenigstens, gern in ihrer

Nähe gehabt hätte, daß sie ihm von Mensch zu Mensch begegnen wollte, wußte sie sich anfangs keinen Rat, wie sie das zuwege bringen sollte. Sie konnte ihm ja nicht gut ein Briefchen ins Hotel schicken: «Sie erinnern mich lebhaft an einen Mann, dem ich einmal in Paris begegnet bin, Sie erregen in mir das gleiche zarte Begehren. Ich habe mich schrecklich nach ihm gesehnt. Aber eine Frau namens Rose Frank hat mir bei der einzigen Chance meines Lebens den Rang abgelaufen. Möchten Sie nicht ein bißchen näher kommen, damit ich Sie in Augenschein nehmen kann?»

So etwas konnte man in einer kleinen Stadt nicht tun. Für eine Aline kam es überhaupt nicht in Frage. Aber wie sollte sie es anfangen?

Sie hatte ihr Netz von langer Hand gesponnen. Ein Neger, der bei den Greys als Gärtner arbeitete, wurde entlassen, und sie setzte eine Anzeige in die Lokalzeitung. Vier Leute kamen und wurden als unbefriedigend befunden, ehe ihr Bruce ins Garn ging, doch endlich hatte sie ihn.

Es war ein peinlicher Augenblick, als er den Gartenweg heraufkam und sie ihn zum erstenmal aus der Nähe sah, zum erstenmal seine Stimme hörte.

Das war gewissermaßen die Probe. Würde er es ihr erleichtern? Er versuchte es wenigstens, innerlich lächelnd. Sein Herz hüpfte, schon seit er die Annonce gelesen hatte. Er war darauf aufmerksam geworden, als er zwei Arbeiter im Hotel davon sprechen hörte. Stellt euch vor, ihr spieltet mit dem Gedanken, zwischen euch und einer reizenden Frau bahne sich etwas an. Die meisten Männer verbringen ihr Leben einzig mit diesem Spiel. Zwar macht man sich dabei allerhand vor, aber vielleicht ist das gar nicht so dumm. Man muß doch ein paar Illusionen haben, wie? Es macht Spaß, als schriebe man einen Roman. Man macht die reizende Frau noch reizender, wenn die Phantasie einem auf die Sprünge hilft, man modelt sie sich so zurecht, wie man sie haben möchte, führt erdichtete Gespräche mit ihr, malt sich nächtens manchmal Liebesszenen mit ihr aus. Das ist nicht ganz befriedigend. Doch bleibt es nicht immer dabei. Manchmal gewinnt man das Spiel. Die Geschichte, an der man schreibt, gewinnt Leben. Die Frau, die du liebst, begehrt dich.

Freilich, was wußte Bruce? Noch wußte er nichts. Jedenfalls hatte er genug vom Räderlackieren, und der Frühling war nah. Er hätte ohnehin bald gekündigt, auch wenn ihm die Anzeige nicht zu Gesicht gekommen wäre. Als er sie las, lächelte er im Gedanken an Tom Wills, der die Zeitungen verwünschte. Zu etwas sind Zeitungen immerhin nütze, dachte er.

Seit Bruce in Old Harbor war, hatte er wenig Geld ausgegeben und konnte nun in der Tasche mit Silber klimpern. Er wollte sich persönlich um die Stelle bewerben und legte darum an dem Tage, bevor er Aline aufsuchte, seine Arbeit nieder. Ein Brief hätte alles verdorben. Wenn sie die Frau war, die er in ihr sah, wäre mit einem Brief sofort alles aus gewesen. Sie hätte sich nicht die Mühe gemacht zu antworten.

Am meisten wunderte sich Bruce, daß Sponge Martin nur wissend lächelte, als er verlauten ließ, er wolle kündigen. Woher wußte der kleine Deubel? Als Sponge hörte, was Bruce vorhatte, falls er die Stelle bekäme – na, das war ein Augenblick tiefer Genugtuung für Sponge. Das hab ich schon gewußt, ehe ers selber wußte. Hat sie ihn also gekapert! Na schön, mir solls recht sein. Ich guck sie ja selber gern an.

Kurios, wie es einen fuchste, einem andern Mann diese Genugtuung zu bereiten!

Bei seinem ersten Gespräch mit Aline war er ziemlich unbefangen, wenn er sie auch nicht frei anzusehen vermochte. Ob sie ihn anschaute? Es schien ihm so. Er kam sich ein bißchen wie ein Pferd oder ein Sklave vor, der vor dem Kauf begutachtet wird, und das Gefühl war ihm nicht einmal unlieb.

«Ich habe unten in der Fabrik Ihres Gatten gearbeitet, aber ich habe gekündigt», sagte er. «Sehen Sie, jetzt, wo der Frühling kommt, möchte ich lieber draußen arbeiten. Ich

ein Gärtner, das ist natürlich ein Witz, doch ich würde es gern versuchen, wenn Sie mir helfen wollen. Es ist ein bißchen unbedacht von mir, daß ich einfach herkomme und mich um die Stelle bewerbe. Aber da es nun bald Frühling wird, möchte ich mich im Freien beschäftigen. Allerdings bin ich ziemlich ungeschickt mit den Händen, und wenn Sie mich einstellen, werden Sie mich in allem anleiten müssen.»
Wie kläglich er seine Rolle spielte! Er hätte, einstweilen wenigstens, den Ton eines Arbeiters anschlagen müssen. Kein Arbeiter, wie er sie kannte, hätte so gesprochen. Wenn man sich schon in eine Komödie einläßt und eine bestimmte Rolle übernimmt, sollte man sie wenigstens gut spielen. Hastig kramte er in seinem Gedächtnis nach weniger geschliffenen Worten.
«Wegen des Lohns, Ma'am, da brauchen Sie sich keine Sorge zu machen», fuhr er fort und mußte sich das Lachen verbeißen. Er blickte zu Boden und lächelte. Das klang schon besser. Das war der richtige Ton. Was für ein Spaß, dieses Spiel mit ihr weiterzuspielen, wenn sie darauf einging. Das könnte man lange fortsetzen, ohne aus der Rolle zu fallen. Vielleicht würden sie sogar darin wetteifern. Wer wohl zuerst aus der Rolle fiel?

ZWEITES KAPITEL

Er war so glücklich, wie er noch nie gewesen war, närrisch vor Glück. Abends, wenn er sein Tagewerk getan hatte und auf der Bank in der Hütte saß, die hinter dem Wohnhause etwas höher am Hang lag und wo man ihm ein Feldbett gegeben hatte, fand er, er übertreibe seine Gefühle absichtlich. Ein paarmal hatte er am Sonntagvormittag Sponge und seine Frau besucht, und sie waren sehr nett zu ihm gewesen.

Sponge hatte nur stillvergnügt in sich hinein gelächelt. Er war den Greys nicht sonderlich grün. Einst, es war lange her, hatte er vor dem alten Grey mit seiner Mannhaftigkeit aufgetrumpft, hatte ihm gezeigt, wo der Zimmermann das Loch gelassen hat, und nun war sein Freund Bruce... Nachts, wenn er neben seiner Frau im Bett lag, spielte er mit der Vorstellung, er wäre jetzt an Bruces Stelle. Er malte sich aus, es wäre schon so weit gekommen, wie es vielleicht niemals kommen würde, und versuchte sich einzubilden, er wäre Bruce. Doch das gelang ihm nicht. In einem Hause wie dem der Greys... In Wahrheit hätte ihn, wäre er in der Lage seines Freundes gewesen, das Haus selbst, die ganze Einrichtung und der Park ringsum eingeschüchtert. Damals, als er Fred Greys Vater gegenüber auftrumpfte, war er in seiner Werkstatt gewesen, auf seinem eigenen Misthaufen. Am meisten genoß es eigentlich Sponges Frau, sich auszumalen, was da vor sich ging. Während Sponge nachts in seine Gedanken vertieft war, lag sie neben ihm und träumte von feiner Wäsche und einem Himmelbett mit duftigen geblümten Vorhängen. Wenn Bruce sonntags zu ihnen kam, war ihr, als hätte sie den Helden eines französischen Romans bei sich zu Gast oder den Liebhaber aus einer Geschichte von Laura Jean Libbey, die sie gelesen hatte, als sie jünger und ihre Augen noch besser waren. Sie kannte keine Scheu bei ihren Vorstellungen wie ihr Mann bei den seinen, und wenn Bruce sie besuchte, war sie darauf bedacht, ihm ein feines Mahl vorzusetzen. Ihr lag sehr daran, daß er bei Kräften blieb und jung und hübsch aussah, es erhöhte den Reiz ihrer nächtlichen Träumereien. Daß er einmal in der Werkstatt neben Sponge gearbeitet hatte, erschien ihr nun als Entweihung von etwas beinah Heiligem. Das war, als hätte der Prinz von Wales dergleichen getan, wie zum Scherz. Ähnlich wie auf den Bildern, die man manchmal in der Sonntagszeitung sieht: wie der Präsident der Vereinigten Staaten auf einer Farm in Vermont Heu auflädt; wie der Prinz von Wales dem Jockey beim Aufsteigen das Pferd hält; oder wie der Bürgermeister von New York zu Beginn der neuen Baseball-Saison den ersten Ball ins Spielfeld wirft. Da machten große Herren sich gemein, um den gemeinen Mann zu beglücken. Bruce jedenfalls beglückte Mrs. Sponge Martin mit seinem Abenteuer, und wenn er bei ihnen gewesen war und auf der wenig begangenen Uferstraße dahinging, um auf einem Pfad durchs Gebüsch den Hügel hinaufzuklimmen zum Greyschen Grundstück, wurde ihm das alles klar, und er machte sich darüber lustig, obwohl es ihm gefiel. Er kam sich wie ein Schauspieler vor, der Freunden seine Rolle vorgespielt hat. Mit ihnen hatte ers leicht, sie waren unkritisch und freundschaftlich. Ob er auch bei Aline Erfolg hatte?

Verwickelte Gedanken gingen ihm durch den Kopf, während er auf der Bank vor dem Gartenhäuschen saß, wo er nachts schlief.

Ich liebe. Das muß es wohl sein. Ihr ist das vielleicht gleichgültig. Doch immerhin ist sie bereit, mit dem Gedanken zu spielen.

Nur dann suchte man der Liebe zu entrinnen, wenn es nicht Liebe war. Gewitzte, lebenstüchtige Menschen tun so, als glaubten sie überhaupt nicht an Liebe. Bücherschreiber, die an die Liebe glauben, die Liebesgeschichten erzählen, sind immer so merkwürdig töricht. In dem Versuch, die Liebe zu schildern, verzapfen sie die tollsten Albernheiten. Kein intelligenter Mensch sehnt sich nach solcher Liebe. Sie mag gut genug sein für alte Jungfern oder etwas für müde Tippmädchen als Lektüre in der Untergrundbahn oder Hochbahn, wenn sie abends vom Büro nach Hause fahren. Das gibt es nur zwischen den Deckeln eines Schundromans, und da soll mans lassen. Wollte man es in die Wirklichkeit übertragen – pah!

In Romanen wird einfach behauptet: «Sie liebten sich», und der Leser muß es glauben oder das Buch an die Wand werfen. Man kann leicht behaupten: «John wandte ihm den Rücken zu, und Sylvester schlich hinter dem Baum hervor. Er hob den Revolver und feuerte. John taumelte vornüber, tödlich getroffen.» Gewiß, so etwas passiert, aber es passiert keinem Menschen, den man kennt. Mit Worten, die man auf ein Blatt Papier kritzelt, einen Menschen umzubringen, ist etwas ganz anderes, als ihn in Wirklichkeit umzubringen.

Mit bloßen Worten macht man Leute zu Liebenden. Man sagt einfach: sie lieben sich. Bruce sehnte sich nicht so sehr danach, geliebt zu werden. Er sehnte sich zu lieben. Wenn die Sinne sich einmischen, ist es freilich eine andere Sache. Doch von der Eitelkeit, die Männer so leicht glauben läßt, sie seien liebenswert, hatte er nicht die Spur.

Bruce war ganz davon überzeugt, in seinen Gedanken an Aline, in seinem Gefühl für sie spiele die Sinnlichkeit noch nicht mit. Wenn das käme, stünde er vor einem anderen Problem, als er es jetzt zu lösen versuchte. Er wollte vor allem sich vergessen, seinem Leben einen Mittelpunkt außerhalb seiner selbst geben. Er hatte es mit körperlicher Arbeit versucht, aber keine gefunden, die ihn ganz erfüllte. Seit ihm Aline begegnet war, war ihm auch aufgegangen, was er in Bernice vergeblich gesucht hatte: die Verkörperung des Schönen, des Liebreizenden. Sie hatte die Möglichkeit, Schönheit und weiblichen Liebreiz in sich zu verkörpern, verschmäht. In Wahrheit war sie ihm selber allzu ähnlich.

Und wie widersinnig war das, weiß Gott! Wenn man nur eine schöne Frau war, wenn man es vollbrachte, das Schöne selbst zu sein, war das nicht genug? War es nicht die höchste Erfüllung für eine Frau? Im Augenblick wenigstens war dies seine Überzeugung. Er fand Aline schön, so schön, daß er sich scheute, ihr zu nahe zu kommen. Wenn seine Phantasie ihre Schönheit in seinen Augen noch erhöhte, war das nicht die Vollendung? Still! Rühr dich nicht! Sei nur! hätte er ihr am liebsten eingeflüstert.

Der Frühling hielt schnell seinen Einzug im südlichen Indiana. Es war Mitte April, und um diese Zeit ist der Frühling

im Tal des Ohio in manchen Jahren schon weit vorgeschritten. Fast überall rings um Old Harbor und weiter flußabwärts war das winterliche Hochwasser schon von dem Flachland zurückgetreten, und während Bruce, von Aline angeleitet, im Greyschen Garten seiner Arbeit nachging, Dung karrend, grabend, säend, umpflanzend, richtete er sich ab und zu auf und ließ seine Blicke über das Tal schweifen. Obwohl die Flut, die im Winter die ganze Ebene im Flußtal bedeckte, sich eben erst verlief und überall noch große seichte Tümpel standen – Tümpel, die die Sonne des südlichen Indiana rasch auflecken wird –, obwohl die abfließenden Wasser allenthalben eine dünne Schicht grauen Flußschlamms abgelagert hatten, wich das Grau nun von Tag zu Tag mehr zurück.
Überall kroch grünes Wachstum auf das graue Land vor. In dem Maß, wie die flachen Tümpel austrockneten, drang das Grün nach. An manchen warmen Frühlingstagen kroch das Grün fast zusehends weiter, und nun, da er Gärtner geworden war und in der Erde buddelte, hatte er zuweilen das erregende Gefühl, mitzuwirken an dem, was da vor sich ging. Er malte mit an einer ungeheuren Leinwand, an der auch andre am Werk waren. Aus dem Boden, den er umgrub, würden bald rote, blaue und gelbe Blumen sprießen. Ein kleiner Winkel der weiten Erdoberfläche gehörte Aline und ihm. Es gab zwischen ihnen einen unausgesprochenen Gegensatz. Vielleicht konnten seine Hände, die immer so linkisch und zu nichts nütze gewesen waren, nun, von ihrem Geist gelenkt, sich nützlicher erweisen. Ab und zu, wenn sie auf einer Bank in seiner Nähe saß oder durch den Garten ging, warf er einen verstohlenen Blick nach ihren Händen. Es waren sehr zierliche, flinke Hände. Stark waren sie zwar nicht, aber dafür waren seine Hände stark genug. Kräftige, ziemlich dicke Finger, breite Handgelenke. Als er in der Werkstatt neben Sponge arbeitete, hatte er dessen Hände beobachtet. Wie liebkosend bewegten sie sich. Auch in

Alines Händen spürte er etwas Liebkosendes, wenn sie, wie es mitunter vorkam, eine der Pflanzen berührte, die er ungeschickt angefaßt hatte. «So müßt ihrs machen», schienen ihre feinen, anmutigen Finger zu seinen Fingern zu sagen. Halt dich draußen! ermahnte sich Bruce. Laß deinen übrigen Menschen schlafen. Sammle dich ganz in deine Finger, die von ihren Fingern gelenkt werden, flüsterte er vor sich hin.

Bald würden nun die Farmer, denen das Flachland in dem Flußtal tief unter dem Hügel gehörte, auf dem Bruce arbeitete, die aber auch weiter landeinwärts zwischen den Hügeln wohnten, mit ihren Arbeitern und Traktoren in die Ebene hinausziehen, um zu pflügen. Die Anhöhen, die vom Fluß entfernt lagen, streckten sich, geduckt wie Jagdhunde, bis ans Ufer vor. Einer der Hunde war nah an den Fluß gekrochen und tauchte seine Zunge ins Wasser. Das war der Hügel, auf dem Old Harbor lag. In dem Flachland drunten sah Bruce schon Leute herumgehen. Von weitem sahen sie wie winzige Fliegen aus, die über eine Fensterscheibe kriechen. Dunkelgraue Gestalten wanderten über die weite lichtgraue Fläche und schauten umher und warteten auf den Augenblick, da das Frühlingsgrün hervorkam, bereit, dem Frühlingsgrün ans Licht zu helfen.

Das gleiche Bild hatte Bruce gesehen, als er einst als Junge mit seiner Mutter auf dem Hügel von Old Harbor spazierenging, und nun sah er es mit Aline.

Sie sprachen nicht darüber. Noch sprachen sie nur von der Arbeit, die im Garten zu tun war. Als Bruce klein war und mit seiner Mutter hier hinaufgestiegen war, hatte die ältere Frau ihrem Sohn nicht sagen können, was sie empfand. Und auch der Sohn hatte seiner Mutter nicht sagen können, was er empfand.

Oft hatte er Lust, den winzigen grauen Gestalten tief unter ihm zuzurufen: «Los! Los! Fangt an zu pflügen! Pflügt! Pflügt!»

Auch er war ein grauer Mann wie die kleinen grauen Menschen dort unten. Er war ebenso verrückt wie der Verrückte mit dem geronnenen Blut auf der Wange, den er einst am Ufer hatte sitzen sehen. «Bleibt flott!» hatte der Verrückte dem Dampfer nachgerufen, der seine Bahn flußaufwärts durchs Wasser pflügte.

«Pflügt! Pflügt! Fangt an zu pflügen! Brecht die Erde auf! Wendet die Schollen um! Der Boden wird schon warm! Fangt endlich an zu pflügen! Pflügt und sät!» hätte Bruce jetzt gern hinuntergerufen.

DRITTES KAPITEL

Bruce hatte sich nun in dem Greyschen Anwesen auf dem Hügel über dem Strom eingelebt. In ihm war etwas im Werden. Hundert erdichtete Gespräche mit Aline, die nie Wirklichkeit werden sollten, gingen ihm durch den Sinn. Manchmal, wenn sie in den Garten kam und mit ihm über seine Arbeit sprach, erwartete er beinah, daß sie ein erträumtes Zwiegespräch, das er in der Nacht zuvor, auf seinem Feldbett liegend, ausgesponnen hatte, dort wiederaufnähme, wo es abgebrochen war. Wenn Aline so von ihm erfüllt würde wie er von ihr, war ein Umschwung unvermeidlich, und nach einem Umschwung, wie er auch aussähe, wäre das Leben im Garten nicht mehr dasselbe. Bruce war es, als sei ihm mit einemmal eine alte Weisheit aufgegangen. Die holden Stunden des Lebens sind rar. Der Dichter hat seinen Augenblick der Verzückung, und dann muß er sich wieder ernüchtern. Er arbeitet auf einer Bank oder lehrt an einem College. Keats besingt die Nachtigall, Shelley die Lerche oder den Mond. Beide gehen danach heim zu ihrer Frau. Keats setzt sich zu Tisch mit Fanny Brawne – sie ist etwas dick, etwas grob ge-

worden, gebraucht Worte, von denen das Trommelfell schwirrt. Shelley und sein Schwiegervater. Der Herrgott schütze das Gute, das Wahre und das Schöne! Haushaltangelegenheiten müssen erörtert werden. Was gibts heute abend zum Dinner, Liebste? Kein Wunder, daß Tom Wills immer auf das Leben schimpfte. «Guten Morgen, Leben! Findest du nicht, es ist ein schöner Tag? Aber, siehst du, ich hab mir den Magen verdorben. Ich hätte die Krebse nicht essen sollen. Seegetier bekommt mir fast immer schlecht.»
Daß den Augenblicken so schwer beizukommen ist, daß alles so schnell vergeht, ist das ein Grund, zweitrangig und gewöhnlich zu werden, ein Zyniker? Jeder gewiegte kleine Zeitungsschmierer kann dich zum Zyniker machen. Jeder kann dir beweisen, wie verfault das Leben ist, wie albern die Liebe – das ist leicht. Nimms, wie es kommt, und lach drüber. Dann nimm auch, was danach kommt, so heiter wie du kannst. Vielleicht empfand Aline nichts von alledem, was er empfand; was für ihn das große Erlebnis, der Höhepunkt vielleicht seines Daseins war, mochte für sie nur eine flüchtige Laune sein, vielleicht Überdruß an dem Leben als Frau eines recht alltäglichen Fabrikanten in einer Stadt Indianas. Vielleicht allein sinnliche Begierde – ein neues Erlebnis. Bruce sagte sich, ihm könnte es dennoch das sein, was er daraus machte, und er war froh über das, was er für sein Hirngespinst hielt, und stolz darauf.
Nachts auf seinem Feldbett Augenblicke tiefer Traurigkeit. Er konnte nicht schlafen und stand auf, um sich in den Garten zu schleichen und dort auf eine Bank zu setzen. Eines Nachts regnete es, und der kalte Regen durchnäßte ihn bis auf die Haut, doch er kümmerte sich nicht darum. Schon war er in den Dreißigern, er fühlte sich an einem Wendepunkt seines Lebens. Heute bin ich noch jung und darf närrisch sein, morgen aber bin ich alt und weise. Wenn ich jetzt nicht von ganzem Herzen liebe, werde ich niemals lieben. Ein alter Mann läuft nicht im kalten Regen herum oder sitzt auf einer

Bank, den Blick auf ein dunkles, regentriefendes Haus geheftet. Er nimmt solche Gefühle, wie sie mich jetzt bewegen, und macht Gedichte daraus und veröffentlicht sie, um seinen Ruhm zu mehren. Ein Mann, der in eine Frau verliebt ist, dessen Sinne ganz entflammt sind, ist ein ziemlich alltäglicher Anblick. Der Frühling kommt, und Männer und Frauen gehen miteinander im Stadtpark oder auf der Landstraße spazieren. Sie sitzen zusammen unter einem Baum. So werden sie es auch im nächsten Frühling machen und im Frühling des Jahres zweitausendundzehn. Schon am Abend des Tages, da Caesar den Rubikon überschritt, haben sie es getan. Und was hat das zu sagen? Menschen, die über die Dreißig hinaus und intelligent sind, verstehen diese Dinge. Ein deutscher Gelehrter kann sie erschöpfend erklären. Wenn du etwas im menschlichen Leben nicht verstehst, schlag in den Werken von Dr. Freud nach.

Der Regen war kalt und das Haus dunkel. Ob Aline neben ihrem Manne schlief, den sie in Frankreich gefunden hatte; den sie verstört und innerlich zerrissen gesehen hatte, weil er an Kämpfen teilgenommen hatte; der mit einem Knacks aus dem Kriege gekommen war, weil er die Verrohung der Menschen erlebt, weil er einmal in einem Augenblick der Panik einen Mann getötet hatte? Nein, er konnte sich Aline nicht in dieser Situation vorstellen. Das Bild paßte nicht in seinen Traum. Wenn ich ihr Liebhaber wäre, wenn sie mein wäre, müßte ich den Gatten als gegebene Tatsache hinnehmen und mich damit abfinden. Später, wenn ich nicht mehr hier bin, werde ich mich mit ihm abfinden, aber nicht jetzt. Bruce schritt leise durch den Regen und streifte mit den Fingern die Mauer des Hauses, in dem Aline schlief. Es hatte sich etwas für ihn entschieden. Aline und er befanden sich an einem stillen, heimlichen Ort auf halbem Wege zwischen den Geschehnissen. Gestern war noch nichts. Morgen oder übermorgen, wenn der Umschwung kam, würde nichts mehr sein. Doch, etwas würde sein. Das, was man Lebenserfahrung nennt. Als er die Mauern des Hauses mit seinen nassen Fingern berührt hatte, schlich er wieder nach seinem Feldbett und legte sich nieder, doch nach einer Weile stand er wieder auf und zündete eine Kerze an. Schließlich konnte er doch das Verlangen nicht abschütteln, etwas von den Empfindungen des Augenblicks niederzuschreiben, um sie festzuhalten.

Langsam erbaue ich mir ein Haus – ein Haus, in dem ich wohnen kann. Tag für Tag werden die Ziegel in langen Reihen aufeinandergelegt und zu Wänden gemauert. Türen werden eingehängt und Schindeln für das Dach geschnitzt. Die Luft ist schwer von dem Duft frisch gesägter Balken.
Morgens kannst du sehen, wie mein Haus ersteht – an der Ecke der Straße neben der steinernen Kirche – in einem Tal hinter deinem Hause, wo die Landstraße sich senkt und über eine Brücke geht.
Es ist Morgen, und das Haus ist beinah fertig. Es ist Abend, und mein Haus liegt in Trümmern. In den gestürzten Mauern wuchern Unkraut und wilder Wein. Die Dachsparren für das Haus, das ich bauen wollte, liegen im hohen Grase vergraben. Sie vermodern. Der Holzwurm bohrt seine Gänge darin. In einer Straße deiner Stadt, an einer Landstraße, in einer Großstadtstraße, über der Rauchwolken hängen, wirst du die Trümmer meines Hauses finden.
Dies ist ein Tag, eine Woche, ein Monat. Mein Haus ist nicht gebaut. Möchtest du in mein Haus kommen? Nimm diesen Schlüssel. Tritt ein!

Auf der Bettkante sitzend, warf Bruce die Worte auf einen Zettel, während der Frühlingsregen über den Hügel fegte, wo er für eine Weile in der Nähe Alines lebte.

Mein Haus ist im Duft der Rose, die in ihrem Garten wächst; es schläft in den Augen eines Niggers, der in den Docks von New Orleans Lasten schleppt. Es ist auf dem Fundament eines Gedankens errichtet, den auszudrücken ich nicht Manns genug bin. Ich bin nicht feinsinnig genug, mir mein Haus zu bauen. Kein Mann ist feinsinnig genug, sich sein Haus zu bauen.

Vielleicht kann man es gar nicht bauen. Bruce erhob sich von seinem Feldbett und ging wieder in den Regen hinaus. Oben im Hause bei Greys war jetzt ein Fenster matt erhellt. Vielleicht war jemand krank. Wie unsinnig! Wenn du schon baust, warum nicht weiterbauen? Wenn du ein Lied singst, sing es getrost. Wieviel schöner, wenn man sich sagt, Aline finde keinen Schlaf. Für mich die Lüge, die goldene Lüge! Morgen oder übermorgen werde ich erwachen, wird man mich wachrütteln.
Ob Aline wußte? Ob sie insgeheim die Erregung teilte, die ihn so schüttelte, die am Tage, wenn er im Garten arbeitete, seine Finger flattern ließ, die es ihm so schwer machte, die Augen zu heben und sie anzusehen, wenn die leiseste Möglichkeit bestand, daß sie ihn gerade ansah? Na ja, nimms leicht, sagte er sich. Sorg dich nicht. Noch hast du ja nichts getan. Letzten Endes war dies alles, seine Bewerbung um die Stelle als Gärtner, sein Leben in ihrer Nähe nur ein Abenteuer, eines unter andern Abenteuern im Leben, vielleicht die Art Abenteuer, die er heimlich gesucht hatte, als er Chicago verließ. Eine Reihe von Abenteuern – kurze glühende Augenblicke, Blitze im Dunkeln, und dann tiefste Finsternis und Tod. Er hatte sagen hören, daß manche der leuchtendbunten Insekten, die an warmen Tagen schon im Garten schwärmten, nur einen Tag lebten. Doch schlimm wäre es zu sterben, ehe deine Stunde kommt, indem du den Augenblick durch zuviel Denken tötest.

Jeden Tag war es ein neues Abenteuer, wenn sie in den Garten kam, um ihn bei der Arbeit anzuweisen. Nun hatte sie eher Verwendung für die Kleider, die sie in Paris während des Monats nach Freds Abreise gekauft hatte. Wenn sie auch für den Vormittag im Garten nicht ganz das Richtige waren, was machte das? Sie zog sie erst an, wenn Fred morgens gegangen war. Zwei Dienstmädchen waren im Hause, beide Negerinnen. Und Negerinnen haben eine instinktive Witterung. Sie sagen nichts, denn sie sind klug in Frauendingen. Sie nehmen, was sie kriegen können, ohne viel Federlesens, ganz selbstverständlich.

Fred ging um acht; manchmal nahm er den Wagen, manchmal ging er zu Fuß hinunter. Er sprach nicht mit Bruce, er sah ihn nicht einmal an. Ohne Zweifel war ihm der Gedanke unangenehm, daß der junge Weiße im Garten arbeitete. Daß es ihm unangenehm war, sah man seinen Schultern, der Haltung seines Rückens an, wenn er wegging. Bruce empfand darüber eine etwas schnöde Genugtuung. Warum? Er hatte sich doch gesagt, der Mann, ihr Gatte, zählte nicht, existierte nicht – wenigstens nicht in der Welt seiner Träume.

Das Abenteuer bestand darin, daß sie aus dem Hause kam und manchmal eine bis zwei Stunden vormittags und wiederum ein paar Stunden nachmittags in seiner Nähe war. Sie weihte ihn in ihren Plan für den Garten ein, und er tat mit Sorgfalt, was sie ihn hieß. Sie sprach, und er lauschte auf ihre Stimme. Wenn er meinte, sie habe ihm den Rücken gekehrt, oder wenn sie, wie es zuweilen vorkam, sich in einiger Entfernung auf eine Bank setzte und tat, als lese sie in einem Buch, blickte er verstohlen zu ihr hinüber. Wie schön, daß ihr Mann ihr diese schlichten, teuren Kleider und gut gearbeiteten Schuhe kaufen konnte. Die Tatsache, daß die Rad-Kompanie dort unten im Gange war, daß Sponge Martin Autoräder lackierte, bekam nun einen Sinn. Auch er hatte ein paar Monate in der Fabrik gearbeitet und eine gewisse Anzahl Räder lackiert. Etliche Pennys vom Ertrag seiner Arbeit waren vielleicht dazu verwendet worden, Sachen zu kaufen, mit denen sie sich kleidete, ein Stückchen Spitze um die Handgelenke, ein Viertelyard vom Stoff des Kleides, das sie anhatte. Es war schön, sie anzusehen und zu den eigenen Gedanken zu lächeln, mit seinen Gedanken zu spielen. Warum die Dinge nicht nehmen, wie sie waren? Er selber könnte niemals ein erfolgreicher Fabrikant werden. Sie war zwar Fred Greys Ehefrau; aber wenn ein Maler eine Leinwand bemalt hat und hängt sie auf, bleibt sie dann seine Leinwand? Wenn einer ein Gedicht geschrieben hat, bleibt das Gedicht sein eigen? Welcher Unsinn! Was Fred Grey betraf – er hätte froh sein können. Wenn er sie liebte, war es dann nicht schön zu denken, daß auch ein anderer sie liebte? Machen Sie nur so weiter, Mr. Grey. Machen Sie Geld. Kaufen Sie ihr viele hübsche Sachen. Ich versteh mich nicht darauf. Ja, wenn der Schuh am andern Fuß säße! Aber sehen Sie, das tut er nun mal nicht. Es kann nicht sein. Warum sich darüber Gedanken machen?

Wirklich, es war besser so, daß Aline nicht ihm gehörte, daß sie einem andern gehörte. Wäre sie sein, so hätte er zu ihr ins Haus gehen, mit ihr am Tische sitzen müssen; er sähe sie zu oft. Und das Schlimmste wäre, daß sie ihn zu oft sähe. Sie würde ihn zu gut kennenlernen. Das war kaum der Sinn des Abenteuers. So wie die Dinge jetzt standen, konnte sie, wenn sie Lust und Laune dazu hatte, an ihn denken, wie er an sie dachte, und er würde nichts tun, um sie in ihren Gedanken zu stören. Das Leben ist schöner, flüsterte er vor sich hin, seit Mann und Frau so zivilisiert geworden sind, daß sie nicht allzu viel zusammensein mögen. Die Ehe ist ein Überbleibsel der Barbarei. Der zivilisierte Mann hüllt sich und sein Weib in Kleider und entwickelt dabei den Sinn für das Schmükkende. Früher haben Mann und Weib nicht einmal ihre Blöße bedeckt. Stinkende Felle trockneten auf dem Boden der Höhle. Später lernten sie nicht nur ihren Körper verhüllen, sondern auch alles andre, was zum Leben gehört. Fließendes

Wasser kam ins Haus; die Damen am Hofe der ersten französischen Könige – auch die Mediceerinnen – müssen abscheulich gerochen haben, ehe sie lernten, sich mit duftenden Essenzen zu besprengen.

Heutzutage baute man die Häuser so, daß jeder einigermaßen für sich sein und in seinen vier Wänden sein persönliches Leben führen konnte. Besser, wenn der Mensch sein Haus noch überlegter baute, so daß man sich noch mehr voneinander absondern könnte.

Laßt Liebende sich einschleichen. Werde selber ein Liebhaber und schleiche, schleiche dich ein. Warum meinst du, du wärst zu häßlich für einen Liebhaber? Was die Welt nötig hatte, waren mehr Liebende und weniger Ehemänner und Ehefrauen. Bruce zerbrach sich nicht den Kopf darüber, ob das vernünftige Ansichten waren. Würde man fragen, ob Cézanne vernünftige Gedanken hegte, wenn er vor der Leinwand stand? Ob Keats vernünftig dachte, wenn er sang?

Es war das Beste so, daß Aline, seine Dame, Fred Grey gehörte – einem Fabrikanten in Old Harbor, Indiana. Wozu Fabriken in Städten wie Old Harbor, wenn nicht Alinen dabei herauskamen? Sollen wir denn immer Barbaren bleiben?

In anderer Stimmung fragte sich Bruce, ob Fred Grey wohl etwas merkte, wieviel zu merken er imstande war. Kann etwas in der Welt geschehen, ohne daß alle, die es angeht, es spüren?

Doch sie würden versuchen, ihr Wissen zu unterdrücken. Wie natürlich und menschlich war das! Im Kriege wie im Frieden töten wir nicht den Menschen, den wir hassen. Wir suchen zu töten, was wir in uns selber hassen.

VIERTES KAPITEL

Wenn Fred Grey morgens den Pfad zum Gartentor hinuntergging, drehte er sich manchmal nach Bruce um. Die beiden Männer hatten noch nicht miteinander gesprochen.

Niemand liebt die Vorstellung, daß ein anderer Mann, ein Weißer, der recht ansehnlich ist, sich den ganzen Tag mit seiner Frau allein im Garten aufhält – und kein Mensch in der Nähe als zwei Negerinnen. Negerinnen haben keine Moral. Sie sind zu allem bereit. Sie tun es wohl gern und stellen sich nicht so, als täten sie es nicht gern. Das ist für einen Weißen ein solches Ärgernis, wenn er darüber nachdenkt! Dieses Vieh! Wenn wir nicht anständige, ernsthafte Männer in diesem Lande finden, wo sollen wir da hinkommen?

Eines Nachmittags war Bruce unten in der Stadt gewesen, um Gartengeräte zu kaufen, die er brauchte, und auf dem Rückweg ging Fred Grey gerade vor ihm den Hügel hinauf. Fred war jünger als er, aber um zwei oder drei Zoll kleiner. Seit Fred den ganzen Tag im Fabrikbüro am Schreibtisch saß und gut lebte, neigte er zum Dickwerden. Er hatte einen Bauch bekommen und war pausbäckig geworden. Er meinte, es würde ihm guttun, eine Zeitlang den Weg zur Arbeit und zurück zu Fuß zu machen. Wenn Old Harbor wenigstens einen Golfplatz hätte! Das müßte mal jemand anregen. Der Haken dabei war nur, daß es in der Stadt nicht genug Leute von seinem gesellschaftlichen Niveau für einen Country Club gab.

Die beiden Männer stiegen hügelan, und Fred wußte, daß Bruce hinter ihm herging. Was für ein widerwärtiger Zufall! Wäre Bruce vor ihm hergegangen, hätte er sich seinem Schritt anpassen und sich unterwegs die Zeit damit vertreiben können, den andern näher in Augenschein zu nehmen. Nachdem er sich einmal umgeschaut und Bruce gesehen hatte, wandte er sich nicht mehr um. Ob Bruce bemerkt hatte, daß er sich nach ihm umgesehen hatte? Das war die Frage, eine jener peinlichen kleinen Fragen, die einem so an den Nerven zerren können.

Als Bruce angefangen hatte, im Greyschen Garten zu arbeiten, hatte Fred in ihm sogleich den Mann wiedererkannt, der in der Fabrik neben Sponge beschäftigt gewesen war. Er hatte Aline nach ihm gefragt, doch sie hatte nur den Kopf geschüttelt. «Wirklich, ich weiß nichts Näheres über ihn, aber seine Arbeit macht er sehr gut», hatte sie erwidert. Wie konnte man darauf zurückkommen? Das durfte man doch nicht. Als hätte man Hintergedanken dabei, als wollte man etwas andeuten. Unmöglich! So ein Barbar konnte man doch nicht sein.

Wenn Aline ihn nicht liebte, warum hätte sie ihn dann geheiratet? Wäre sie ein armes Mädchen gewesen, dann könnte es Gründe für einen Verdacht geben, aber Alines Vater war ein anständiger, wohlhabender Mann und hatte eine große Anwaltspraxis in Chicago. Eine Dame ist eine Dame. Das ist der Vorteil dabei, wenn man eine Dame heiratet, da braucht man sich nicht immer mit Zweifeln zu plagen.

Wenn du vor einem Mann, der dein Gärtner ist, den Hügel hinaufsteigst, was tust du dann am besten? Zu Lebzeiten seines Großvaters und selbst noch seines Vaters waren in den kleinen Städten Indianas die Leute alle ziemlich gleichgeachtet. Wenigstens achteten sie sich alle einander gleich; doch die Zeiten hatten sich gewandelt.

Die Straße, die Fred hinaufging, war eine der vornehmsten von Old Harbor. Ärzte und Rechtsanwälte, ein Bankkassierer, die feinsten Leute aus dem Ort wohnten jetzt hier. Fred aber hatte vor ihnen allen einen beträchtlichen Vorsprung, denn das Haus ganz oben auf dem Hügel war seit drei Generationen im Besitz seiner Familie; und drei Generationen in einer Stadt Indianas, namentlich wenn man Geld hat, das bedeutet allerhand.

Dieser Gärtner, den Aline eingestellt hatte, war immer mit

Sponge Martin zusammen gewesen, als er noch in der Fabrik arbeitete, und mit Sponge Martin verbanden sich für Fred gewisse Erinnerungen. Als Junge war er mit seinem Vater einmal in Sponges Wagenlackiererei gewesen, und da hatte es Krach gegeben. Gut, daß die Zeiten sich geändert haben, dachte Fred, ich möchte diesen Sponge hinauspfeffern, nur... Das Ärgerliche war, daß Sponge von kleinauf in der Stadt lebte. Jedermann kannte ihn, und jeder hatte ihn gern. Man macht sich ja nicht gern eine Stadt, in der man leben muß, zum Feinde. Und außerdem war Sponge ein tüchtiger Arbeiter, daran war kein Zweifel. Der Meister sagte, er brächte mehr zustande als jeder andere in seiner Abteilung, und das mit einer Hand hinterm Rücken. Man mußte an seine Verpflichtungen denken. Gerade als Besitzer oder Leiter einer Fabrik darf man mit den Menschen nicht umspringen, wie man Lust hat. Kapital verpflichtet. Das darf man nicht vergessen.

Wie, wenn er auf Bruce wartete und mit ihm den Hügel hinaufginge, an den Häusern vorbei, die am Hang verstreut lagen? Aber worüber sollten sie sprechen? Ich kann ihn nicht ausstehen, sagte sich Fred. Er fragte sich warum.

Ein Fabrikbesitzer wie er hatte gegenüber einem Manne, der bei ihm arbeitete, einen ganz bestimmten Ton zu wahren. Wenn man zusammen Soldat ist, das ist natürlich etwas anderes.

Hätte er an diesem Abend in seinem Wagen gesessen, wäre es ganz einfach gewesen, anzuhalten und den Gärtner zum Mitfahren einzuladen. Das ist etwas anderes. Man steht dann ganz anders da. Wenn man einen guten Wagen fährt, hält man an und sagt: ‹Steigen Sie ein.› Das macht sich nett. Es ist demokratisch, und zugleich fühlt man sich wohl dabei. Denn, siehst du, du bist ja schließlich der Eigentümer des Wagens. Du schaltest und trittst auf den Gashebel. Man hat auch etwas, worüber man sprechen kann. Es spielt keine Rolle, ob der eine ein bißchen mehr schnauft als der andre, wenns bergauf geht. Keiner schnauft. Man spricht über den Wagen und mäkelt ein bißchen an ihm herum. ‹Ja, der Wagen ist ganz gut, aber teuer im Gebrauch. Manchmal denk ich, ich verkauf ihn und schaffe mir einen Ford an.› Man singt ein Loblied auf den Ford, nennt Henry Ford einen großen Mann. ‹So einen wie ihn müßten wir als Präsidenten haben. Was wir brauchen, ist eine gute, vorsichtige Wirtschaftslenkung.› Man spricht von Henry Ford ohne jeden Anflug von Neid und zeigt, daß man ein weitherziger Mann ist. ‹Die Idee mit dem Friedensschiff war ja wohl 'n bißchen überkandidelt, finden Sie nicht auch? Ja, aber das hat er bestimmt alles längst gestrichen.›

Aber zu Fuß! Auf den eigenen Beinen! Man sollte nicht soviel rauchen. Fred hatte zuviel am Schreibtisch gesessen, seit er nicht mehr bei der Armee war.

Manchmal las er in Magazinen oder Zeitungen, dieser oder jener bedeutende Geschäftsmann beobachte eine strenge Diät. Abends vorm Schlafengehen trinke er ein Glas Milch oder esse einen Zwieback. Morgens stehe er früh auf und mache einen tüchtigen Spaziergang. Kopf klar fürs Geschäft. Hols der Teufel! Da hatte er nun einen schönen Wagen und ging zu Fuß, um besser durchzuatmen und in Form zu bleiben. Aline hatte recht, daß sie sich nicht viel daraus machte, abends auszufahren. Sie arbeitete gern im Garten. Aline hatte eine gute Figur. Fred war stolz auf seine Frau. Ein feines Frauchen!

Fred hatte ein Histörchen aus dem Soldatenleben, das er Harcourt oder einem Reisenden gelegentlich gern erzählte. «Man weiß vorher nie, wie ein Mann sich bewährt, wenns darauf ankommt. In der Armee hatten wir große Leute und kleine Leute. Sollte man nicht meinen, die großen hielten die Strapazen besser aus? Na, da ist man schön auf dem Holzweg. Wir hatten einen in unserer Kompanie, der nur hundertundachtzehn wog. Zu Hause war er Verkäufer in einer Drogenhandlung gewesen oder dergleichen. Er aß kaum so viel, daß ein Spatz davon hätte leben können, schien immer auf dem letzten Loch zu pfeifen, war aber alles Schein. Ei, war das ein zäher Bursche! Nicht kleinzukriegen!»

Lieber etwas schneller gehn und eine peinliche Begegnung vermeiden, dachte Fred. Er beschleunigte seine Schritte, doch nicht zu sehr. Der Bursche hinter ihm könnte sich einbilden, er liefe vor ihm davon. Der Esel dächte vielleicht gar, er befürchtete etwas.

Seine Gedanken liefen weiter, Gedanken, die ihm zuwider waren. Warum zum Kuckuck hatte sich Aline nicht mit dem schwarzen Gärtner begnügt?

Man konnte seiner Frau ja nicht gut sagen: Ich seh das nicht gern. Es ist mir ein unangenehmer Gedanke, daß ein junger Weißer den ganzen Tag mit dir im Garten allein ist. Man könnte vielleicht andeuten – was? – nun, daß ihr Leben in Gefahr sei. Aber sie würde lachen.

Wenn er zuviel sagte, so würde das heißen... Ja, daß er sich mit Bruce gewissermaßen auf eine Stufe stellte. In der Armee war das ganz in Ordnung. Da mußte man es tun. Aber im Zivilleben... Jedes Wort wäre schon zuviel, würde zuviel durchblicken lassen.

Hols der Teufel!

Lieber schneller gehen. Ihm zeigen, wenn man auch den ganzen Tag am Schreibtisch sitzt und die Dinge gerade für Arbeiter wie ihn in Gang hält, dafür sorgt, daß ihre Löhne hereinkommen, ihre Kinder zu essen haben, alles das – daß man trotz alledem gut auf den Beinen ist und nicht außer Atem kommt.

Fred hatte das Eingangstor nur ein paar Schritte vor Bruce erreicht und war, ohne sich umzusehen, gleich ins Haus gegangen. Für Bruce war der Weg etwas wie eine Offenbarung gewesen. Wie hatte er sich vor sich selber aufgespielt – als ein Mann, der nichts wollte, nichts als die Freiheit zu lieben! Und dabei hatte er eine ziemlich niederträchtige Versuchung verspürt, ihren Mann zu verhöhnen, ihn in Verlegenheit zu bringen. Die Schritte des Gärtners waren ihm immer näher gekommen. Ein scharfes Trapp-trapp schwerer Schuhe, erst auf dem zementierten Gehsteig, dann auf dem Ziegelpflaster. Bruce kam nicht leicht außer Atem. Eine Steigung machte ihm nichts. Er hatte gesehen, wie Fred sich umblickte. Er ahnte, was in ihm vorging.

Fred, auf die Schritte horchend: Wenn nur mancher von den Leuten, die bei mir in der Fabrik arbeiten, einen solchen Eifer an den Tag legte! Ich wette, in der Werkstatt hat er sich nicht so beeilt.

Bruce, mit einem Lächeln auf den Lippen und im Innern ein recht gemeines Gefühl der Genugtuung: Er hat Angst. Also weiß ers. Er weiß es, aber er scheut sich, es vor sich selber wahrzuhaben.

Als sie sich dem Gipfel des Hügels näherten, war Fred versucht zu laufen, hielt sich aber zurück. Er bemühte sich um eine würdevolle Haltung. Der Rücken des Mannes sagte Bruce, was er zu wissen wünschte. Er erinnerte ihn an den Arbeiter Smedley, an dem Sponge soviel Spaß gehabt hatte. Wir Männer sind doch erfreuliche Geschöpfe! So von Wohlwollen beseelt!

Er war Fred fast so nah, daß er, wenn er sich ein bißchen ins Zeug legte, ihm auf die Fersen treten könnte.

In seinem Innern jubelte es – eine Herausforderung. Ich könnte, wenn ich nur wollte! Ich könnte, wenn ich nur wollte!

Könnte – was?

FÜNFTES KAPITEL

Da hatte sie ihn nun in ihre Nähe geholt, und er schien stumm, zu scheu, aus sich zu sprechen. Wie kühn ist man oft in der

Phantasie, und wie überaus schwer ist es, in Taten kühn zu sein. Daß sie ihn da hatte, im Garten arbeitend, wo sie ihn täglich sehen konnte, ließ sie wie nie zuvor die Männlichkeit des Mannes spüren, wenigstens des amerikanischen Mannes. Ein Franzose hätte ein ganz anderes Problem aufgegeben. Sie war unendlich froh, daß er kein Franzose war. Was für sonderbare Wesen waren die Männer doch! Wenn sie nicht im Garten war, konnte sie oben in ihrem Zimmer sitzen und ihm zusehen. Er versuchte so ernsthaft den Gärtner zu spielen und war dabei meist ein so kläglicher Stümper!

Und was mochte in seinem Kopf vorgehen? Hätten Fred und Bruce gewußt, wie sie, oben am Fenster sitzend, zuweilen über sie beide lachte, sie wären wohl wütend geworden und hätten auf Nimmerwiedersehn das Weite gesucht.

Wenn Fred morgens um acht aus dem Hause ging, lief sie rasch hinauf, um ihm nachzusehen. Er schritt den Pfad zum Gartentor hinunter in möglichst würdevoller Haltung, als wollte er sagen: Ich weiß nichts von dem, was hier gespielt wird, ich bin sogar sicher, daß hier nichts gespielt wird. Es ist unter meiner Würde zu argwöhnen, es ginge etwas vor sich. Einzuräumen, daß etwas vor sich geht, hieße mich gar zu tief erniedrigen. Ihr seht es. Schaut meinen Rücken an, wie ich dahergehe. Seht ihr mir nicht an, daß ich gar nicht beunruhigt bin? Ich bin ja schließlich Fred Grey, nicht wahr? Was diese Emporkömmlinge angeht...!

Eine Frau darf getrost spielen, aber sie darf nicht zu lange spielen. Damit fangen die Männer sie.

Aline war nicht mehr jung, aber ihr Körper hatte seine feinen, geschmeidigen Linien bewahrt. Noch konnte sie, im Garten umhergehend, sich in ihrem Körper so wohl fühlen, wie man sich in einem Kleide fühlt, das vollkommen paßt. Wenn man älter wird, übernimmt man die allgemeinen Anschauungen über das Leben, über die Moral. Körperliche Schönheit ist wohl etwas Ähnliches wie die Stimme eines Sängers. Sie ist angeboren. Man hat sie oder hat sie nicht. Bist du ein Mann

und deine Frau ist nicht schön, so ist es an dir, eine Aura von Liebreiz um sie zu schaffen. Sie wird dir dafür sehr dankbar sein. Vielleicht ist dazu die Einbildungskraft da. In den Augen der Frau wenigstens ist die Einbildungskraft des Mannes dazu da. Wozu wäre sie sonst nütze – für sie?
Nur solange du jung bist, ist es dir als Weib vergönnt, Weib zu sein. Nur solange du jung bist, kannst du, der Mann, Dichter sein. Beeile dich! Wenn du die Mittagslinie überschritten hast, kannst du nicht mehr zurück. Zweifel nisten sich ein. Du wirst moralisch und streng. Dann mußt du anfangen, an das Leben nach dem Tode zu denken, und dir, wenn du kannst, einen geistigen Liebhaber suchen.
Die Negerinnen sangen:

An' the Lord said...
Hurry, hurry.[8]

Der Negergesang vermochte manchmal zur letzten Wahrheit der Dinge vorzudringen. Die beiden Negerinnen sangen in der Küche, während Aline oben am Fenster saß und ihren Ehemann hinuntergehen und den Mann Bruce im Garten graben sah. Bruce hörte zu graben auf und blickte Fred nach. Er war gewissermaßen im Vorteil. Er sah Fred von hinten. Fred wagte nicht, sich nach ihm umzusehen. Fred mußte sich an etwas klammern. Mit seinen Fingern klammerte er sich an etwas, um sich Halt zu geben – woran? An sich selber natürlich.
Die Atmosphäre in dem Haus und Garten auf dem Hügel war ein wenig gespannt geworden. Wieviel ursprüngliche Grausamkeit steckt in einer Frau! Die beiden Negerinnen im Hause sangen bei ihrer Arbeit, sie spähten und horchten. Noch war Aline sie selbst, ganz kühl. Noch hatte sie sich in nichts eingelassen.
Wenn man oben am Fenster saß oder durch den Garten ging, brauchte man den Mann, der dort arbeitete, nicht anzusehen,

brauchte man an den andern, der zur Fabrik hinuntergegangen war, nicht zu denken.
Man konnte die Bäume betrachten, die wachsenden Pflanzen.
Da war etwas Einfaches, Ursprüngliches, Grausames, Natur genannt. Die eine Pflanze schoß rasch in die Höhe und erstickte die andre, die neben ihr wuchs. Der Baum, der besser Wurzel geschlagen hatte als der andre, warf seinen Schatten herab und raubte dem anderen das Sonnenlicht. Seine Wurzeln breiteten sich schneller im Boden aus und sogen die lebenspendende Feuchtigkeit auf. Ein Baum war ein Baum. Da kam es nicht anders in Frage. Konnte nicht auch eine Frau für eine Weile einzig Weib sein? Sie mußte es sein, um überhaupt Frau zu werden.
Bruce ging durch den Garten und riß die schwächeren Pflanzen aus der Erde. Soviel hatte er schon von der Gärtnerei gelernt. Das lernte sich schnell.
Aline fühlte sich in diesen Frühlingstagen von quellendem Leben durchströmt. Jetzt war ihr, dem Weib in ihr, eine Chance gegeben, vielleicht die einzige Chance ihres Lebens.
Die Welt ist so voll von Heuchelei, nicht wahr, Liebes? Ja, und doch ist es besser, man tut, als ob man mitmachte.
Es war ein blitzhafter Augenblick für das Weib, Weib zu sein, für den Dichter, Dichter zu sein. Einmal hatte es sich in ihr geregt, eines Abends in Paris; doch eine andere Frau, Rose Frank, hatte mehr Glück gehabt.
Sie hatte einen matten Versuch gemacht; hatte sich eingebildet, sie sei eine Rose Frank, eine Esther Walker.
Von ihrem Fenster oben und manchmal, wenn sie im Garten saß, ein Buch in der Hand, sah sie Bruce forschend an. Was für ein Unsinn, die Bücher!
Nun, mein Liebes, wir brauchen etwas, das uns über die eintönigen Zeiten des Lebens hinweghilft. Ja, aber so vieles im Leben ist eintönig, nicht wahr, Liebes?

Wenn Aline im Garten saß und Bruce zusah, wagte er noch nicht, aufzublicken und sie anzusehen. Wenn er es täte, käme die Wahrheit an den Tag.

Sie war dessen ganz sicher.

Er war ein Mensch, der zuzeiten allen Halt fahrenlassen und sich blindlings der ursprünglichen Natur anheimgeben konnte und Mann sein für sie, das Weib – wenigstens für den Augenblick.

Und danach?...

Ach, wenn es geschehen wäre, würde sie das weitere getrost abwarten. Sich das im voraus zu fragen, hieße wie ein Mann denken, und dazu war sie noch nicht bereit.

Aline lächelte. Das war etwas, das Fred nicht vermochte, aber noch haßte sie ihn nicht um seines Unvermögens willen. Diese Art Haß kam vielleicht später, wenn jetzt nichts geschah, wenn sie ihre Chance vorübergehen ließe.

Von Anfang an hatte Fred stets ein hübsches festes Mäuerchen um sich aufrichten wollen. Hinter der Mauer wollte er sicher sein, sich in Sicherheit wiegen. Ein Mann in den Mauern seines Hauses, in Sicherheit, seine Hand fest umschlossen von der Hand einer Frau, die auf ihn wartet. Alle andern durch die Mauern des Hauses ausgesperrt. War es zu verwundern, daß die Menschen so eifrig Mauern errichteten, die Mauern verstärkten, einander bekämpften und töteten und philosophische und moralische Systeme aufbauten?

Aber, mein Liebes, hinter den Mauern haben sie keine Rivalen zu fürchten. Willst du sie tadeln? Weißt du, es ist ihre einzige Chance. Wir Frauen machens ja ebenso, wenn wir eines Mannes sicher sind. Man hat gut reden von ihrer Furcht vor Nebenbuhlern, solange man seiner selbst sicher ist; aber wie lange kann eine Frau sich in Sicherheit wiegen? Sei vernünftig, mein Liebes. Nur wenn wir vernünftig sind, können wir überhaupt mit einem Manne leben.

So wenige Frauen finden eigentlich einen Liebhaber. Heutzutage glauben überhaupt wenige Männer und Frauen an die

Liebe. Sieh die Bücher, die sie schreiben, die Bilder, die sie malen, die Musik, die sie spielen. Die Zivilisation besteht vielleicht in nichts anderem, als daß man erkennt, was man nicht haben kann. Was man nicht haben kann, darüber macht man sich lustig. Man verkleinert es, wenn man irgend kann. Man vergällt es auch den andern. Bewirf es mit Dreck, spotte drüber – und dabei sehnst du dich natürlich unaufhörlich danach, Gott weiß wie bitterlich.

Es gibt etwas, das die Menschen nicht hinnehmen. Sie sind zu grobschlächtig. Sie sind zu kindisch. Sie sind stolz und eingebildet, ihrer selbst und ihrer Systemchen gar zu sicher.

Alles um sie her ist Leben, aber sie haben sich über das Leben gesetzt.

Was sie nicht hinzunehmen wagen, ist die Tatsache, das Geheimnis, das Leben selbst.

Fleisch ist Fleisch, ein Baum ist ein Baum, Gras ist Gras. Das Fleisch des Weibes ist das Fleisch des Baumes, der Blume, des Grases.

Wenn Bruce im Garten mit seinen Händen die jungen Bäumchen, die jungen Pflanzen berührte, berührten seine Hände zugleich Alines Fleisch. Ihr Fleisch wurde warm. Es wirbelte und sang darin.

An manchen Tagen dachte sie überhaupt nichts. Sie ging im Garten umher, saß mit einem Buch in der Hand auf einer Bank und wartete.

Was sind Bücher, Malerei, Bildhauerei, Gedichte? Da schreiben sie und malen und meißeln und schnitzen und verbauen sich damit nur den Weg ins Freie. Die Menschen reden sich so gern ein, es gebe keinen Ausweg. Seht, seht mich an! Ich bin die Mitte des Lebens, sein Schöpfer – wenn ich nicht mehr bin, ist nichts mehr.

Nun, ist das nicht wahr, wenigstens für mich?

SECHSTES KAPITEL

Aline ging durch den Garten und beobachtete Bruce. Er hätte doch längst sehen müssen, daß sie nicht so weit gegangen wäre, wenn sie nicht bereit gewesen wäre, im rechten Augenblick weiter zu gehen.

Sie legte es wirklich darauf an, seine Kühnheit herauszufordern.

Es gibt Augenblicke im Leben, da Kühnheit die allerwichtigste Eigenschaft ist.

Tage und Wochen vergingen.

Die beiden Negerinnen im Hause sahen erwartungsvoll zu. Oft blickten sie einander an und kicherten. Die Luft oben auf dem Hügel war von Gelächter erfüllt – von schwarzem Gelächter.

«Ach du lieber Gott! Ach du lieber Gott! Ach du lieber Gott!» rief eine der andern zu. Und sie lachten das schrille Gelächter der Schwarzen.

Fred wußte, doch er schrak vor seinem Wissen zurück. Die Männer wären alle beide bestürzt gewesen, hätten sie geahnt, wie listig und tollkühn Aline geworden war – die unschuldige, stille Aline –, aber sie würden es nie erfahren. Die beiden Negerinnen spürten es vielleicht, aber das machte nichts. Negerinnen können schweigen, wenn es sich um Weiße handelt.

SIEBENTES KAPITEL

Aline lag in ihrem Bett. Es war am Spätnachmittag eines Tages gegen Ende Juni. Es war geschehen, und Bruce war gegangen; wohin, wußte Aline nicht. Vor einer halben Stunde war er die Treppe hinunter und aus dem Hause gegangen. Sie hatte seine Schritte auf dem Kiesweg gehört.

Es war ein warmer, duftender Tag, eine leichte Brise wehte über den Hügel und zum Fenster herein.

Wenn Bruce weise wäre, verschwände er jetzt einfach. Durfte man einem Manne soviel Weisheit zutrauen? Aline lächelte bei dem Gedanken.

Eines war ihr sicher; als ihr der Gedanke kam, war ihr, als striche eine kühle Hand leicht über ihren fiebrig heißen Leib.

Jetzt würde sie ein Kind bekommen, vielleicht einen Sohn. Das war der nächste Schritt, das nächste Ereignis. Man kann nicht so tief aufgerührt werden, ohne daß etwas geschieht; aber was sollte sie tun, wenn es käme? Würde sie ruhig ihren Weg weitergehen und Fred glauben lassen, es sei sein Kind? Warum nicht? Es würde Fred so stolz, so glücklich machen. Zwar hatte er sie, seit sie mit ihm verheiratet war, oft gereizt und gelangweilt mit seinem kindischen Wesen und seiner Dickfelligkeit. Aber nun? Freilich, er hatte die Fabrik sehr wichtig genommen, auch seine Kriegserinnerungen, und am allermeisten die gesellschaftliche Stellung der Familie Grey in der Stadt; diese Dinge waren ja auch in gewisser Hinsicht wichtig gewesen, für ihn wie für sie, doch erst in zweiter Linie, wie sie nun wußte. Aber warum ihm versagen, was er sich so sehr vom Leben wünschte, wenigstens zu wünschen glaubte? Die Greys von Old Harbor, Indiana. Sie saßen nun schon seit drei Generationen hier, und das war eine lange Zeit in Amerika, in Indiana. Der erste war ein gerissener Pferdehändler Grey, ein etwas grober Kerl, der Tabak kaute und gern bei Wettrennen auf Pferde setzte, ein wahrer Demokrat, Hallo-Junge-freut-mich-dich-zu-sehen, und immerzu Geld scheffelnd. Dann der Bankier Grey, ebenfalls schlau, aber vorsichtig geworden; ein Mann, der mit dem Staatsgouverneur befreundet war, dem republikanischen Wahlfonds Stiftungen machte, der einmal leise als Kandidat für den Senat der Vereinigten Staaten genannt wurde. Er hätte es vielleicht erreicht, wäre er nicht zufällig Bankier gewesen. Es ist keine sehr kluge Politik, in einem Jahr, wo der Ausgang der Wahl zweifelhaft ist, einen Bankier auf der Liste zu haben. Die beiden älteren Greys, und dann Fred – nicht so wagemutig und nicht so schlau. Es war kaum zu bezweifeln, daß Fred auf seine Weise der beste von den dreien war. Er hatte das Bedürfnis, vor sich selber als ein Mann ohne Fehl und Tadel dazustehen, er strebte immer danach, ein gutes Gewissen zu haben.

Und nun ein vierter Grey, der gar kein Grey war. Ihr Grey. Sie könnte ihn Dudley Grey nennen – oder Bruce Grey. Ob sie dazu die Stirn hätte? Es wäre vielleicht gar zu gewagt.

Was Bruce betraf – nun, sie hatte ihn sich ausgesucht, wenn auch nicht bewußt. Es hatte sich so gegeben. Sie war soviel kühner gewesen, als sie vorgehabt. Eigentlich hatte sie nur mit ihm spielen, ihre Macht an ihm erproben wollen. Man kann es satt haben bis zum Überdruß, zu warten – in einem Garten auf einem Hügel Indianas immer nur zu warten.

In ihrem Zimmer auf dem Bett liegend, brauchte Aline nur den Kopf auf dem Kissen zu drehen, um über die Hecke hinweg, die den Garten einfaßte, jeden zu sehen, der sich auf der einzigen Straße oben auf dem Hügel bewegte, wenn auch nur die obere Hälfte. Mrs. Willmott trat aus ihrem Hause und ging die Straße entlang. So war sie also auch an diesem Tage, da alles von dem Hügel in die Stadt hinuntergegangen war, zu Hause geblieben. Mrs. Willmott litt im Sommer an Heuschnupfen. In ein oder zwei Wochen würde sie nach dem nördlichen Michigan reisen. Ob sie zu Aline wollte? Oder wollte sie in einem andern Hause, weiter unten am Hügel, einen Nachmittagsbesuch abstatten? Sofern sie zu Greys wollte, brauchte Aline nur still liegenzubleiben und zu tun, als schliefe sie. Wenn Mrs. Willmott wüßte, was bei Greys heute nachmittag geschehen war! Welche Freude für sie, der Freude verwandt, wie sie Tausende empfinden, wenn die

Zeitung mit einer Schlagzeile über die ganze Seite eine Skandalgeschichte bringt. Ein leichtes Zittern durchlief Aline bei dem Gedanken, was sie gewagt, welcher Gefahr sie sich ausgesetzt hatte. Sie empfand etwas wie Genugtuung, ähnlich wie ein Mann nach einem Kampf, den er heil überstanden hat. Etwas allzumenschlich, was sich da in ihr regte. Auch daß sie sich an der Ahnungslosigkeit Mrs. Willmotts weidete, die da hinunterging, eine Nachbarin zu besuchen; später würde ihr Mann sie abholen, damit sie den Heimweg nicht zu Fuß zu machen brauchte. Bei Heuschnupfen muß man sich in acht nehmen. Wenn Mrs. Willmott wüßte! Doch sie wußte nichts. Es gab keinen Grund, daß irgend jemand es erführe.

Der Tag hatte damit angefangen, daß Fred seine Soldatenuniform anprobierte. Die Stadt Old Harbor sollte nach dem Beispiel von Paris, London, New York und Tausenden von kleinen und großen Städten ihre Trauer um die Gefallenen des Weltkriegs bekunden, indem sie in einem kleinen Park am Fluß unten, nah bei Freds Fabrik, ein Kriegerdenkmal einweihte. In Paris nahmen wohl der Präsident, Mitglieder der Abgeordnetenkammer, bedeutende Generale und der Tiger von Frankreich höchstselbst die feierliche Handlung vor. Hm, der Tiger wird sich mit Prexy Wilson nicht mehr zu streiten brauchen, nicht wahr? Er und Lloyd George können sich nun ausruhen, sichs zu Hause gemütlich machen. Trotz der Tatsache, daß Frankreich der Mittelpunkt der westlichen Zivilisation ist, wird man in Paris eine Statue enthüllen, vor der ein Künstler die Krämpfe kriegte. In London der König, der Prinz von Wales, die Dolly Sisters – aber nein, nein!

In Old Harbor würden der Bürgermeister, Mitglieder des Stadtrats und der Staatsgouverneur erscheinen und eine Rede halten, und prominente Bürger in Autos vorfahren.

Fred, der reichste Mann der Stadt, würde in Reih und Glied mit einfachen Soldaten gehen. Er hätte gern gesehen, wenn Aline mitgekommen wäre, doch sie hatte einfach gesagt, sie bleibe zu Hause, und er hatte es nicht über sich gebracht, Widerspruch zu erheben. Obwohl viele der Männer, mit denen er Schulter an Schulter marschieren würde, Arbeiter aus seiner Fabrik waren, hatte Fred bei der ganzen Sache ein erhebendes Gefühl. Das war etwas anderes als den Hügel hinaufzuklettern mit einem Gärtner, einem Arbeiter, eigentlich einem Diener. Hier gilt die Person nicht. Man marschiert mit, man ist ein Teil von etwas, das größer ist als der einzelne, man ist ein Teil seines Landes, seiner Macht und Größe. Niemand kann den Anspruch erheben, deinesgleichen zu sein, weil du Seite an Seite mit ihm in den Kampf gezogen, weil du Seite an Seite mit ihm an einem Aufmarsch zum Gedenken des Krieges teilgenommen hast. Gewisse Dinge, wie Geburt und Tod, sind allen Menschen gemein. Wir betrachten einen Menschen nicht als unseresgleichen, weil wir wie er von einer Frau geboren sind, weil wir beide sterben müssen, wenn unsre Stunde kommt.

In seiner Uniform hatte Fred lächerlich knabenhaft ausgesehen. Wirklich, wenn man so etwas tun will, sollte man sich nicht ein rundes Bäuchlein zulegen und dicke Backen.

Am Mittag war Fred heraufgefahren, um sich in Uniform zu stürzen. Irgendwo unten in der Stadt spielte eine Musikkapelle; die schneidige Marschmusik war, vom Winde hergeweht, auf dem Hügel und in Haus und Garten deutlich zu hören.

Alles marschierte, die ganze Welt marschierte. Fred sah so angeregt, so geschäftig aus. Er hätte sagen mögen: Komm doch mit, Aline! Doch er schluckte es herunter. Als er zum Wagen ging, war der Gärtner Bruce nicht zu sehen. Eigentlich war es ja eine Dummheit, daß er nicht darauf bedacht gewesen war, Offizier zu werden, wenn er schon in den Krieg ging; doch getan ist getan. Männer von weit geringerem Rang im Leben der Stadt würden in nach Maß geschneiderten Uniformen erscheinen, den Säbel umgeschnallt.

Als Fred das Haus verlassen hatte, war Aline noch einige

Stunden oben in ihrem Zimmer geblieben. Bald nach ihm machten sich auch die beiden Negerinnen auf den Weg. Aline hörte sie zum Tor gehen. Für sie war es eine Gelegenheit, sich in ihren schönsten Staat zu werfen. Aline sah es vor sich, wie die beiden – eine schlanke Schwarze und eine ältere Frau mit leuchtendbrauner Haut und kräftigem breitem Rücken – in lustig bunten Fähnchen leicht wiegenden Gangs den Gartenpfad hinunterspazierten. Wenn sie in der Stadt ankämen, wo die Männer marschierten und die Musikkapelle spielte, würden sie sich stärker in den Hüften wiegen. Wiegenden Ganges würden die Negerinnen vor den Niggern paradieren. «Komm mit, Baby!»

«Ach herrjeh!»

«Ach herrjeh!»

«Bist du denn im Krieg gewesen?» «Jawoll, Sah! Regierungskrieg, Arbeitsbataillon, amerikanische Armee. Ja, ich dabeigewesen, Schätzchen.»

Aline hatte sich nichts vorgenommen, hatte keinerlei Pläne gemacht. Sie saß in ihrem Zimmer und tat vor sich selber, als lese sie. ‹Der Aufstieg des Silas Lapham› von Howells.

Die Buchstaben tanzten vor ihren Augen. Unten in der Stadt spielte die Musikkapelle. Die Männer marschierten. Doch jetzt war kein Krieg. Und die Gefallenen können nicht aus ihren Gräbern aufstehen und marschieren. Nur die Überlebenden können marschieren.

Jetzt! Jetzt! raunte es in ihr. Hatte sie das wirklich gewollt? Warum hätte sie sonst den Mann Bruce in ihre Nähe geholt? Ist jede Frau im Grunde eine Hure, mehr als alles andre? Welch ein Unsinn!

Sie legte das Buch beiseite und griff nach einem andern. So etwas!

Dann lag sie auf dem Bett, das Buch in der Hand. Im Liegen konnte sie, wenn sie sich zum Fenster wandte, nur den Himmel und die Wipfel der Bäume sehen. Ein Vogel flog quer durch den Himmel und ließ sich in den Zweigen eines nahen

Baumes nieder. Der Vogel sah sie unverwandt an. Lachte er sie aus? Wie hatte sie sich so weise gedünkt, Fred und auch dem Manne Bruce so weit überlegen! Dieser Bruce – was wußte sie denn von ihm?
Sie nahm ein anderes Buch und schlug es auf gut Glück auf.

«Ich will nicht sagen, diese Frage sei nicht sonderlich wichtig, denn die Antwort zu finden wäre im Gegenteil für uns von höchster Bedeutung. Einstweilen aber, bis wir erkennen, ob die Blume selbst sich bemüht, das Leben, das die Natur ihr verliehen hat, zu erhalten und zu vervollkommnen, oder ob der Natur das Streben innewohnt, die Blume auf der Stufe der Entwicklung, die sie erreicht hat, zu erhalten und zu verbessern, oder ob letzten Endes der Zufall den Zufall regiert – bis wir dies erforscht haben, dürfen wir auf Grund einer Unzahl von Erscheinungen glauben, daß etwas, das unseren erhabensten Vorstellungen entspricht, bisweilen einen einfachen Ursprung hat.»

Grübelei! «... bisweilen einen einfachen Ursprung hat»! Was wollte der Mann, der das geschrieben hatte, damit sagen? Wovon handelte das Buch eigentlich? Was die Menschen für Bücher schrieben! Nun tu es, oder tu es nicht! Was willst du?
Mein Liebes, mit einem Buch kann man so gut die Lücken zwischen anderen Dingen ausfüllen.
Aline erhob sich und ging in den Garten hinunter, das Buch in der Hand.
Vielleicht war dieser Bruce mit den andern in die Stadt gegangen. Doch nein, das war kaum anzunehmen. Er hatte nichts davon gesagt. Er war keiner von denen, die in den Krieg zogen, es sei denn gezwungen. Er war er selbst, ein Schweifender, der etwas suchte. Solche Menschen sondern sich zu sehr von der gewöhnlichen Menschheit ab und fühlen sich dann einsam. Sie sind immer auf der Suche nach etwas – sie warten – worauf?

Bruce war im Garten bei der Arbeit. Er hatte heute einen neuen blauen Overall angezogen, wie sie die Arbeiter trugen, und stand jetzt mit einem Gartenschlauch in der Hand da und begoß die Pflanzen. Das Blau der Arbeitstracht ist sehr hübsch. Der grobe Stoff fühlt sich fest und gut an. Er sah auch sonderbar knabenhaft aus, wie ein Junge, der Arbeiter spielt. Und Fred spielte den einfachen Mann, den gemeinen Soldaten in den Kampfreihen des Lebens.
Seltsame Welt des Scheins! Ihr müßt den Schein wahren! Den Schein wahren...
‹Bleibt flott! Bleibt flott!›
Und wenn man einmal allen Schein fahren ließe?
Aline setzte sich auf einer der Gartenterrassen unter einen Baum, und Bruce, den Schlauch in der Hand, stand auf einer tieferen Terrasse. Er sah nicht zu ihr hin. Sie sah nicht zu ihm hin. Wie albern!
Was wußte sie denn auch von ihm?
Wenn sie ihm nun die endgültige Herausforderung zuspielte? Aber wie macht man das?
Wie albern von ihr, zu tun, als wäre sie in ihr Buch vertieft. Die Musikanten unten in der Stadt, die eine Weile verstummt waren, fingen wieder an zu spielen. Wie lange war es her, daß Fred gegangen war? Wie lange waren die Negerinnen schon fort? Ahnten die beiden Negerinnen, als sie, sich in den Hüften wiegend, den Weg hinuntergingen, daß während sie aus dem Hause waren... heute...
Jetzt zitterten Aline die Hände. Sie erhob sich von der Bank. Als sie aufblickte, begegneten ihre Augen den Augen Bruces, der sie offen ansah. Sie erbleichte ein wenig.
So sollte also die Herausforderung von ihm kommen? Das hatte sie nicht geahnt. Der Gedanke machte sie leicht schwindlig... Jetzt, da der entscheidende Augenblick gekommen war, sah er nicht aus, als ob er Angst hätte, aber sie hatte schreckliche Angst.
Vor ihm? Ach nein. Vielleicht vor sich selber.

Mit zitternden Knien schritt sie dem Hause zu und hörte, wie seine Schritte auf dem Kies ihr folgten. Die Schritte klangen fest und sicher. Damals, als Fred den Hügel heraufgekommen war, von denselben Schritten verfolgt... Sie hatte sich denken können, was sich zwischen den beiden abgespielt hatte, als sie oben aus ihrem Fenster sah, und hatte sich für Fred geschämt. Nun schämte sie sich selbst.

Als sie die Haustür erreichte und eingetreten war, streckte sie die Hand aus, als wollte sie die Tür hinter sich schließen. Wenn sie das täte, würde er natürlich nicht weitergehen. Er würde bis an die Tür kommen, und wenn sie sie schlösse, würde er sich umdrehen und weggehen. Sie würde ihn nie wiedersehen.

Zweimal streckte sich ihre Hand nach dem Türknopf aus, konnte ihn aber nicht finden. Sie wandte sich um und ging durch den Vorsaal zur Treppe, die in ihr Zimmer hinaufführte.

Er hatte an der Tür nicht gezaudert. Nun kam, was kommen mußte.

Es war nicht mehr zu ändern. Sie frohlockte innerlich.

ACHTES KAPITEL

Aline lag in ihrem Bett oben im Greyschen Hause. Ihre Augen glichen den Augen einer schläfrigen Katze. Lieber nicht an das denken, was geschehen war. Sie hatte es gewollt, sie hatte es herbeigeführt. Mrs. Willmott wollte offenbar nicht zu ihr. Hatte sie eine Weile geschlafen? Der Himmel war von sehr klarem Blau, aber schon vertiefte sich seine Farbe. Bald wurde es Abend und kamen die Negerinnen zurück, kam Fred heim... Dann mußte sie Fred in die Augen sehen. Auch den Negerinnen, doch das machte nichts. Sie dachten, was ihre Natur ihnen eingab, sie fühlten, wie es ihrer Natur entsprach. Man weiß nie, was eine Negerin denkt oder fühlt. Wie Kinder sind sie, sehen einen mit ihren sonderbar sanften, unschuldigen Augen an. Weiße Augen, weiße Zähne im braunen Gesicht, Lachen. Es ist ein Lachen, das nicht allzu weh tut.

Mrs. Willmott verschwunden, nicht mehr zu sehen. Keine häßlichen Gedanken mehr. Der Körper in Frieden, der Geist in Frieden.

Wie zärtlich und stark er war! In ihm hatte sie sich wenigstens nicht getäuscht. Ob er jetzt wegging?

Der Gedanke erschreckte Aline. Sie mochte nicht daran denken. Lieber an Fred.

Ein anderer Gedanke kam ihr. In Wirklichkeit liebte sie Fred, ihren Mann. Die Frauen lieben auf mehr als eine Weise. Wenn er jetzt zu ihr käme, aufgeregt und verstört... Nein, höchstwahrscheinlich kam er glücklich nach Hause. Wenn Bruce endgültig verschwunden wäre, auch das würde ihn glücklich machen.

Wie behaglich es im Bett war. Sie stellte sich Fred, ihren Mann, mit dem Kind in den Armen vor, und der Gedanke machte ihr Freude. Später würde sie wohl noch mehr Kinder bekommen. Es gab keinen Grund, warum Fred da bleiben sollte, wohin sie ihn verwiesen. Wenn sie ihr ganzes weiteres Leben mit ihm teilen sollte, ihm Kinder gebärend, wäre es kein schlechtes Leben. Aus einem Mädchen war sie zur Frau geworden. Das änderte alles von Grund auf. Dieser Schriftsteller, der Mann, der das Buch geschrieben hatte, das sie zu lesen versuchte, als sie in den Garten ging – er hatte es nicht sonderlich gut ausgedrückt. Ein trockener Geist, der alles trocken ausklügelt.

«Eine Unzahl von Erscheinungen läßt uns glauben, daß etwas, das unseren erhabensten Vorstellungen entspricht, zuweilen einen einfachen Ursprung hat.»

Unten wurde ein Geräusch laut. Die beiden Negerinnen, die

sich die Parade und die Feier zur Enthüllung des Denkmals angesehen hatten, waren nach Hause gekommen. Wie gut, daß Fred nicht im Krieg gefallen war! Jeden Augenblick konnte er jetzt heimkommen, vielleicht ging er gleich hinauf in sein Zimmer, das neben dem ihren lag, und käme zu ihr. Sie rührte sich nicht, und schon hörte sie seine Schritte auf der Treppe. Erinnerung an Bruces Schritte, wie sie sich entfernten. Und Freds Schritte näherten sich, kamen vielleicht zu ihr. Es machte ihr nichts. Wenn er käme, wäre sie sogar froh.

Wirklich, er kam, stieß ganz schüchtern die Tür auf, und auf ihren ermunternden Blick setzte er sich zu ihr auf den Bettrand.

«So», sagte er.

Sie müsse sich nun wohl zum Abendessen anziehen, meinte er, und erzählte dann von der Parade. Alles war sehr gut gegangen. Er hatte kein peinliches Gefühl gehabt. Zwar sagte ers nicht, aber sie merkte doch, er war befriedigt und hatte sich am rechten Platz gefühlt, wie er da mit den Arbeitern marschierte, für den einen Tag ein Mann wie alle andern. Es war nichts vorgefallen, das gegen seine Auffassung von der Rolle, die ein Mann wie er im Leben seiner Stadt spielen müsse, verstoßen hätte. Jetzt würde ihm vielleicht auch die Nachbarschaft Bruces nicht mehr stören; doch das war noch nicht gewiß.

Man ist ein Kind und wird dann Frau, vielleicht Mutter. Wer weiß, vielleicht ist das unsre wahre Bestimmung.

Von Alines Blicken ermutigt, beugte er sich über sie und küßte sie. Ihre Lippen waren warm. Ein Schauer lief durch seinen Körper. Was war geschehen? Was für ein Tag war dies für ihn! Wenn Aline sein würde, wahrhaft sein! Immer hatte er dies von ihr ersehnt, eine Anerkennung seines Mannestums.

Wenn sein Wunsch in Erfüllung ginge – vollkommen, bis ins Tiefste, wie es ihm niemals ganz...
Er schloß sie in die Arme und drückte sie fest an sich.
Unten hörte man die Negerinnen das Abendessen bereiten. Irgend etwas hatte die eine bei dem Aufmarsch in der Stadt wohl amüsiert, und sie erzählte es der andern.
Gellend klang das Gelächter der Schwarzen durchs Haus.

NEUNTES KAPITEL

Eines späten Abends im Frühherbst wanderte Fred den Hügel von Old Harbor hinauf, nachdem er soeben einen Vertrag über eine Werbekampagne für Greys Autoräder in den Zeitschriften des Landes unter Dach gebracht hatte. In ein paar Wochen würde sie nun anlaufen. Die Amerikaner lasen wirklich Anzeigen, daran war nicht zu zweifeln. Kipling hatte einmal an den Verleger eines Magazins geschrieben, der ihm ein Exemplar ohne den Anzeigenteil geschickt hatte: «Ich möchte aber auch die Anzeigen sehen. Sie sind das Interessanteste in dem Blatt.»
In ein paar Wochen würde nun der Name der Grey Wheel Company auf den Seiten aller inländischen Zeitschriften prangen. In Kalifornien drüben, in Iowa, in der City von New York, oben in den kleinen Städten Neu-Englands, überall würden die Leute von den Grey-Rädern lesen. ‹Greys Räder sind Draufgänger›, ‹Samsons der Landstraße›, ‹Möwen der Autobahn›. Auf das genau richtige Schlagwort kam es an, auf einen Blickfang für den Leser, etwas, das ihn zwang, an Grey-Räder zu denken, in ihm das Bedürfnis nach Grey-Rädern weckte. Die Reklamefachleute aus Chicago hatten noch nicht ganz den richtigen Werbespruch gefunden, aber sie würden es schon ordentlich machen. Diese Werbeleute

hatten was los. Manche Werbetexter verdienten fünfzehn-, zwanzig-, ja vierzig- bis fünfzigtausend Dollar im Jahr. Wir sind doch ein Land, kann man wohl sagen! Er brauchte weiter nichts zu tun als durchzusehen, was die Werbeleute schrieben. Sie verfaßten den Anzeigentext und machten Zeichnungen dazu. Er brauchte weiter nichts zu tun als in seinem Büro sitzen und es begutachten. Dann entschied sein Hirn, was taugte und was nicht. Junge Kunststudenten entwarfen die Illustrationen. Manchmal zogen sie auch bekannte Maler dazu heran, Burschen wie Tom Burnside drüben in Paris. Wenn amerikanische Geschäftsleute sich ins Zeug legten, dann erreichten sie, was sie wollten.

Fred ließ neuerdings seinen Wagen in einer Garage der unteren Stadt. Wenn er bis spätabends im Büro gearbeitet hatte und nach Hause fahren wollte, rief er einfach an, und ein Mann brachte ihm das Auto.

Heute jedoch war ein schöner Abend zum Gehen. Man mußte sehen, daß man in Form blieb. Mit einem der wichtigen Männer von der Chicagoer Werbeagentur ging er durch die Geschäftsstraßen von Old Harbor. [Sie hatten einer ihren besten Leute heruntergeschickt; die Grey Wheel war ihnen wichtig.] Unterwegs schaute Fred die Geschäftsstraßen seiner Stadt auf und ab. Mehr als jeder andere hatte er schon dazu beigetragen, aus der Kleinstadt am Strom beinah eine Großstadt zu machen, und nun würde er sie noch viel mehr in die Höhe bringen. Sieh, was aus Akron geworden ist, seit sie dort angefangen haben, Autoreifen herzustellen; sieh, was aus Detroit geworden ist durch Ford und einige andere. Wie die Herren aus Chicago hervorgehoben hatten, brauchte jeder Wagen, der lief, vier Räder. Was Ford kann, warum solltest du das nicht auch können? Ford hatte nichts weiter getan als die günstige Gelegenheit erkannt und ergriffen. War nicht gerade das das Kennzeichen eines guten Amerikaners – um es klipp und klar zu sagen?

Fred verabschiedete sich von dem Werbefachmann vor seinem Hotel. Es waren zwar vier Werbeleute gekommen, aber die übrigen drei waren Schriftsteller. Sie gingen für sich allein hinter Fred und ihrem Chef her. «Es versteht sich, die Ideen müssen doch bedeutendere Männer wie Sie und ich ihnen geben. Es gehört ein kühler Kopf dazu zu wissen, wie mans machen muß und wann mans machen muß, und um Fehler zu vermeiden. Ein Schriftsteller ist im Grunde immer ein bißchen überspannt», sagte der Werbefachmann zu Fred Grey und lachte.

Doch Fred blieb vor dem Hoteleingang stehen und wartete auf die andern. Er schüttelte allen in der Runde die Hand. Wenn ein Mann, der an der Spitze eines großen Unternehmens steht, hochnäsig wird, wenn er sich zu gut dünkt...

Fred ging allein weiter bergauf. Die Nacht war schön, und er hatte es ja nicht eilig. Wenn man so stieg und fing an zu schnaufen, blieb man eine Weile stehen und schaute zurück auf die Stadt. Ganz dort unten lag die Fabrik. Dahinter strömte unaufhaltsam der Ohio. Auch eine große Sache stand nicht mehr still, wenn man sie einmal in Gang gebracht hatte. Es gibt Vermögen in unserm Lande, denen nichts mehr passieren kann. Nehmen wir an, es kämen ein paar schlechte Jahre und man verlöre zwei- oder dreihunderttausend. Was machte das? Man hält den Nacken steif und wartet ab. Deine Chance wird schon wieder kommen. Das Land ist zu groß und zu reich, als daß eine Wirtschaftskrise sehr lange dauern könnte. Das einzige, was dabei passiert, ist, daß die kleinen Kerls dabei ausgejätet werden. Es kommt darauf an, zu den großen Kerls zu gehören und auf dem eigenen Felde eine beherrschende Stellung einzunehmen. Schon hatte Fred sich vieles, was ihm der Mann aus Chicago gesagt hatte, zu eigen gemacht. Bisher war er Fred Grey von der Grey Wheel Company in Old Harbor, Indiana, gewesen, nun aber würde er einer der Großen des Landes werden.

Wie schön die Nacht war! An der Straßenecke, wo eine Laterne stand, sah er nach seiner Uhr. Elf Uhr. Er tauchte nun in eine dunklere Zone zwischen zwei Laternen. Wenn er geradeaus den Weg hinauf blickte, konnte er den blauschwarzen, mit funkelnden Sternen besäten Himmel sehen. Als er sich umwandte und zurückschaute, spürte er den breiten Strom dort unten, obwohl er nicht mehr zu sehen war, den Strom, an dessen Ufern er von jeher gelebt hatte. Das wäre jetzt etwas, wenn er den Strom wieder lebendig machen könnte, wie er zu Lebzeiten seines Großvaters gewesen war. Im Geiste sah er Frachter dampfend auf die Ladekais der Grey Wheel Company zusteuern. Rufende Männerstimmen, Wolken von grauem Qualm aus Fabrikschornsteinen rollten das Flußtal entlang.

Fred war so wunderlich zumute – wie einem glücklichen Bräutigam, und ein glücklicher Bräutigam liebt die Nacht. Nächte im Felde; Fred, ein einfacher Soldat, marschiert auf einer Landstraße in Frankreich. Ein sonderbares Gefühl, man kommt sich ganz klein und unbedeutend vor, wenn man ein solcher Narr ist, als einfacher Soldat in der Armee zu dienen. Doch eines Frühlingstags war er in seiner Soldatenuniform durch die Straßen von Old Harbor marschiert. Wie hatten die Leute ihnen zugejubelt! Zu schade, daß Aline es nicht gehört hatte. Bestimmt, seit jenem Tage hatte er in der Stadt einen Stein im Brett. Jemand hatte zu ihm gesagt: «Wenn Sie je Lust bekommen, Bürgermeister zu werden oder in den Kongreß einzutreten oder selbst in den Senat der Vereinigten Staaten...»

In Frankreich, auf den Straßen dahinwandernd im Dunkeln – die Leute beziehen ihre Stellung zum Angriff auf den Feind – Nächte voller Spannung, voller Todeserwartung. Man durfte sich wohl sagen, daß es für Old Harbor einen Unterschied bedeuten würde, wenn er in einem der Kämpfe, die er mitgemacht, gefallen wäre.

Andere Nächte, nach einem Angriff – endlich hatte man das furchtbare Geschäft hinter sich. Manche Dummköpfe, die nie Pulver gerochen hatten, taten sich gern groß damit, sie

möchten mal eine Schlacht mitmachen. Schade, daß man ihnen keine Gelegenheit gab zu erleben, wie das war; diese Esel!
Auch die Nächte nach dem Kampf waren voller Erregung. Da lag man vielleicht auf der Erde und versuchte, sich zu entspannen, während jeder Nerv noch zuckte. Herrgott, wenn man jetzt nur was Ordentliches zu saufen hätte! Na, wie wärs, so zwei Viertel von dem guten alten Bourbon-Whisky aus Kentucky? Es geht doch nichts über Bourbon, findest du nicht auch? Davon kann man eine ganze Menge trinken und hat hinterher keinen Brummschädel. Du solltest nur mal ein paar von den Alten bei uns zu Hause sehn. Haben das Zeug von klein auf getrunken, und manche werden an die hundert Jahre alt.
Nach der Schlacht, trotz bebender Nerven, trotz aller Erschöpfung tiefe Freude. Ich lebe noch! Ich bin noch am Leben! Andere sind jetzt tot oder liegen verstümmelt irgendwo hinten in einem Lazarett und warten auf den Tod; aber ich, ich lebe!
In seine Gedanken vertieft, klomm Fred das steile Old Harbor hinauf. Er ging ein oder zwei Blocks weiter und blieb dann stehen, lehnte sich an einen Zaun und blickte auf die Stadt zurück. Es gab noch eine ganze Menge unbebauter Grundstücke am Hang. Einmal verweilte er lange an einem Zaun, der einen Bauplatz umgab. In den Häusern an den aufsteigenden Straßen waren die Leute fast alle schon schlafen gegangen.
Damals in Frankreich stand man nach einem Kampf noch zusammen, und einer sah den andern an. «Meinen Kumpel hats erwischt. Jetzt kann ich sehen, wo ich einen neuen Kumpel finde.»
«Hallo, lebst du noch?»
Vor allem dachte man an sich selber. Meine Arme sind noch da, ich hab meine Hände noch, meine Augen, meine Beine. Mein Körper ist heil geblieben. Jetzt möchte ich bei einer

Frau liegen. Es tat gut, auf der Erde zu sitzen. Es tat gut, die Erde unter den Hinterbacken zu fühlen.
Fred erinnerte sich an eine Sternennacht, als er mit einem andern, den er zuvor nie gesehen hatte, am Straßenrand saß. Der Mann war offenbar Jude, ein hochgewachsener Mann mit lockigem Haar und großer Nase. Woran er merkte, daß der andre Jude war, hätte Fred nicht sagen können. Meistens weiß man, woran man ihn erkennt. Befremdliche Vorstellung, nicht? – ein Jude, der in den Krieg zieht und für sein Land kämpft? Wahrscheinlich hatte er gemußt. Wie, wenn er sich geweigert hätte? ‹Ich bin Jude. Ich habe kein Vaterland.› Sagt nicht die Bibel, der Jude solle ein Mensch ohne Vaterland sein, oder so ähnlich? Großartige Chance! In Old Harbor gab es, als Fred klein war, nur eine einzige jüdische Familie. Der Mann hatte ein kümmerliches Lädchen unten am Fluß, seine Kinder gingen in die Volksschule. Einmal kam Fred dazu, wie ein paar andere Jungen einen der Judenjungen beschimpften. Sie liefen auf der Straße hinter ihm her und schrien: «Christusmörder! Christusmörder!»
In welcher Verfassung war man nach dem Kampf! Unbegreiflich! Da hatte er in Frankreich am Straßenrand gesessen und immerzu das böse Wort wiederholt: Christusmörder! Christusmörder! Er sagte es nicht laut, um den Fremden nicht zu verletzen. Aber es war geradezu ein Vergnügen, irgend jemanden, einen beliebigen Menschen so im stillen zu verwunden mit Worten, die wie Kugeln sengen und durchbohren.
Der Jude, ein stiller, offenbar feinfühliger Mensch, saß nach der Schlacht neben Fred am Straßengraben in Frankreich, nach einer Schlacht, in der sehr viele Männer gefallen waren. An die Toten dachte man nicht viel. Das Wichtigste war, daß man selber noch lebte. Es war ein Nacht ganz wie diese, in der er in Old Harbor nach Hause ging. Der junge Fremde in Frankreich damals sah ihn an und lächelte, ein wehes Lächeln. Er streckte seine Hand zu dem blauschwarzen Himmel auf,

der voller Sterne hing. «Ich möchte, ich könnte da hinaufreichen und eine Handvoll pflücken. Ich möchte sie essen, sie sehen so schön aus», hatte er gesagt. Dabei ging ein Ausdruck glühender Leidenschaft über sein Gesicht. Seine Finger krallten sich. Es war, als wollte er die Sterne vom Himmel reißen, um sie sich einzuverleiben oder voller Ekel wegzuwerfen.

ZEHNTES KAPITEL

Schon sah sich Fred als Vater einer Kinderschar. Nachdenklich ging er seines Weges. Er war gut vorwärtsgekommen, seit er aus dem Kriege zurückgekehrt war. Sollte sich das Werbeprojekt nicht voll auswirken, würde es ihm nicht den Hals brechen. Man mußte etwas riskieren. Aline erwartete ein Kind, und nun, da sie einmal auf diesem Wege war, konnten noch mehr kommen. Man möchte nicht ein Kind allein aufziehen. Er – oder sie – müßte einen Spielkameraden haben. Jedes Kind mußte seinen eigenen Weg im Leben einschlagen. Vielleicht wurden sie nicht alle Geldverdiener. Man weiß ja nie im voraus, ob ein Kind begabt ist.
Oben lag das Haus, zu dem er langsam hinaufstieg. Er malte sich aus, wie der Garten ums Haus von Kinderlachen erfüllt wäre, von kleinen weißgekleideten Gestalten, die zwischen den Blumenbeeten herumtollten. Schaukeln hingen an den unteren Zweigen der höheren Bäume. Er würde den Kindern ein Spielhäuschen hinten im Garten bauen.
Jetzt brauchte er auf dem Heimweg nicht mehr darüber zu grübeln, was er zu seiner Frau sagen sollte, wenn er einträte. Wie hatte Aline sich verändert, seit sie das Kind erwartete! Tatsächlich, sie war wie ausgewechselt seit jenem Sommernachmittag, da er an der Parade teilgenommen hatte. Als er damals nach Hause kam, fand er sie, wie sie gerade aus dem

Schlaf erwachte, und wahrlich, welch ein Erwachen! Ganz seltsame Wesen sind doch die Frauen. Nie lernt man bei ihnen aus. Da legt sich eine Frau nachmittags hin, um ein Schläfchen zu halten, und erwacht als eine ganz andere, als sie am Morgen war, unendlich viel lieber, schöner, süßer – oder auch schlimmer. Das macht die Ehe zu einer so ungewissen, ja, riskanten Sache.

An jenem Sommerabend, als er auf der Parade gewesen war, kamen er und Aline erst gegen acht Uhr zum Essen herunter, und man hatte das Dinner noch einmal anrichten müssen; aber was kümmerte sie das? Hätte Aline der Parade zugeschaut und gesehen, welche Rolle er dabei spielte, so wäre ihr verändertes Wesen verständlicher gewesen.

Er hatte ihr alles erzählt, aber erst, als er die Wandlung in ihr gespürt hatte. Wie zärtlich sie war! Sie war wieder wie in jener Nacht in Paris, als er um sie anhielt. Gewiss, damals war er soeben aus dem Kriege gekommen und war aufgewühlt durch das Gerede einer Frau; die Schrecken des Krieges waren wieder über ihn hereingestürzt und hatten ihn eine Weile übermannt; aber an jenem anderen Abend war nichts dergleichen geschehen. Sein Auftreten bei der Parade war ein großer Erfolg gewesen. Vorher hatte er gedacht, er würde sich etwas verlegen fühlen und fehl am Ort, wenn er mit einem Haufen Arbeiter und Verkäufer in Reih und Glied marschierte, aber alle hatten ihn behandelt, als wäre er ein General, der die Parade anführte. Eigentlich war alles erst in Hochrufe ausgebrochen, als er vorbeikam. Der reichste Mann der Stadt marschiert zu Fuß mit als einfacher Soldat! Bestimmt, das hatte seine Stellung in der Stadt sehr gestärkt. Und dann war er nach Hause gekommen, und Aline hatte ihn empfangen, wie er sie seit ihrer Hochzeit nicht gesehen hatte. Welche Zärtlichkeit! Es war, als sei er krank oder verwundet oder dergleichen.

Und er hatte geredet, geredet, seine Lippen waren mit einem Mal übergeflossen. Es war, als hätte er, Fred Grey, endlich, nach langem Warten seine Frau gefunden. Sie war so zärtlich und fürsorglich wie eine Mutter.

Und dann, zwei Monate darauf, wie sie ihm sagte, sie werde ein Kind bekommen...

Jener Nachmittag in dem Pariser Hotelzimmer, als sie sich eben hatten trauen lassen und er seinen Koffer packte, um heimzueilen, und jemand ging aus dem Zimmer und ließ sie allein... Und dagegen die Abende später in Old Harbor, wenn er von der Fabrik nach Hause kam... Sie hatte keine Lust, die Nachbarn zu besuchen oder im Wagen spazieren zu fahren, und was sollte man anfangen? Abends nach dem Essen sah er sie an und sie ihn. Was sollte man sagen? Sie wußten nicht, worüber sie sprechen sollten. Oft schlichen die Minuten mit unendlicher Langsamkeit dahin. Verzweifelt vergrub er sich in die Zeitung, und sie ging in den Garten und wanderte da im Dunkeln umher. Fast jeden Abend schlief er in seinem Sessel ein. Worüber sollten sie sich unterhalten? Es war nichts Besonderes zu sagen.

Aber jetzt!

Jetzt konnte er heimgehen und Aline alles erzählen. Er sprach von seinen Werbeprojekten, nahm Entwürfe mit nach Hause, um sie ihr zu zeigen, erzählte ihr von lauter Kleinigkeiten, die der Tag brachte. «Wir haben drei große Aufträge aus Detroit bekommen. Wir haben eine neue Presse unten in der Werkstatt. Sie ist so groß wie ein halbes Haus. Laß mich dir erklären, wie sie funktioniert. Hast du einen Bleistift? Ich werde dir eine Skizze machen.» Wenn er jetzt den Hügel hinaufkam, dachte er oft einzig an Dinge, die er ihr erzählen wollte. Er erzählte ihr sogar Geschichtchen, die er von den Handelsvertretern hatte – wenn sie nicht zu wüst waren. Wenn sie unanständig waren, änderte er sie ab. Es war ein Vergnügen zu leben und eine solche Frau zum Weibe zu haben.

Sie hörte lächelnd zu und schien sein Geplauder nie leid zu werden. Selbst in der Luft des Hauses war etwas Neues zu spüren. Ja, Zärtlichkeit. Oft kam sie und legte ihre Arme um ihn.

In solchen Gedanken wanderte Fred den Hügel hinauf. Immer wieder durchfuhr ihn ein Blitzstrahl des Glückes, doch zuweilen kam ein Wetterleuchten des Zorns hintendrein. Mit diesem Zorn hatte es eine sonderbare Bewandtnis. Stets hing es mit diesem Mann zusammen, der erst in seiner Fabrik angestellt und dann Gärtner bei ihnen gewesen und plötzlich verschwunden war. Warum kam ihm dieser Kerl immer wieder in den Sinn? Er war zur gleichen Zeit weggegangen, wie die Wandlung über Aline gekommen war, weggegangen, ohne zu kündigen, sogar ohne seinen Lohn abzuwarten. So waren diese Burschen, weder tüchtig noch zuverlässig, und machten sich bei Nacht und Nebel davon. Jetzt arbeitete ein Neger, ein alter Mann, im Garten. So war es besser. Alles ging jetzt besser im Hause Grey.

Jedesmal wenn er den Hügel hinaufstieg, mußte er an diesen Kerl denken. Und er konnte sich der Erinnerung an einen andern Abend nicht erwehren, als er mit Bruce auf den Fersen nach Hause gegangen war. Natürlich hat ein Mann, der im Freien schafft und gewöhnliche Arbeit tut, eine bessere Puste als einer, der drinnen beschäftigt ist.

Ich möchte wissen, was aus uns werden sollte, wenn es nicht auch Menschen anderer Art gäbe. Mit Genugtuung fiel ihm ein, was der Werbefachmann gesagt hatte. Die Leute, die Anzeigen abfaßten, die für Zeitungen schrieben, alle diese Burschen seien eigentlich Arbeiter in gewissem Sinn, und wenns darauf ankam, konnte man sich dann auf sie verlassen? Keineswegs. Sie hatten kein selbständiges Urteil, das war es. Kein Schiff käme je ans Ziel ohne Steuermann. Es würde nur herumschwanken und dahintreiben und nach einiger Zeit untergehen. Mit der menschlichen Gesellschaft verhielt es sich ebenso. Gewisse Männer mußten immer das Steuer in der Hand behalten, und zu denen gehörte Fred. Von Anfang an hatte er danach gestrebt, ein solcher Mann zu werden.

ELFTES KAPITEL

Fred wollte nicht an Bruce denken. Es bereitete ihm stets Unbehagen. Warum nur? Es gibt solche Menschen, ihr Bild setzt sich in einem fest, und man wird es nicht wieder los. Sie drängen sich ein, wo man sie am wenigsten brauchen kann. Man lebt so seinen Tag, geht seinen Geschäften nach, und auf einmal sind sie da. Manchmal trifft man einen Menschen, der einem irgendwie in die Quere kommt und dann verschwindet. Man nimmt sich vor, ihn zu vergessen, aber man kanns nicht.

Da war er in seinem Büro in der Fabrik, diktierte vielleicht einen Brief oder machte einen Rundgang durch die Werkstätten; und mit einemmal stockte alles. Man weiß ja, wie das ist. An manchen Tagen geht es mit allem so. Alles in der Natur scheint zu stocken und stillzustehen. An solchen Tagen sprechen die Menschen mit gedämpfter Stimme, verrichten ihre Arbeit leiser. Alle Wirklichkeit droht zu versinken, und da ist es, eine Art geheimnisvoller Verbindung mit einer Welt außerhalb der realen Welt, in der man sich bewegt. An solchen Tagen kommen einem die Gesichter von Menschen, die man fast vergessen hatte, in Scharen wieder in den Sinn. Man wünscht nichts so heiß, wie bestimmte Menschen zu vergessen, und man kann sie nicht vergessen.

Oder wenn er in seinem Büro drunten in der Fabrik war, und jemand näherte sich der Tür. Es klopfte. Er fuhr zusammen. Warum dachte er immer, wenn dergleichen geschah, es sei Bruce, der zurückkäme? Was hatte er mit dem Manne zu schaffen oder der Mann mit ihm? Schwebte zwischen ihnen eine Herausforderung, die noch nicht ausgetragen war? Hols der Teufel! Wenn man solche Gedanken in sich aufkommen läßt, weiß man nicht, wohin das führt. Lieber sich alle diese Grübeleien aus dem Kopf schlagen.

Bruce war weggegangen, war verschwunden am gleichen

Tage, da die Wandlung mit Aline geschah. Es war der Tag, an dem Fred die Parade mitgemacht hatte und die beiden Dienstmädchen hinuntergegangen waren, sie sich anzuschauen. Den ganzen Nachmittag waren Aline und Bruce allein auf dem Hügel gewesen. Als Fred später nach Hause kam, war der Mann nicht mehr da; er hatte ihn nie wiedergesehen. Ein paarmal hatte er Aline nach ihm gefragt, aber sie schien dann ungehalten, sie hatte nicht darüber sprechen wollen. «Ich weiß nicht, wo er ist», hatte sie gesagt. Kein Wort weiter. Es könnte einem zu denken geben, wenn man sich damit einlassen wollte. Schließlich hatte er Aline doch dadurch bekommen, daß er Soldat gewesen war. Da war es doch sonderbar, daß sie sich die Parade nicht hatte ansehen wollen. Wenn man seiner Phantasie freien Lauf ließe, konnte man auf allerhand Gedanken kommen.

Fred hatte sich in wachsenden Ärger hineingegrübelt, während er bergan wanderte. Drunten in der Werkstatt traf er täglich den alten Arbeiter, Sponge Martin, und jedesmal wenn er ihn erblickte, mußte er an Bruce denken. Ich möchte den alten Schurken hinauspfeffern, dachte er. Der Mann war seinem Vater gegenüber einmal geradezu unverschämt geworden. Warum duldete er ihn immer noch? Na ja, er ist ein guter Arbeiter. Es ist eine Dummheit zu glauben, weil man der Besitzer der Fabrik ist, sei man auch Herr darin. Er versuchte sich gewisse Dinge immer wieder zu sagen, gewisse Lieblingssätze, die er stets laut in Gegenwart anderer wiederholte, Phrasen über die Verpflichtungen des Reichtums. Er sollte lieber der wirklichen Wahrheit ins Gesicht sehen: daß er den alten Arbeiter, Sponge Martin, nicht zu entlassen wagte; daß er nicht gewagt hatte, Bruce zu entlassen, als er oben im Garten arbeitete; daß er nicht wagte, seinem Verschwinden zu genau nachzuforschen.

Statt dessen suchte er alle Zweifel, alle Fragen in sich niederzukämpfen. Denn wenn man auf dieser Bahn weiterginge, wo käme man da hin? Schließlich würde er noch anfangen,

die Vaterschaft seines ungeborenen Kindes in Zweifel zu ziehen.
Der Gedanke war zum Verrücktwerden. Was ist nur los mit mir? fragte Fred sich mit Schärfe. Er war nun fast oben angekommen. Dort war Aline, sicherlich schlief sie längst. Er versuchte an sein Werbeprojekt für die Grey-Räder in den Zeitschriften zu denken. Alles kam ihm entgegen. Seine Frau liebte ihn, die Fabrik ging gut, er war ein bedeutender Mann in der Stadt. Jetzt wußte er, wofür er arbeitete. Aline würde einen Sohn bekommen, einen zweiten, einen dritten. Er warf die Schultern zurück, und da er langsam gegangen und nicht außer Atem gekommen war, schritt er mit erhobenem Kopf und aufrechtem Rücken eine Strecke weiter, wie ein Soldat. Er war fast oben angelangt, als er noch einmal stehenblieb. Nah dem Gipfel des Hügels stand ein hoher Baum, an den lehnte er sich. Welch eine Nacht!
Lebenslust und Freude, Freude über die Zukunftsaussichten mischten sich in seinem Herzen mit einer seltsamen Beklommenheit. Es war wieder wie im Kriege, wie in den Nächten vor einer Schlacht. Hoffnung und Furcht kämpften in ihm. Ich glaube nicht, daß es geschieht. Ich will nicht glauben, daß es geschieht.
Wenn es ihm nur vergönnt wäre, gewisse Dinge für immer aus seinem Gedächtnis zu löschen! Den Krieg, um dem Krieg ein Ende zu machen, um endlich Frieden zu finden!

ZWÖLFTES KAPITEL

Fred überquerte ein Stückchen der ungepflasterten Straße oben auf dem Hügel und näherte sich seinem Tor. Seine Schritte wurden von dem Staub der Straße verschluckt. Im Greyschen Garten saßen Bruce Dudley und Aline im Gespräch zusammen. Bruce Dudley war an dem Abend um acht zurückgekehrt in der Erwartung, Fred zu Hause anzutreffen. Er war einigermaßen verzweifelt. War Aline die Seine oder gehörte sie Fred? Er wollte Aline sehen und sich Klarheit verschaffen. Er wollte kühnlich nach ihrem Hause zurückkehren und zur Tür hinaufgehen – diesmal nicht als Diener. Auf jeden Fall wollte er Aline wiedersehen. Der Augenblick war gekommen, einander in die Augen zu sehen. Wenn es ihr in den Wochen, seit er sie zum letztenmal gesehen hatte, so ergangen war wie ihm, dann mußte man ein Ende machen, mußte sich entscheiden. Ein Mann ist schließlich ein Mann und eine Frau ist eine Frau – ein Leben ist ein Leben. Sollte man sein Leben lang darben, um jemandem keinen Schmerz zuzufügen? Und Aline? Vielleicht hatte sie ihn nur im Augenblick begehrt, war sie nur eine Frau, die aus Langeweile ein bißchen flüchtige Erregung suchte; vielleicht aber empfand sie wie er. Fleisch von deinem Fleisch, Bein von deinem Bein. Im Schweigen der Nacht flossen unsere Gedanken ineinander. So etwa. Wochenlang war Bruce herumgewandert und hatte nachgedacht, hatte hier und da Arbeit angenommen und immerzu gedacht, gedacht, gedacht – an Aline. Lästige Gedanken hatten ihn heimgesucht. Ich habe kein Geld. Sie würde mit mir leben müssen, wie Sponges Alte mit Sponge lebt. Er erinnerte sich daran, wie zwischen Sponge und seiner Alten etwas lebendig war, eine alte eingefleischte Vertrautheit miteinander. Ein Mann und eine Frau auf einem Haufen Sägemehl unter dem sommerlichen Mond. Die Angeln waren ausgelegt. Die milde Nacht, der Fluß still dahinströmend im Dunkeln, die Jugend ist vorbei, das Alter naht; zwei unmoralische, unchristliche Menschen lagen auf einem Haufen Sägemehl und genossen den Augenblick, genossen einander, eins geworden mit der Nacht, mit dem sternübersäten Himmel, mit der Erde. Manche Männer und Frauen lagen ihr ganzes Leben beieinander, während jeder sich von dem andern fortsehnte. Ebenso hatte er mit Bernice gelebt und war dann ausgerissen. Bleiben hätte bedeutet, Tag für Tag sich selber sowohl wie Bernice betrügen. Machte Aline es auch so mit ihrem Manne, und war sie sich dessen bewußt? Würde sie froh sein, so wie er froh gewesen war über die Gelegenheit, dem ein Ende zu machen? Würde ihr Herz vor Freude springen, wenn sie ihn wiedersah? Er hatte sich gesagt, wenn er wieder vor der Tür ihres Hauses stände, würde er Gewißheit finden.

DREIZEHNTES KAPITEL

Und so war Bruce am Abend gekommen, und als Aline ihn sah, war sie bestürzt und erschrocken und außer sich vor Freude. Sie nahm ihn mit ins Haus, streichelte seinen Rockärmel, lachte und weinte in einem und erzählte ihm von dem Kinde, von seinem Kinde, das in ein paar Monaten zur Welt kommen sollte. Die beiden Negerinnen in der Küche warfen sich einen Blick zu und brachen in Gelächter aus. Wenn eine Negerin mit einem andern Manne leben möchte, so tut sie es ohne Bedenken. Sie haben miteinander ‹angefangen›, sagen die Schwarzen. Oft ist es ein ‹Anfangen› für ihr ganzes weiteres Leben. Die weißen Frauen sind den schwarzen ein unerschöpflicher Anlaß zur Heiterkeit.
Aline und Bruce gingen in den Garten hinaus. Während sie schweigend dort im Dunkeln standen, kamen die beiden Negerinnen – es war ihr freier Abend – lachend den Pfad herunter. Was sie wohl zu lachen hatten? Aline und Bruce gingen wieder ins Haus. Eine fiebrige Erregung hatte sich ihrer bemächtigt. Aline rief lachend: «Und ich dachte, es bedeute dir nicht viel, es sei für dich nur ein flüchtiges Abenteuer gewesen!» Sie sprachen kaum ein Wort. Es wunderte Bruce ein wenig, wie Aline es stillschweigend als selbstverständlich

nahm, daß sie mit ihm wegging. Er holte tief Atem und fand sich dann mit der Tatsache ab. Ach je, jetzt werde ich arbeiten müssen! Jetzt heißt es mich zusammenraffen und zur Vernunft kommen. Aline hatte im stillen dieselben Überlegungen angestellt wie er. Als Bruce eine halbe Stunde bei ihr war, ging sie ins Haus und packte in aller Eile zwei Koffer, die sie hinaustrug und im Garten ließ. Sie wie auch Bruce hatten den ganzen Abend nur eins vor Augen – Fred. Sie warteten nur auf ihn, auf seine Rückkehr. Was würde dann geschehen? Sie sprachen nicht darüber. Mochte geschehen, was da wollte! Tastend entwarfen sie diesen und jenen Plan für ihr gemeinsames Leben. «Es wäre töricht von mir, wenn ich behauptete, ich brauchte kein Geld. Ich brauche es schrecklich, aber was ist da zu machen? Dich brauche ich nötiger», sagte Aline. Auch sie fühlte, sie mußte sich nun auf sich selbst besinnen und wissen, was sie wollte. Eigentlich bin ich nur eine zweite Esther gewesen, solange ich mit Fred zusammenlebte. Auch Esther hat einmal vor einer solchen Entscheidung gestanden. Sie ist vor dem Wagnis zurückgeschreckt. So wurde sie, was sie ist, dachte Aline. Sie wagte nicht an Fred zu denken, an das, was sie ihm angetan hatte und noch antun wollte. Das mochte warten, bis er nach Hause käme.

Fred war schon am Gartentor angelangt, als er die Stimmen hörte, eine weibliche, Alines Stimme, und dann die Stimme eines Mannes. Von all den beunruhigenden Gedanken, die ihn unterwegs geplagt hatten, war er schon halb von Sinnen. Obwohl er nach dem Gespräch mit dem Werbefachmann aus Chicago so von Siegesgewißheit und Wohlgefühl erfüllt gewesen war, hatte den ganzen Abend etwas Drohendes in der Luft gelegen. So sollte also die Nacht für ihn ein Anfang und ein Ende sein. Man hat seinen Platz im Leben gefunden, alles ist entschieden, alles geht gut, die unerfreulichen Dinge der Vergangenheit sind abgetan, die Zukunft sieht rosig aus – und dann... Man möchte nur noch in Ruhe gelassen werden. Wenn nur das Leben stetig weiterflösse wie ein Strom.

Langsam erbaue ich mir ein Haus,
Ein Haus, in dem ich leben kann.

Kommt der Abend, und mein Haus liegt in Trümmern,
In seinen gestürzten Mauern wuchern Unkraut und wilder Wein.

Fred trat leise in seinen Garten und blieb dort an dem Baum stehen, unter dem an einem andern Abend Aline gestanden und schweigend Bruce angeschaut hatte, als er damals zum erstenmal auf den Hügel kam.

Ob Bruce wiedergekommen war? Ja, er war da. Obwohl Fred in der Dunkelheit noch nichts sehen konnte, wußte er genug. Er wußte alles, alles. Tief in seinem Innern hatte er es vom allerersten Anfang an gewußt. Jetzt wurde es ihm klar – eine niederschmetternde Klarheit. Seit jenem Tage in Frankreich, als er Aline geheiratet hatte, war er auf etwas Schreckliches gefaßt gewesen, und nun traf es ein. Als er Aline in jener Nacht in Paris bat, seine Frau zu werden, saß er mit ihr hinter der Kathedrale von Notre-Dame. Engel wanderten vom Dach der Kathedrale himmelwärts, lichte, reine Frauen. Kurz vorher waren sie bei der anderen Frau gewesen, bei dem hysterischen Weibe, das sich verwünscht hatte wegen seiner Heuchelei, seines verlogenen Lebens. Und die ganze Zeit über hatte er gewünscht, daß die Frauen logen, hatte gewünscht, daß seine Frau Aline lüge, wenn es sein müsse. Was man tut, zählt nicht. Man machts, wie man kann. Was man scheint, was die andern von einem meinen, das ists im Grunde, was zählt. Ich will ein zivilisierter Mann sein. Hilf mir, Frau! Wir Männer sind nun einmal, wie wir sind, wir können nicht anders. Lichte, reine Frauen, vom First der Kathedrale gen Himmel schreitend... Helft uns, daran zu glauben! Wir Spätgeborenen sind nicht mehr die Menschen der Antike. Wir dürfen Venus nicht huldigen.

Laßt uns die Jungfrau. Wir müssen etwas haben, woran wir uns halten, sonst gehn wir zugrunde.
Seit er mit Aline verheiratet war, hatte er eine solche Stunde kommen sehen, hatte ihr Kommen gefürchtet und den Gedanken an ihr Kommen von sich gewiesen. Jetzt war sie da. Wie, wenn Aline irgendwann im Lauf des letzten Jahres gefragt hätte: «Liebst du mich?» Wie, wenn er gezwungen gewesen wäre, Aline diese Frage zu stellen? Furchtbare Frage! Was heißt das? Was ist Liebe? Im Grunde war Fred bescheiden. Sein Vertrauen in sich selbst, in sein Vermögen, Liebe zu wecken, war schwach und schwankend. Er war ein Amerikaner. Ihm bedeutete die Frau zugleich zuviel und zu wenig. Nun bebte er vor Angst. Alle die vagen Befürchtungen, die er in seinem Innern verborgen hatte seit jenem Tage in Paris, da er es fertiggebracht hatte, nach Hause zu flüchten und Aline zurückzulassen, sollten nun Wirklichkeit werden. Es war ihm nicht zweifelhaft, wer da bei Aline war. Der Mann und die Frau saßen auf einer Bank irgendwo in seiner Nähe. Er konnte ihre Stimmen sehr deutlich hören. Sie warteten auf ihn, um ihm etwas zu sagen, etwas Furchtbares.
Als er damals zur Parade hinunterging und auch die Dienstboten das Haus verließen... Von dem Tage an war Aline verwandelt, und er war töricht genug zu glauben, sie habe angefangen, ihn zu lieben und zu bewundern – ihn, ihren Mann. Ein Narr war ich, ein Narr! Die Gedanken machten ihn elend. An dem Tage, da er zur Parade gegangen war, da die ganze Stadt ihn zu ihrem wichtigsten Mann proklamiert hatte, war Aline zu Hause geblieben. An dem Tage hatte sie sich verschafft, wonach es sie verlangte, wonach es sie immer verlangt hatte – einen Liebhaber. Einen Augenblick sah Fred allem ins Gesicht, der Möglichkeit, Aline zu verlieren, und was es für ihn bedeuten würde. Welch ein Unglück! Ein Grey von Old Harbor, und seine Frau brennt ihm mit einem gewöhnlichen Arbeiter durch... Die Leute würden sich nach ihm umdrehen, auf der Straße, im Büro unten... Harcourt...

fürchtet sich, von der Sache zu sprechen, fürchtet sich, nicht davon zu sprechen...

Auch die Frauen würden ihn anstarren. Die Frauen würden ihm dann kühner begegnen, ihre Sympathie bekunden.

Fred stand noch immer an seinen Baum gelehnt. Er hatte das Gefühl, im nächsten Augenblick die Herrschaft über sich zu verlieren. War es Zorn oder war es Angst, was ihn zu übermannen drohte? Wieso wußte er denn, ob all das Gräßliche, das er sich jetzt vor Augen hielt, wahr war? Ach, er wußte es. Er wußte alles. Aline hatte ihn nie geliebt, er hatte keine Liebe in ihr zu wecken vermocht. Warum nicht? War er nicht kühn genug gewesen? Er würde kühn werden. Vielleicht war es noch nicht zu spät.

Rasender Zorn packte ihn. Welch ein Betrug! Ohne Zweifel hatte dieser Bruce, von dem er geglaubt hatte, er sei für immer aus seinem Leben verschwunden, Old Harbor überhaupt nicht verlassen. Gleich an dem Tage, als er in der Stadt unten auf der Parade war und seine Pflicht als Bürger und Soldat erfüllte, während sie sich liebten, hatten sie ihren Plan ausgeheckt. Der Mann sollte ihm aus den Augen gehn, aus den Augen bleiben, und dann, wenn Fred seinen Geschäften nachging, wenn er unten in der Fabrik war und für sie Geld verdiente, würde der Bursche heraufschleichen. In all den Wochen, während er so glücklich und stolz gewesen war in dem Glauben, er habe Aline für sich gewonnen, hatte sie nur ihr Verhalten gegen ihn geändert, weil sie heimlich diesen anderen traf, ihren Liebhaber. Selbst das Kind, dessen verheißene Ankunft ihn so mit Stolz erfüllt hatte, war also nicht sein Kind. Alle Dienstboten in seinem Hause waren Neger. Dieses Pack! Ein Neger hat keinen Stolz, keine Moral. Einem Nigger kann man nicht trauen. Es war gut möglich, daß Aline mit diesem Bruce zusammenblieb. Bei den Frauen in Europa war dergleichen gang und gäbe. Sie heirateten einen Mann, einen schwer arbeitenden, achtbaren Bürger wie er selber, der sich schindete und vor seiner Zeit alterte,

während er Geld für seine Frau verdiente, ihr schöne Kleider kaufte, ein schönes Haus einrichtete, und dann? Was tat sie? Sie hielt einen anderen versteckt, einen jüngeren, stärkeren, schöneren Mann – einen Liebhaber.
Hatte er Aline nicht auch in Frankreich gefunden? Freilich, sie war ein amerikanisches Mädchen. Doch er hatte sie in Frankreich gefunden, in was für einem Hause, unter was für Menschen... Er erinnerte sich lebhaft an den Abend in Rose Franks Studio in Paris, an die Frau, die da redete – dies hirnverbrannte Zeug – und die gespannte Atmosphäre im Zimmer – Männer und Frauen saßen ringsum – die Frauen rauchten Zigaretten – und diese Sprache im Munde einer Frau – was für eine Sprache! Das Weib, ebenfalls eine Amerikanerin, war auf einer Veranstaltung gewesen, die sich ‹Ball der Quat'z Arts› nannte. Was war das eigentlich? Offenbar so eine Sache, wo die gemeine Sinnlichkeit sich aller Fesseln entledigt.
Und er hatte geglaubt, Aline...
Einen Augenblick packte ihn kalte Wut, und danach fühlte er sich so schwach, daß ihm war, als wollten ihn seine Beine nicht länger tragen.
Dann stieg mit brennendem Schmerz eine andere Erinnerung in ihm auf. Eines Abends, vor ein paar Wochen erst, hatte er mit Aline im Garten gesessen. Es war eine sehr dunkle Nacht, und er war glücklich. Er hatte mit Aline über etwas gesprochen, ihr wohl von seinen Plänen für die Fabrik erzählt, und lange hatte sie dagesessen, als hörte sie nichts.
Und dann hatte sie zu ihm gesagt: «Ich bekomme ein Kind», kühl, ruhig – einfach so. Manchmal konnte Aline einen zum Wahnsinn treiben.
In einer solchen Stunde, wenn einem die angetraute Frau eine solche Eröffnung macht – das erste Kind...
Da hätte man sie in die Arme nehmen, sie zärtlich an sich drücken müssen. Sie hätte ein bißchen weinen sollen, ängstlich und froh zugleich. Ein paar Tränen wären doch das Allernatürlichste von der Welt gewesen.

Und Aline hatte es in so kühlem, gelassenem Ton gesagt, daß er im Augenblick nicht imstande gewesen war, ein Wort hervorzubringen. Er hatte einfach dagesessen und sie angestarrt. Es war dunkel im Garten, und ihr Gesicht nur ein helles Oval in der Dunkelheit. Es war, als wäre sie aus Stein. Und dann, während er sie ansah und das seltsame Gefühl, nicht sprechen zu können, ihn in Bann hielt, war ein Mann in den Garten getreten.

Aline und er waren beide aufgesprungen. Eine Weile standen sie so zusammen da, aufgeschreckt, voller Angst – wovor? Dachten sie nicht beide dasselbe? Ja, jetzt wußte er es. Sie hatten beide geglaubt, Bruce sei gekommen. Das war es. Er stand zitternd da. Aline stand zitternd da. Doch nichts geschah. Ein Mann aus einem der Hotels unten in der Stadt hatte sich bei seinem Abendspaziergang verlaufen und war in den Garten geraten. Eine Weile blieb er bei Fred und Aline stehen und sprach über die Stadt, und wie schön der Garten sei und wie schön die Nacht. So hatten sie beide Zeit, sich zu beruhigen. Als der Mann ging, war der rechte Augenblick, Aline etwas Zärtliches zu sagen, vorbei. Die Ankündigung der Geburt eines Sohnes war vorübergegangen wie eine Bemerkung übers Wetter.

Fred suchte diese Gedanken niederzukämpfen... Es könnte doch sein... dennoch könnte es sein, daß alles falsch war, was er da vermutete. Es könnte sehr wohl sein, daß er an jenem Abend, als er so erschrocken war, vor einem Nichts erschrokken war, vor einem Schemen. Auf einer Bank im Garten, irgendwo in seiner Nähe, hörte er den Mann und die Frau immer noch sprechen. Ein paar leise Worte und dann langes Schweigen. Er spürte, sie warteten – sicherlich auf ihn, auf seine Rückkehr. In seinem Innern eine Sturzflut von Bildern, von Schrecknissen – die Lust zu töten seltsam gemischt mit dem Wunsch zu fliehen, allem zu entrinnen.

Er begann einer Versuchung nachzugeben. Wenn Aline ihren Liebhaber so unverfroren zu sich kommen ließ, dann

fürchtete sie nicht sonderlich, ertappt zu werden. Man mußte sehr vorsichtig sein. Das Richtige wäre, sie nicht zu ertappen. Sie hatte ihm die Stirn bieten wollen. Wenn er unerschrocken auf die beiden Menschen zuginge und fände, was zu finden er so sehr fürchtete, dann würde alles gleich herauskommen. Er wäre gezwungen, eine Erklärung zu verlangen.
Er stellte sich vor, wie er eine Erklärung forderte – wie er sich mühte, seine Stimme in der Gewalt zu haben. Die Erklärung kam – aus Alines Munde. ‹Ich habe nur gewartet, um sicher zu sein. Das Kind, von dem du glaubtest, es sei dein Kind, ist nicht dein Kind. An dem Tage, da du hinuntergingst, um vor den andern zu paradieren, habe ich meinen Geliebten gefunden. Er ist jetzt hier bei mir.›
Wenn es so oder ähnlich käme, was sollte er dann tun? Wie verhielt sich ein Mann unter solchen Umständen? Hm, er tötete den andern. Aber damit brachte man die Dinge nicht wieder ins Lot. Man käme nur aus dem Regen in die Traufe. Es galt vor allem, eine Szene zu vermeiden. Vielleicht war alles nur ein Mißverständnis. Fred hatte jetzt mehr Angst vor Aline als vor Bruce.
Leise schlich er den mit Rosenbüschen eingefaßten Weg entlang. Wenn er sich ein wenig beugte und ganz sachte auftrat, konnte er womöglich ungesehen, ungehört das Haus erreichen. Und was sollte er dann tun?
Er würde sich in sein Zimmer hinaufschleichen. Aline hatte vielleicht eine Torheit begangen, aber sie konnte doch nicht von allen guten Geistern verlassen sein! Er hatte Geld, eine angesehene Stellung, er konnte Aline alles verschaffen, was sie wollte – sie war fürs Leben gesichert und sorgenlos. Wenn sie ein bißchen zu unbekümmert gewesen war, darüber würde sie bald hinweg sein. Als Fred das Haus beinah erreicht hatte, kam ihm eine neue Idee, doch wagte er nicht, den Weg zurückzugehen. Aber wenn der Mann, der jetzt bei Aline war, gegangen wäre, würde er sich wieder hinausstehlen und laut hereinkommen. Sie würde glauben, er wisse nichts. Et-

was Sicheres wüßte er ja dann auch nicht. In der Gesellschaft des Mannes hatte Aline offenbar vergessen, wieviel Zeit vergangen war. Sie konnte doch nicht die verwegene Absicht gehabt haben, sich ertappen zu lassen.

Wenn sie entdeckt würde, wenn sie wüßte, daß er wußte, dann mußte es zu einer Erklärung kommen, ein Skandal wäre unvermeidlich... die Greys von Old Harbor... Fred Greys Frau... Aline ging vielleicht mit dem andern davon... und der Mann ein gewöhnlicher Kerl, nur ein Fabrikarbeiter, ein Gärtner...

Mit einemmal wurde Fred sehr großmütig. Aline war ein törichtes Kind, weiter nichts. Sie in die Enge treiben könnte ihr Leben zugrunde richten. Seine Zeit würde am Ende doch kommen.

Stolz durchströmte ihn, hochaufgerichtet stand er auf dem Wege. Er würde nicht wie ein Dieb nach der Tür seines Hauses schleichen. Den Kopf hoch erhoben, ging er einige Schritte weiter, jedoch dem Hause zu, nicht in der Richtung, aus der die Stimmen kamen. Trotz seiner mutigen Entschlossenheit trat er sehr behutsam auf den Kies. Es wäre eine unsägliche Wohltat, wenn er sich mit dem Gefühl seiner Unerschrockenheit trösten könnte und doch nicht ertappt würde.

VIERZEHNTES KAPITEL

Doch er hatte kein Glück damit. Er stieß mit dem Fuß gegen einen Randstein und stolperte und mußte sich mit einem raschen Schritt auffangen, um nicht zu fallen. Er hörte Aline rufen: «Fred?», und dann folgte ein Schweigen, ein sehr trächtiges Schweigen, während Fred zitternd auf dem Wege stand. Der Mann und die Frau erhoben sich von der Bank und kamen auf ihn zu, und ein Gefühl der Übelkeit, der Verlorenheit überwältigte ihn. Er hatte recht gehabt. Der Mann bei Aline war der Gärtner, Bruce. Als sie bei ihm waren, standen sie ein paar Minuten lang schweigend einander gegenüber. War es Wut oder Angst, was Fred so mit Stummheit schlug? Bruce hatte ihm nichts zu sagen. Dies mußte zwischen Aline und ihrem Mann ausgetragen werden. Sollte Fred plötzlich gewalttätig werden, vielleicht schießen, dann würde er in die Szene eingreifen. Bis dahin war er ein Schauspieler, der beiseite stand, während zwei andere Schauspieler ihre Rolle spielten. Ja, es war Angst, die Fred gefangenhielt. Er war entsetzlich bange, nicht vor dem Manne Bruce, sondern vor der Frau Aline.

Er war fast beim Hause angelangt, als er entdeckt wurde, aber nun standen Aline und Bruce, die von der oberen Terrasse zu ihm gekommen waren, zwischen ihm und dem Hause. Fred war zumute, wie ihm als Soldat zumute gewesen war, wenn es in den Kampf ging.

Es war dasselbe Gefühl der Verlassenheit, des äußersten Alleinseins in einer seltsamen Leere. Im Augenblick, da man in den Kampf geht, verliert man plötzlich alle Verbindung mit dem Leben. Der Tod steht einem vor Augen. Der Tod ist rings um dich, und die Vergangenheit ist ein vergehender Schatten. Eine Zukunft gibt es nicht mehr. Niemand hat dich lieb. Du liebst keinen Menschen. Der Himmel wölbt sich über deinem Haupt, die Erde ist noch unter deinen Füßen, Kameraden marschieren dir zur Seite, die Straße, auf der du vorwärtsziehst mit einigen hundert anderer Männer – alle dir gleich, wie Maschinen, wie seelenlose Dinge –, die Straße ist von Bäumen gesäumt; aber der Himmel, die Erde, die Bäume haben nichts mit dir zu schaffen. Deine Kameraden haben nichts mit dir zu schaffen. Du schwebst losgelöst im Raume, vom Tode umlauert, und wirst versuchen, dem Tode zu entrinnen und andere zu töten. Das Gefühl, das Fred überkommen hatte, war ihm wohlbekannt; aber daß er es wieder erleben sollte, nachdem der Krieg längst zu Ende war, nach diesen Monaten friedlichen Lebens mit Aline, in seinem eigenen Garten, vor der Tür seines Hauses – dasselbe wie damals! Ist einmal der Kampf im Gange, so fürchtet man sich nicht mehr. Mit Tapferkeit oder Feigheit hat das nichts zu tun. Da bist du. Die Kugeln pfeifen dir um die Ohren. Du wirst getroffen, oder du kommst davon.

Aline war nun nicht mehr die Seine. Sie war zur Feindin geworden. Gleich würden ihre Worte kommen. Auch Worte waren Kugeln. Sie trafen oder sie flogen vorbei, und man blieb verschont. Wochenlang hatte Fred gegen die Gewißheit angekämpft, daß zwischen Aline und Bruce etwas vorgefallen sei; diesen Kampf brauchte er nun nicht weiterzuführen. Jetzt würde er die Wahrheit erfahren. Jetzt würde er, wie in der Schlacht, entweder getroffen oder verschont bleiben. Nun, es war nicht sein erster Kampf. Er hatte Glück gehabt, war heil aus den Kämpfen davongekommen. Aline, die vor ihm stand, das Haus, das undeutlich über ihre Schulter zu sehen war, der Himmel über ihm, die Erde unter seinen Füßen, nichts von alledem gehörte mehr zu ihm. Eine Erinnerung stieg in ihm auf – der junge Fremde an der Straße in Frankreich, der junge Jude, der die Sterne vom Himmel pflücken und essen wollte. Fred verstand, was der junge Mann gemeint hatte. Er sehnte sich, wieder eins zu werden mit den Dingen, sehnte sich danach, daß die Dinge der Welt wieder mit ihm eins wurden.

FÜNFZEHNTES KAPITEL

Aline sprach. Langsam, gequält kamen die Worte von ihren Lippen. Er konnte ihren Mund nicht sehen. Es war, als stände eine Frau aus Stein dort vor ihm. Sie habe erkannt, daß sie einen anderen Mann liebte, und er sei gekommen, sie zu holen. Als sie und Fred in Frankreich waren, sei sie noch ein Kind gewesen, sie habe nichts begriffen. Unter einer Ehe habe sie sich weiter nichts vorgestellt, als daß zwei Menschen zusammen leben. Es sei unverzeihlich, was sie Fred angetan, aber sie habe es nicht gewollt. Selbst nachdem sie den Richtigen für sich gefunden hatte, auch als sie sich schon liebten, habe sie noch geglaubt, habe sie versucht... Ja, sie habe geglaubt, sie könne Fred immer noch lieben und mit ihm weiterleben. Eine Frau brauchte eben Zeit, erwachsen zu werden, ebenso wie ein Mann. Wir kennen uns selbst so wenig. Sie habe sich immerzu selber belogen; nun aber sei der Mann, den sie liebte, wiedergekommen, und sie könne ihn und Fred nicht länger belügen. Mit Fred weiterzuleben wäre eine Lüge. Ihrem Geliebten nicht zu folgen wäre eine Lüge.

«Das Kind, das ich erwarte, ist nicht dein Kind, Fred.»

Fred sagte kein Wort. Was war da zu sagen? Wenn man im Kampf ist, treffen die Kugeln oder man wird verschont und bleibt leben. In lastendem Schweigen schlichen die Sekunden langsam, peinvoll dahin. Ist einmal die Schlacht im Gange, scheint sie kein Ende zu nehmen. Als Fred nach Amerika heimgekehrt, als Aline seine Frau geworden war, hatte er gedacht, hatte er fest geglaubt, nun sei der Krieg aus. ‹Der Krieg, der dem Krieg ein Ende machen soll.›

Am liebsten wäre er auf dem Pfad niedergesunken und hätte die Hände vors Gesicht geschlagen. Er war dem Weinen nah. Wenn man verwundet wird, ist es ebenso. Man schreit. Wenn doch Aline aufhörte zu sprechen, wenn sie doch nichts mehr sagte! Wie furchtbar können Worte sein! Schweig still! Hör auf! Sag nichts mehr! hätte er sie anflehen mögen.

«Ich kann nicht anders, Fred. Wir gehen jetzt. Wir haben auf dich gewartet, um es dir zu sagen», schloß Aline.

Und jetzt fand Fred die Sprache wieder. Wie schmählich! Er flehte sie an. «Das ist unrecht. Geh nicht fort, Aline! Bleib hier! Gib mir Zeit! Gib mir noch eine Chance! Geh nicht weg!» Bei seinen Worten war ihm, als feuerte er auf einen

Feind in der Schlacht. Es war dasselbe. Der Feind versuchte einem etwas Furchtbares anzutun, und man suchte dem Feinde etwas Furchtbares anzutun.
Unaufhörlich wiederholte er dieselben Worte. Wie wenn man in der Schlacht sein Gewehr abfeuert, Schuß auf Schuß. «Tus nicht! Du darfst es nicht tun! Tus nicht! Du darfst es nicht tun!» Er fühlte, daß sie litt. Das tat ihm gut. Das Gefühl, ihr weh zu tun, stimmte ihn beinah froh. Von Bruce, der ein wenig zurückgetreten war, um Mann und Frau miteinander allein zu lassen, hatte er kaum Notiz genommen. Aline hatte die Hand auf Freds Arm gelegt. Sein ganzer Körper war starr.
Und dann entfernten sich die beiden, Aline und Bruce, auf dem Wege, wo er stand. Aline hatte noch einmal ihre Arme um Freds Hals geschlungen und hätte ihn vielleicht geküßt, doch er bog sich steif zurück, und der Mann und die Frau gingen an ihm vorüber, während er noch dastand. Er ließ sie gehen. Er hatte nichts getan. Sie hatten offensichtlich schon Vorbereitungen getroffen. Dieser Bruce trug zwei schwere Koffer. Ob irgendwo ein Wagen auf sie wartete? Wohin gingen sie? Sie hatten schon das Tor erreicht und traten aus dem Garten auf die Straße, als er noch einmal aufschrie: «Tus nicht! Du darfst es nicht tun! Tus nicht!»

SECHZEHNTES KAPITEL

Aline und Bruce waren gegangen. Auf Gedeih oder Verderb hatte ein neues Leben für sie begonnen. Bei ihrem Versuch zu leben und zu lieben waren sie eingefangen worden. Jetzt würde ein neues Kapitel für sie anfangen. Sie mußten neuen Problemen ins Auge sehen, einem anderen Dasein. Nachdem Bruce der erste Versuch, mit einer Frau zusammen zu leben,

fehlgeschlagen war, würde ers aufs neue versuchen müssen, und auch Aline mußte es noch einmal versuchen. Welche kuriosen Erfahrungen mochten ihnen bevorstehen? Bruce vielleicht Arbeiter, Aline ohne Geld, über das sie frei verfügen konnte, ohne Luxus. War es den Preis wert, was sie getan hatten? Aber nun war es einmal geschehen, sie hatten einen Schritt getan, den sie nicht rückgängig machen konnten.
Wie es Mann und Frau immer ergeht, war Bruce bänglich zumute – halb bange, halb zärtlich –, und Aline wandte sich praktischen Erwägungen zu. Schließlich war sie ja das einzige Kind ihres Vaters. Eine Zeitlang würde er zürnen, aber am Ende sich doch in das Unvermeidliche fügen müssen. Das Kind würde, wenn es zur Welt kam, sowohl Freds wie ihres Vaters männliche Empfindsamkeit rühren. Bruces Frau war vielleicht schwieriger zu handhaben. Immerhin, mit etwas Geld... Sie hatte ja keine Aussicht, ihn je wiederzubekommen. Nach einer Weile würde sie wohl einen andern heiraten.
Sie hielt Bruces Arm und weinte leise um Fred, der dort in der Dunkelheit zurückblieb, allein. Wunderlich war, daß Bruce, der sich so sehr nach ihr gesehnt hatte, nun, da sie sein war, schon an etwas anderes dachte. Er hatte sich gewünscht, die richtige Frau zu finden, mit der er eine wirkliche Ehe führen könnte, doch das war nur die eine Hälfte. Nun mußte er auch die richtige Arbeit finden. Daß Aline Fred verließ, war so unvermeidlich, wie daß er Bernice verlassen hatte. Das war Alines Problem, aber er hatte noch sein eigenes.
Als sie aus dem Gartentor auf die Straße getreten waren, blieb Fred noch einen Augenblick steif und reglos stehen; dann lief er hinunter und sah ihnen nach. Er war noch wie zu Eis erstarrt vor Angst und Entsetzen. Wovor? Vor alledem, was so jäh, ohne Warnung auf ihn eingestürzt war. Freilich, in seinem Innern hatte eine Stimme ihn zu warnen versucht. «Hols der Teufel!» Dieser Mann aus Chicago, den er vorhin an der Tür seines Hotels verlassen hatte, wie hatte er

doch gesagt? «Manche Menschen schaffen sich eine so starke Position, daß nichts mehr ihnen etwas anhaben kann. Denen kann nichts mehr passieren.» Natürlich hatte er dabei an Geld gedacht. ‹Nichts mehr kann ihnen passieren. Nichts kann passieren.› Die Worte tönten Fred in den Ohren wider. Wie er den Mann aus Chicago haßte! Gleich würde Aline, die neben ihrem Geliebten dahinging, sich umwenden; wo das kurze Stück der Straße, die über den Hügel lief, zu Ende war, würde sie umkehren. Dann würden Aline und er miteinander ein neues Leben anfangen. So würde es kommen. Mit einem Sprung kehrten seine Gedanken zum Gelde zurück. Wenn Aline mit Bruce wegging, hatte sie ja kein Geld. Hah!

Statt in eine der breiten Straßen einzubiegen, die zur Stadt hinunterführten, schlugen sie den wenig begangenen Pfad ein, der steil den Hang hinabkletterte und drunten in die Uferstraße mündete. Diesen Pfad hatte Bruce früher immer benutzt, wenn er sonntags bei Sponge Martin und seiner Frau zum Essen gewesen war. Es war ein abschüssiger, von Unkraut und Buschwerk verwachsener Pfad. Bruce ging, mit den beiden Koffern beladen, voraus, und Aline folgte ihm ohne einen Blick zurück. Sie weinte, aber das wußte Fred nicht. Erst verschwand ihr Rumpf, dann ihre Schultern, schließlich auch der Kopf. Es war, als sinke sie in den Boden, wie sie so in das Dunkel hinabstieg. Vielleicht hatte sie nicht gewagt, zurückzublicken. Hätte sie sich umgewandt, dann wäre ihr vielleicht der Mut vergangen. Lots Frau – die Salzsäule. Fred hätte rufen mögen, so laut er konnte: ‹Sieh her! Aline! Sieh noch einmal her!› Doch er blieb stumm.

Der Pfad wurde gewöhnlich nur von Arbeitern und Dienstboten benutzt, die in den Häusern auf dem Hügel beschäftigt waren. Es ging steil zu der alten Landstraße hinab, die am Fluß entlang lief; Fred erinnerte sich, daß er als Kind oft mit andern Jungen dort hinuntergeklettert war. Da unten wohnte Sponge Martin in dem alten Ziegelhause, das einst zu den

Stallungen eines alten Wirtshauses gehört hatte, als dies noch die einzige Straße zu der kleinen Stadt am Strom war.
Es ist alles Lüge, dachte Fred. Sie wird zurückkommen. Sie weiß, daß es Gerede gibt, wenn sie morgen früh nicht wieder hier ist. Gleich wird sie wieder den Weg heraufkommen. Ich werde sie wieder aufnehmen, aber das Leben in unserm Hause wird künftig anders aussehen. Ich werde hier Herr sein. Ich werde ihr sagen, was sie zu tun und zu lassen hat. Schluß mit den Dummheiten!
Von den beiden war nichts mehr zu sehen noch zu hören. Wie still die Nacht war! Mit schweren Schritten schleppte sich Fred nach dem Hause und trat ein. Er drückte auf einen Knopf, und im ganzen unteren Hause ging das Licht an. Wie fremd war ihm das Haus geworden, das Zimmer, in dem er stand! Da war der breite Sessel, in dem er abends immer die Zeitung las, während Aline draußen durch den Garten schlenderte. In seiner Jugend war er Baseballspieler gewesen, und das Interesse an dem Spiel hatte er nie verloren. An Sommerabenden schaute er immer zu, um zu sehen, wie die beiden Mannschaften weitermachten. Ob die *Giants* wieder den Wimpel gewannen? Mechanisch griff er nach dem Abendblatt und warf es dann wieder hin.
Er ließ sich in den Sessel sinken, den Kopf in den Händen, doch jäh sprang er wieder auf. Ihm war eingefallen, daß in dem kleinen Zimmer im Erdgeschoß, das sie die Bibliothek nannten, in einem Schubfach ein geladener Revolver lag; er ging und holte ihn und blieb mit der Waffe in der Hand in dem erleuchteten Zimmer stehen. Dumpf starrte er darauf nieder. Minuten vergingen. Das Haus wurde ihm unerträglich; er ging wieder in den Garten hinaus und setzte sich auf die Bank, auf der er damals mit Aline gesessen hatte, als sie ihm sagte, sie erwarte ein Kind – das Kind, das nicht seines war.
‹Ein Mann, der Soldat gewesen ist, ein Mann, der wirklich einer ist, der die Achtung seiner Mitmenschen verdient,

bleibt nicht still sitzen und läßt einen andern mit seiner Frau davongehen!›

Er wiederholte es, vor sich hin sprechend, als hätte er ein Kind vor sich und schärfte ihm ein, was es tun müsse. Dann ging er wieder hinein. Ja, er war ein Mann der Tat, ein Tatmensch. Jetzt war es Zeit zu handeln. Der Zorn wallte nun wieder in ihm auf, doch er wußte nicht recht, ob der Zorn Bruce, Aline oder ihm selber galt. Bewußt suchte er in Bruce das Ziel seiner Wut. Der war der Schuldige. Er suchte alle Kraft des Gefühls zusammenzuraffen, doch seine Wut ließ sich nicht in einem Brennpunkt sammeln. Er war wütend auf den Chicagoer Reklamechef, mit dem er vor einer Stunde verhandelt hatte, auf die Dienstmädchen in seinem Hause, auf diesen Sponge Martin, der Bruce Dudleys Freund gewesen war. «Das Werbeprojekt laß ich ganz fallen», sagte er entschlossen vor sich hin. Einen Augenblick wünschte er, einer der schwarzen Dienstboten käme ins Zimmer. Er würde den Revolver heben und schießen. Es würde seine Mannhaftigkeit beweisen. Dieses Negerpack! Sie haben kein Gefühl für Moral. Eine Minute lang war er versucht, die Mündung des Revolvers an den eigenen Kopf zu drücken und zu schießen; doch die Anwandlung ging rasch vorüber.

SIEBZEHNTES KAPITEL

Mit leisen Schritten, jedes Geräusch vermeidend, verließ Fred das Haus, ließ alle Lampen brennen und rannte den Weg zum Gartentor hinunter und auf die Straße. Er war nun entschlossen, diesen Bruce zu finden und niederzuknallen. Den Griff des Revolvers umklammernd, lief er die Straße entlang und begann, hastig den Pfad zur unteren Straße hinunterzuklettern. Ab und zu rutschte er aus. Der Pfad war sehr abschüssig und nur undeutlich zu sehen. Wie hatten Aline und Bruce es fertiggebracht, da hinunterzukommen? Vielleicht waren sie irgendwo weiter unten. Er würde Bruce niederschießen, dann käme Aline zurück. Alles würde wieder wie vorher, ehe Bruce aufgetaucht war und Verderben über ihn und Aline gebracht hatte. Hätte er doch damals, als er die Grey Wheel Plant übernahm, diesen alten Schurken, Sponge Martin, hinausgeworfen!

Noch klammerte er sich an den Gedanken, jeden Augenblick könne Aline mühsam heraufgeklettert kommen. Hin und wieder hielt er inne und lauschte. Als er auf der Straße unten anlangte, blieb er ein paar Minuten stehen. In der Nähe war eine Stelle, wo die Strömung gegen das Ufer spülte und ein Stück der alten Landstraße weggenagt hatte. Irgend jemand hatte Wagenladungen von Müll und Zweigen und ein paar Baumstämme dort am Wasser ausgekippt, um dem gierigen Nagen des Flusses Einhalt zu tun. Wie töricht! Als ob ein Strom wie der Ohio sich so leicht von seinem Willen abbringen ließe! Doch es könnte jemand in dem Reisigstapel versteckt sein. Fred ging darauf zu. Der Fluß schlug hier mit leisem Rauschen ans Ufer. Von weit her stromauf oder stromab war schwach die Sirene eines Dampfers zu hören. Es klang, wie wenn jemand nachts in einem dunklen Hause hustet.

Fred war entschlossen, Bruce zu töten. Das war jetzt das Richtige, wie? Wenn das getan war, brauchte nichts mehr gesagt zu werden. Dann brauchte er nicht mehr so schreckliche Worte aus Alines Mund zu hören. ‹Das Kind, das ich erwarte, ist nicht dein Kind.› Du lieber Himmel! Sie kann, sie kann doch nicht so verrückt sein!

Er begann auf der Uferstraße nach der Stadt zu laufen. Ein Gedanke war ihm gekommen. Möglicherweise waren Bruce und Aline zu Sponge Martin gegangen und würde er sie dort finden. Es war wie eine Verschwörung. Dieser Sponge Martin hatte die Greys von jeher gehaßt. In Sponge Martins

Werkstatt damals, als er ein kleiner Junge war – was für Beleidigungen hatte man da Freds Vater an den Kopf geworfen! ‹Wenn Sie das versuchen, hau ich ihnen eine runter. Dies ist meine Werkstatt. Ich laß mich nicht dazu hetzen, Pfuscharbeit zu tun, weder von Ihnen noch von sonst jemand.› Dieser Kerl, ein kleiner Arbeiter in der Stadt, wo Freds Vater der erste Bürger war!

Fred stolperte immer wieder beim Laufen, aber den Revolver hielt er krampfhaft in der Hand. Als er bei Martins Haus anlangte und sah, es war alles dunkel, trat er mutig näher und klopfte mit dem Revolvergriff an die Tür.

Stille. Die Wut packte ihn wieder, und als er auf die Landstraße zurückkam, feuerte er den Revolver ab, jedoch nicht gegen das Haus, sondern in den stillen dunklen Strom. Was für ein Unsinn! Nach dem Schuß war wieder tiefe Stille. Der Knall hatte niemanden aufgestört. Der Fluß strömte im Dunkeln dahin. Er wartete. Irgendwo in der Ferne wurde ein Ruf laut.

Er kehrte um und wanderte auf der Uferstraße zurück; er war jetzt zu Tode erschöpft. Er sehnte sich nach Schlaf. Ach, Aline war wie eine Mutter zu ihm gewesen. Wenn er niedergeschlagen oder aufgeregt gewesen war, hatte er sich bei ihr aussprechen können. In der letzten Zeit war sie immer mütterlicher geworden. Wie konnte eine Mutter so ihr Kind verlassen? Wieder wuchs in ihm die Überzeugung, Aline werde zurückkehren. Wenn er zu der Stelle käme, wo der Pfad den Hügelhang hinaufklomm, würde sie dort stehn und warten. Es mochte ja wahr sein, daß sie den andern liebte, aber es gab mehr als eine Art zu lieben. Nun, laß das! Er wollte Frieden haben. Vielleicht gab Bruce ihr etwas, das er ihr nicht geben konnte, aber dennoch war sie nicht für immer von ihm gegangen. Der Mann reiste nur aus Old Harbor ab. Er hatte zwei Koffer bei sich, als er ging. Aline war nur mit ihm den Hügelpfad hinuntergegangen, um ihm Lebewohl zu sagen. Abschied der Liebenden, hm? Eine verheiratete Frau hat

ihre Pflichten zu erfüllen. Alle altmodischen Frauen taten das. Aline war keine neumodische Frau. Sie kam aus einem guten Hause. Ihr Vater war ein achtbarer Mann.
Fast frohgemut lief er weiter; als er aber zu dem Reisigstapel kam, wo der Pfad abzweigte, und niemanden dort fand, überließ er sich wieder seinem Kummer. Er setzte sich auf den Holzstoß und ließ den Revolver auf den Boden zu seinen Füßen fallen und barg das Gesicht in den Händen. Lange saß er so im Dunkeln und weinte wie ein Kind.

ACHTZEHNTES KAPITEL

Es war nun tiefe Nacht, sehr finster und still. Fred war den steilen Hang hinaufgeklettert und ins Haus gegangen. Oben in seinem Zimmer entkleidete er sich ganz mechanisch im Dunkeln und legte sich nieder.
Erschöpft lag er im Bett. Minuten vergingen. In der Ferne hörte er Schritte, dann Stimmen. Kamen sie da zurück, Aline und ihr Liebhaber? Wollten sie ihn noch mehr quälen?
Wenn sie jetzt wiederkäme! Dann würde sie sehen, wer der Herr im Hause Grey war.
Wenn sie nicht kam, würde man auf Erklärungen sinnen müssen.
Er würde sagen, sie sei nach Chicago gefahren.
«Sie ist nach Chicago gefahren. Sie ist nach Chicago gefahren», flüsterte er vor sich hin.
Die Stimmen, die sich auf der Straße näherten, waren die der beiden Negerinnen. Sie kamen von ihrem Abend in der Stadt zurück und brachten zwei Neger mit.
«Sie ist nach Chicago gefahren. Sie ist nach Chicago gefahren.»
Nach einiger Zeit würden die Leute aufhören, nach ihr zu

fragen. Fred Grey war in Old Harbor ein mächtiger Mann. Er würde unbeirrt seine Werbeprojekte verwirklichen und mächtiger und mächtiger werden.
Dieser Bruce! Und Schuhe zu zwanzig bis dreißig Dollar das Paar! Haha!
War es nicht zum Lachen? Er versuchte zu lachen, aber es ging nicht. Immerzu klangen ihm diese sinnlosen Worte im Ohr: «Sie ist nach Chicago gefahren.» Er hörte schon, wie er es zu Harcourt und anderen sagte, mit einem Lächeln.
Ein tapferer Mann. Man trägt es mit Lächeln.
Wenn man etwas hinter sich hat, kommt ein Gefühl der Erleichterung. Im Kriege, in der Schlacht, wenn man verwundet ist – ein Gefühl der Erleichterung. Jetzt brauchte er nicht mehr Komödie zu spielen, nicht mehr den Mann zu spielen für ein liederliches Weib. Das war nun Bruces Sache.
Im Kriege, wenn man verwundet ist, kommt ein seltsames Gefühl der Erleichterung. Das ist überstanden. Nun gesund werden.
«Sie ist nach Chicago gefahren.» Dieser Bruce! Schuhe zu zwanzig bis dreißig Dollar das Paar! Ein Arbeiter, ein Gärtner! Ho-ho!

Warum konnte er nicht lachen? Er versuchte es immer wieder, doch jedesmal blieb ihm das Lachen im Halse stecken. Auf der Straße vor dem Hause lachte jetzt eine der Negerinnen. Ein Zischen war zu hören. Die ältere Negerin suchte die jüngere, dunkelhäutige zum Schweigen zu bringen, doch sie lachte unbekümmert das hohe, schrille Lachen der Schwarzen. «Ich gewußt haben, ich gewußt haben, ich immer schon gewußt haben!» rief sie, und das hohe, gellende Gelächter drang durch den Garten in das Zimmer, wo Fred aufrecht und starr in seinem Bett saß.

[1]Seite 48:

Wieder aus,
Wieder weiter,
Wieder hin
Zieht Finnegan.

[2]Seite 59:

Meine Seele ergießt ihren Reichtum in Morgen um Morgen.
Wenn die Wasser der Meere murmeln bei Nacht, stimme ich murmelnd ein.
Ich hab mich anheimgegeben den Meeren und Sonnen und Tagen und schaukelnden Schiffen.
In Hingebung schwillt mir das Blut.
In Wunden will ich's verströmen und röten Erde und Meere.
Mein Blut soll röten die Erde, wo die See sie zur Nacht küßt, und rot wird die Flut.

[3]Seite 60:

Schenk mir das Wort.
Laß meine Kehle und Lippen das Wort deiner Lippen liebkosen.
Schenk mir das Wort.
Schenk mir drei Worte, zwölf, schenk mir hundert, eine Geschichte.
Schenk mir das Wort.

[4]Seite 64, 88:

Setz den Kessel auf, tu den Deckel drauf,
Mama bäckt mir Brot, der Teig geht schon auf.

Und von meinem Zuckerbrot
Laß ich dich nicht beißen.

Und von meinem Zuckerbrot
Laß ich dich nicht beißen.

[5]Seite 69:

Mutter, lieb Mutter, komm heim zu mir,
Vom Turme schlägt es schon zehn.

Silberne Fäden durchwirken das Gold.

[6]Seite 95:

Ein Krüppel
Für J. J.

Nachts, wenn die Lichter erloschen sind, ist meine Stadt ein Mensch, der sich von seinem Bett erhebt und ins Dunkel starrt.
Bei Tage ist meine Stadt der Sohn eines Träumers, der Spießgeselle von Dieben und Huren geworden ist. Er hat seinen Vater verleugnet.
Meine Stadt ist ein ausgemergelter kleiner Greis im Logierhaus einer schmutzigen Gasse. Falsche Zähne sitzen ihm lose im Munde und klappern beim Essen. Er kann keine Frau finden und befriedigt sich selber. Liest Zigarrenstummel aus der Gosse auf.

Meine Stadt haust hoch unterm Dach, in den Dachrinnen. Eine Frau kam in meine Stadt, und sie stürzte sie von der Dachrinne in die Tiefe auf einen Haufen Steine. Die Leute in meiner Stadt sagen, die Frau sei gefallen.
Da ist ein wütender Mann, dem die Frau untreu ist. Er ist meine Stadt. Meine Stadt ist in seinen Haaren, in seinem Atem, in seinen Augen. In seinem Atemhauch ist der Atem meiner Stadt.
Viele Städte stehen in Reihen da. Städte, die schlafen, Städte, die auf sumpfigem Grunde stehn.
Wie seltsam ist meine Stadt! Sie ist müde und reizbar. Meine Stadt ist eine Frau geworden, deren Liebhaber krank liegt. Sie schleicht in den Gängen des Hauses umher und horcht an der Zimmertür.
Ich kann es nicht sagen, wie meine Stadt ist.
Meine Stadt ist ein Kuß von den fiebrigen Lippen vieler Müden.
Meine Stadt ist ein Gemurmel von Stimmen, das aus einem Schacht aufsteigt.

[7]Seite 146:

Es muß ein großes schlankes braunes Mädel kommen,
Damit der Pastor seine Bibel sinken läßt.

[8]Seite 195:

Und der Herr sprach:
Eil dich! Eile!

DER BAUER VON CHICAGO

Sherwood Anderson und sein «Dunkles Lachen»

1

Als William Faulkner 1957 von einem Studenten gefragt wurde, welche Kollegen seiner Meinung nach in zweihundert Jahren als die größten Schriftsteller unseres Jahrhunderts gelten würden, erwiderte er: «Ich mag die Frage nicht beantworten, weil ich zu wenig über die zeitgenössischen Autoren Bescheid weiß . . . Ich möchte aber sagen, daß ich denke, daß Sherwood Anderson noch nicht die Anerkennung gefunden hat, die er verdient und eines Tages finden wird.» Mittlerweile scheint der Tag gekommen. Unter heutigem Blickwinkel gewinnt Anderson die Konturen einer zentralen Gestalt der amerikanischen Moderne. Beinahe fünf Jahrzehnte nach seinem Tod ist vollends erkennbar geworden, daß die Literatur der Vereinigten Staaten ihm gewiß ebensoviel verdankt, wie etwa ihre bildende Kunst Alfred Stieglitz, ihre Musik Charles Ives, ihr Film David Wark Griffith und ihre Architektur Frank Lloyd Wright verpflichtet bleiben werden. Mit diesen Künstlern, die übrigens, Stieglitz ausgenommen, ein und derselben Generation angehören, verbindet Anderson auch der Umstand, daß sein Werk wie das ihre national und interkontinental nachhaltig gewirkt hat. «Es gibt Dinge in der amerikanischen Welt, denen er nicht nur als erster, sondern endgültig Ausdruck verliehen hat», konstatierte der Kritiker Malcolm Cowley. «Hemingway, Faulkner, Wolfe, Steinbeck, Saroyan, Henry Miller – sie alle schulden Anderson unverkennbar Dank, und ihre Namen sind nur aus Dutzenden anderer herausgegriffen.» Cowley hat nicht übertrieben. Seine Aufzählung läßt sich übrigens nicht allein um Fitzgerald und Dos Passos ergänzen, sondern über James T. Farrell und Jean Toomer, Carson McCullers und Kenneth Patchen, Salinger und Saul Bellow bis in die unmittelbare Gegenwart verlängern; vermutlich sind noch die Romane von William Gaddis und Thomas Pynchon in manchem von Andersons Prosa angeregt.

Hemingway, 1920 auf der Chicagoer Near North Side, und Faulkner, 1925 im Vieux Carré von New Orleans, hatten als seine Schüler zu schreiben begonnen. So stark war der ursprüngliche Einfluß Andersons, der ihnen auch half, für die ersten eigenen Arbeiten einen Verleger zu finden, daß beide sich nur durch Parodien davon freischreiben konnten. Als Reaktion auf «Dunkles Lachen» («Dark Laughter») ließ Hemingway sich 1926 zu seinen «Sturmfluten des Frühlings» («The Torrents of Spring») hinreißen, und im Jahr darauf verfaßte Faulkner ein kleines, bei weitem nicht so bösartiges Pamphlet unter dem Titel «Sherwood Anderson und andere berühmte Kreolen» («. . . and Other Famous Creoles»). Doch selbst wenn diese Distanzierungen, wie Hemingway das hybrid für sich in Anspruch nahm, «im Namen der Literatur» vorgetragen wurden – ein endgültiges Abrücken von dem einstigen Lehrer bedeuteten sie nicht. Die Figur des Dawson Fairchild in «Mosquitoes» trägt Züge von Anderson; «Sartoris» ist dem älteren Autor gewidmet; überhaupt hat Faulkner ihn bis zuletzt hoch geachtet. Ernest Hemingway ist immerhin großzügig genug gewesen, noch 1935 in die Liste seiner Lieblingsbücher «Winesburg, Ohio» als einzigen weiteren amerikanischen Titel neben dem «Huckleberry Finn» aufzunehmen. Anderson hatte sich recht früh, beispielsweise mit seinem Vorwort zu «Portraits und Stücke I» («Geography and Plays», 1922) auch für Gertrude Stein eingesetzt. Sie vergalt ihm das, indem sie bei Gelegenheit einer Rezension noch weiter ausholte und apodiktisch formulierte: «Bis jetzt gibt es in der amerikanischen Literatur vier Männer, die Erkenntnisvermögen im höchsten Sinne besitzen. Es sind dies Fenimore Cooper, William Dean Howells, Mark Twain und Sherwood Anderson.» Eine ähnliche Traditionslinie zog Thomas Wolfe. «Ich halte Sie für einen der bedeutendsten Schriftsteller dieses Jahrhunderts», schrieb er in einem Brief. «Sie haben eine neue Schönheit enthüllt, von der wir wußten, daß sie da war, doch kein anderer hatte sie je ausgesprochen. Wenn ich Sie lese, denke ich an Whitman und Twain – an Männer also, die Amerika in der Vision eines Dichters und mit einer dichterischen Vision vom Leben gesehen haben und dies, scheint mir, ist am Ende die einzige Art, wie Amerika gesehen werden kann.» Kaum weniger enthusiastisch lobte Henry Miller den von ihm verehrten Erzähler. «Seine Rede, so natürlich, so lässig, so behutsam und gut gelaunt, drang aus einem Menschen hervor, der in die Welt verliebt war. In seiner Sprache war nichts von Boshaftigkeit, nichts von Ärger, nichts von Niedrigkeit, von Kleinlichkeit. Allenfalls eine leise Melancholie – nie ein Gefühl von Enttäuschung», schwärmte er und jubelte weiter: «Er war demütig und ehrerbietig. Er konnte über einem Messer oder einer Gabel in Ekstase geraten. Er kannte auch seine eigenen Schwächen – konnte sich über sie lustig machen, wenn ihm gerade danach zumute war. Er versuchte nicht, andere Schriftsteller zu verdrängen; er verlangte nur, daß sie ihm ein wenig Platz ließen, ihm erlaubten, einer der ihren zu sein, einer der geringsten unter ihnen. Goldene Eigenschaften sind so selten heutzutage.»

Die interkontinentale Wirkung seiner Prosa zeigte sich vorwiegend in Europa, aber nicht dort allein. So berichtete Maxim Gorki in einem Brief: «Neulich lernte ich einen höchst originellen amerikanischen Schriftsteller kennen, Sherwood Anderson, Autor des Buches ‹Winesburg›, eine ganz neue Erscheinung in der amerikanischen Literatur. Bin froh.» Virginia Woolf schrieb 1925 einen Aufsatz über «American Fiction», dessen erster Teil sich mit Sinclair Lewis beschäftigt, während Sätze aus dem zweiten Abschnitt lauten: «Frisch zur Welt kommen, die Dinge von einer neuen Seite zeigen, das ist eine so großartige Leistung, daß wir um ihretwillen die Bitterkeit, die Befangenheit, das Eckig-Spröde, das sich daraus ergeben mag, verzeihen können. In den Geschichten Andersons werden die alten Kunstelemente auf eine Weise neu zusammengesetzt, daß wir uns die Augen reiben.» Aus Paris hatte Gertrude Stein ihrem Brieffreund im gleichen Jahr mitgeteilt: «Neulich habe ich mich gefreut als ein Mitglied der neuen jungen französischen Gruppe der Surrealisten mir sagte daß mein Valentinsgruß an Sie ihnen von all meinen Sachen beinahe am besten gefalle, sie alle können den Anfang auswendig hersagen was mehr ist als ich kann.» Etwas später ließ sie ihn wissen, daß an der Sorbonne eine Vorlesung über ihn gehalten werde, die bei den jungen Leuten auf lebhaftes Interesse stoße. Ein französischer Literaturwissenschaftler hält für möglich, daß Anderson die Surrealisten auch direkt beeinflußt hat. Er vermutet, daß sie sich zu ihrem berühmten photographischen Kollektivporträt durch das Bild des Malers Enoch Robinson aus «Winesburg, Ohio» haben inspirieren lassen. In Italien ist Luigi Pirandello von Andersons Erzählung «Der Mann, der eine Frau wurde» («The Man Who Became a Woman») fasziniert gewesen, und Cesare Pavese hat mehrfach nachdrücklich auf die überragende Bedeutung des Amerikaners aufmerksam gemacht, mit dessen Texten sein irischer Kollege Frank O'Connor den Ursprung der modernen Kurzgeschichte markiert sieht. Im Hinblick auf den deutschen Sprachraum läßt sich eine Tagebucheintragung von Elisabeth Hauptmann anführen, die 1926 notierte: «Um Ostern herum hatte Brecht eine neue Leihbibliothek entdeckt. ‹Der arme Weiße› von Sherwood Anderson machte einen großen Eindruck auf ihn; er schreibt danach das Gedicht ‹Kohlen für Mike›.» Klaus Mann erinnert sich in seinem Lebensbericht «Der Wendepunkt» an das Datum des 18. Dezember 1940, als die erste Nummer einer von ihm mitherausgegebenen Zeitschrift zur Druckerei gegangen war: «Ich hatte kaum geglaubt, daß Sherwood Anderson uns wirklich eine Erzählung geben würde ... Und nun trifft diese schöne Gabe von ihm ein, ‹Girl by the Stove›: eine Geschichte von sublimer Einfachheit und sinnlich-melancholischer Grazie, sehr rührend, sehr gewinnend, ‹echter Sherwood Andersonw›. Was für ein liebenswerter Schriftsteller! (In Europa nicht bekannt genug.)» Der wirkungsgeschichtliche Überblick läßt sich durch eine Lesefrucht aus unseren Tagen abschließen. «Wenn wir lieben, wenn es uns ernst ist, ‹when we care ...›, dann hat die Welt eine Zaubertiefe, dann leuchtet uns Trost und besonderer Sinn aus den unscheinbarsten, einfachsten Dingen entgegen», heißt es in einer kleinen Erzählung, die vor einigen Jahren Hartmut von Hentig veröffentlicht hat. Die letzte Szene von «Paff, der Kater» spielt sich in einem Chicagoer Buchladen ab. «‹Suchen Sie etwas Bestimmtes?› fragte der Verkäufer. ‹Das dort!› ... Der Mann schob den Kater etwas beiseite und hob ein Buch auf. ‹Meinen Sie dies?› Auf dem Umschlag stand: Sherwood Anderson WHEN WE CARE. Ich sagte ‹Ja›.»

An der weltweit einhelligen Begeisterung anderer Autoren gemessen, haben akademische wie literarische Kritik sich auch in den USA selbst lange vergleichsweise schwer getan. Nachdem 1919 «Winesburg, Ohio» erschienen war; nachdem er den mit 2000 Dollar dotierten Preis der Zeitschrift «Dial» gewonnen hatte; nachdem er 1921 nach Paris gereist war und dort neben Gertrude Stein auch Joyce kennengelernt hatte, war Anderson bekannt geworden, doch verblaßte dieser erste Ruhm fast noch rascher, als er entstanden war. Der Roman «Dunkles Lachen», 1925 publiziert, ist zu seinen Lebzeiten das einzige Buch geblieben, mit dem er die Verkaufszahlen eines Bestsellers wenigstens von ferne erreichte. Zwar erschienen 1927 gleich zwei Abhandlungen, die sich teils zustimmend, teils ablehnend mit dem bis dahin entstandenen Werk auseinandersetzten, aber bald geriet Anderson mehr und mehr in Vergessenheit. Die Kritik schien übereingekommen, ihn für ausgebrannt zu halten und ihn abzutun. Dabei kamen nach dem «Dunklen Lachen» noch immerhin fünfzehn weitere Bände von ihm auf den Markt – sie wurden kaum mehr wahrgenommen, sondern gelegentlich allenfalls registriert. Unter der Produktion seines letzten Jahrzehnts riefen allein die Erzählungen der Sammlung «Death in the Woods» (1933) positive Reaktionen hervor, während die Romane «Beyond Desire» (1932) und «Kit Brandon» (1936) zwiespältige Aufnahme fanden. Auch die Sozialreportage «Puzzled America» (1935), Ergebnis einer kritischen Reise durch die Vereinigten Staaten auf dem Höhepunkt der Depression, wurde wenig beachtet. Das Dunkel, in dem sein Œuvre beinahe schon endgültig versunken schien, erhellte sich noch einmal flüchtig, als nach seinem Tod (1941) in einer Sonderausgabe der Zeitschrift «Story» Freunde seiner gedachten. Es lichtete sich deutlicher, nachdem 1951 zwei weitere Bücher veröffentlicht worden waren, die wiederum teils wohlwollend, teils kritisch das Gesamtwerk zu würdigen versuchten. Dadurch erfuhr nicht allein die Forschung neue Impulse, sondern wenig später – erst recht seit der Mitte der 60er Jahre – begann auch das Interesse an den Texten wieder zuzunehmen, die bald in rascher Folge und nicht selten als kritische Editionen neu aufgelegt wurden. Zum hundertsten Geburtstag kamen 1976 zwei recht umfangreiche Aufsatzsammlungen in Buchform heraus, in denen lange vernachlässigte Themen unbefangen behandelt wurden, und im gleichen Jahr konstituierte sich gar eine Sherwood Anderson Society, die ihren Sitz in Richmond, Virginia hat und als ihr offizielles Organ zweimal jährlich den «Winesburg Eagle» erscheinen läßt. Die Zeitschrift «Twentieth Century Literature» widmete Anderson 1977 eine Sondernummer. Unterdessen sind seine Arbeiten in den USA fast ausnahmslos wieder lieferbar – vermehrt um Texte aus dem Nachlaß; Zeitschriftenaufsätze, die zwischen 1914 und 1939 entstanden waren; zahllose Briefe, die allein bereits mehrere Bücher füllen. Bibliographien stehen ebenso zur Verfügung wie Monographien, es wird an Biographien gearbeitet, und die internationale Fachliteratur hat ihre Überschaubarkeit eingebüßt. Auch außerhalb der Vereinigten Staaten sind in den letzten Jahren umfangreiche Texteditionen erschienen. So hat man in Japan eine Gesamtausgabe veranstaltet, die nicht weniger als 21 Bände zählt; in der Sowjetunion ist gleichfalls eine recht voluminöse Auswahl herausgekommen. Während es also weltweit verstärkter Nachfrage begegnet, sind die bisherigen Versuche, das Werk von Sherwood Anderson in Deutschland heimisch zu machen, regelmäßig mißlungen. Möglicherweise signalisiert aber die Tatsache, daß in der Bundesrepublik während des letzten Jahrzehnts zwei eingehende wissenschaftliche Arbeiten veröffentlicht worden sind, eine veränderte Tendenz auch hier.

2

Ezra Pound hatte 1913 ein amerikanisches «Risorgimento» prophezeit, neben dem die italienische Renaissance sich wie ein Sturm im Teekessel ausnehmen werde. Ganz so heftig ist es offenbar nicht ausgefallen, doch korrespondierte den bedeutenden Umwälzungen und erbitterten Auseinandersetzungen, die im ökonomischen, politischen und sozialen Leben der USA bereits stattgefunden hatten oder sich anzukündigen schienen, eine vergleichbar entschlossene Aufbruchsstimmung in ihren Künsten. Der ästhetischen Produktion jener Jahre ist durchaus anzumerken, daß in den Salons der Bohèmiens von New York oder Chicago auch John Reed, Emma Goldman und Bill Haywood ein- und ausgingen. Der Regisseur David Wark Griffith bezeichnete sich 1913 in einer Zeitungsanzeige als «Revolutionär des Film-Dramas und Begründer der modernen Technik der Kunst». Alfred Stieglitz in der Photographie wie in der Ausstellungspraxis seiner Galerien, Charles Ives in der Musik und Frank Lloyd Wright in der Architektur hatten längst die wesentlichen Elemente ihrer nicht minder «revolutionären» Formensprache entwickelt. In New York war 1913 mit der «Armory Show» die bis heute wichtigste Ausstellung in der Geschichte der modernen amerikanischen Malerei zu sehen. Als die Exponate, darunter viele Bilder der zeitgenössischen europäischen Avantgardisten, ein halbes Jahr später in Chicago gezeigt wurden, gehörten zu den Besuchern der Ausstellung auch der Maler Karl Anderson und sein Bruder Sherwood.

In Camden, Ohio 1876 als Sohn eines deklassierten Handwerkers schottischer Abstammung geboren, war Sherwood Anderson in verschiedenen Kleinstädten desselben mittelwestlichen Bundesstaates aufgewachsen. Bald wurde er «Jobby» gerufen, weil er durch Gelegenheitsarbeiten den Unterhalt der Familie sichern half. Nachdem er in Chicago als Lagerarbeiter Fässer gerollt, auf Cuba – ohne jede militärische Verwicklung – am spanisch-amerikanischen Krieg teilgenommen, an der Wittenberg Academy in Springfield, Ohio seine Schulbildung vervollständigt und wiederum in Chicago Reklametexte geschrieben hatte, ging er die erste seiner insgesamt vier Ehen ein, gründete eine Familie und wurde Manager eines Versandhauses für Dachfarben in Elyria, Ohio. Als jedoch einerseits die Firma in ernstere Schwierigkeiten geriet und andererseits Anderson, der – zunächst nebenbei – literarisch zu arbeiten begonnen hatte, sowohl seines häuslichen als auch des geschäftlichen Lebens überdrüssig geworden war, erlitt er einen Nervenzusammenbruch, trennte sich von Frau und Kindern wie vom Beruf und zog erneut nach Chicago, um dort vor allem seinen künstlerischen Neigungen zu leben. Zwar gelang ihm das zunächst nicht, denn noch lange blieb er gezwungen, Werbung zu verfassen. Der bloße Entschluß, den zur Legende zu stilisieren er selber kräftig mithalf, genügte aber bereits, ihm den Zugang zu jener «Befreiungsbewegung» zu eröffnen, die in amerikanischen Literaturgeschichten auch als «Renaissance von Chicago» figuriert, freilich die italienische wohl doch nicht in allen Belangen ganz erreicht. Floyd Dell, Margaret Anderson, Carl Sandburg, Harriet Monroe, Edgar Lee Masters und Vachel Lindsay nahmen den ehemaligen Geschäftsmann, der gelegentlich Proben aus seinen vielversprechenden Manuskripten las, als «großen unveröffentlichten Autor» gern in ihre Gruppierung auf. Der neue Ton («The New Note»), den Anderson in der ersten Nummer der «Little Review» vom März 1914 anschlug, schien sich in das vom Jazz beeinflußte, schrill rhythmisierte Klangbild des Orchesters, zu dem er da gestoßen war, zu adäquaten Dissonanzen zu integrieren. Freilich läßt der nicht mehr ganz junge Komponist gleich in der Einleitung die Ober- und Untertöne seiner charakteristischen (Selbst-)Ironie mitschwingen. Sein Aufsatz beginnt warnend: «Der neue Ton im Handwerk des Schreibens läuft wie alle neu und schön in die Welt hineingeborenen Dinge Gefahr, noch in der Wiege zu Tode geredet zu werden. Schon ist ein Kult des Neuen im

Gange . . .» Doch bald schon läßt sich der Generalbaß hören, der Andersons gesamtes Œuvre durchzieht. «Im Gewerbe des Schreibens ist der sogenannte neue Ton so alt wie die Welt. Schlicht gefaßt schreit er danach, daß dem Handwerk eine frische Dosis Wahrheit und Aufrichtigkeit injiziert werde; er ruft dazu auf, den Normen, die geldgierige Zeitschriften- und Buchverleger in Europa und Amerika aufgestellt haben, ab- und sich auf die älteren und süßeren Normen des eigentlichen Handwerks einzuschwören . . .» Schließlich wird gar eine Formel angegeben, durch deren Anwendung der neue Ton zu erzielen sei. «Die heikelste und schier unglaublich schwierige Aufgabe besteht darin, das eigene Gemüt zu erfassen, zu verstehen und aufzuzeichnen . . . dann wird man auch die Wirkungsweise des Bewußtseins anderer Menschen wahrhaftig aufzeichnen können.» In derlei Verlautbarungen lassen sich verschiedene Einflüsse erkennen, die Anderson miteinander verschmolzen hat. Auffällig ist die Betonung des «eigentlichen Handwerks.» Zu vermuten, daß hier aktualisierend auf die Bewegung der «Arts and Crafts» zurückgegriffen werde, scheint nicht abwegig, denn deren Produktion hatten die Amerikaner 1893 in Chicago in einer Ausstellung kennengelernt, die daran erinnern sollte, daß der Kontinent 400 Jahre zuvor entdeckt worden war. Aus diesem Anlaß war auf dem Gelände der (Welt-)Ausstellung damals die Architektur der «White City» entstanden – Andersons Zeitgenossen aus der Bohème der Stadt lebten übrigens vorzugsweise in den Gebäuden, die davon noch erhalten waren. Gedankengänge von Thorsten Veblen, die mit denen der «Arts and Crafts» strukturelle Ähnlichkeiten haben, wurden unter dem Titel «Der Instinkt der Kunstfertigkeit» («The Instinct of Workmanship») als Buch im gleichen Jahr veröffentlicht wie Andersons «neuer Ton», dessen Affinität zu Theorie und Praxis von William Morris war aber gewiß nicht geringer als die zur Arbeit von Gertrude Stein. Auf Anregung seines malenden Bruders Karl hatte Anderson «Drei Leben» und «Zarte Knöpfe» gelesen und diese Texte «für die wichtigste Pionierarbeit» gehalten, «die auf dem Gebiet der zeitgenössischen Literatur geleistet wird.» Aus ihnen bezog er die entscheidende Ermutigung, seinen eigenen Weg zu suchen und – nach Möglichkeit unbeirrt – zu verfolgen. Ziele wie die im «neuen Ton» gesetzten bedurften freilich zu ihrer Verwirklichung des Kampfes gegen nicht zuletzt gesellschaftlich verursachte Beeinträchtigungen. Zu eben solchem Kampf hatte sich aber die ‹Befreiungsbewegung›, sei es auch lose, zusammengeschlossen und in der «Genteel Tradition» sofort einen ihrer hauptsächlichen Gegner angegriffen; in jener Überlieferung, die eine spätviktorianisch-abgewirtschaftete Variante puritanischer Arbeitsethik und (nicht zuletzt: Sexual-)Moral darstellt. Zur theoretischen Fundierung des Angriffs diente ein Ideenkonglomerat, in dem sich beispielsweise starke marxistische Impulse mit Zügen von Henri Bergsons «Elan Vital» und Elementen der frisch importierten Psychoanalyse scheinbar mühelos verbanden. So hat auch Anderson lange ein wenngleich undeutlich gedachter Sozialismus vorgeschwebt, und mit dem damals berühmten Trigant Burrow diskutierte er kritisch die Einsichten Freuds, an deren gesellschaftlicher Bedeutung der Schriftsteller festhielt. Besonderes Gewicht kam jedoch einem spezifisch amerikanischen Konzept zu, an dessen Ausarbeitung Randolph Bourne und H. L. Mencken vorbereitend beteiligt waren. Es findet sich ausführlich dargelegt in den Entwürfen von Van Wyck Brooks («America's Coming-of-Age», 1915; «Letters and Leadership», 1918), Waldo Frank («Our America», 1919) und Paul Rosenfeld («Port of New York», 1924). Anderson ist mit allen drei Autoren befreundet gewesen und hat sich in vielen Briefen mit ihren Thesen auseinandergesetzt, die stark verkürzt etwa lauten: Den puritanischen Pionieren (die in Andersons Frühwerk noch auftauchen) sei mit der Erschließung des Kontinents – der widerständigen Natur abgerungen – eine herausragende Leistung zu danken. Der Prozeß, in dessen Verlauf die Bewältigung dieser Aufgabe gelang, habe das neuenglische Wertesystem aus Selbstbehauptung, Aneignung und Wohlstand ausgebildet und es mit der ihm entsprechenden Genußfeindlichkeit auch im industriellen Zeitalter überdauern lassen. Durch jene Genußfeindlichkeit gehindert, habe eine eigenständige Kunst (wie schon von Toqueville registriert, von Whitman und Melville beklagt) nicht entstehen können, sondern sei entweder durch Direktimport aus dem alten Kontinent oder durch unzureichende Imitationen ersetzt worden. Angesichts des per Weltkrieg beschleunigten rapiden Zerfalls der ökonomischen, politisch-sozialen und intellektuellen Strukturen Europas sei eben jene erst noch zu entwikkelnde, spezifisch amerikanische Kunst berufen, die Führung zu übernehmen. Die diesen Thesen zugrundeliegende Opposition von räuberischem Aneignungs- («acquisitive») und schöpferischem («creative») Instinkt, die etwa auch in Andersons «Dunklem Lachen» ihre Funktion hat, stammt übrigens weder von Brooks oder Frank noch von Rosenfeld. Sie ist vielmehr, offenbar ohne Quellenangabe, dem Hauptwerk des bisher bedeutendsten amerikanischen Nationalökonomen und Sozialhistorikers entnommen, nämlich der «Theorie der feinen Leute» («Theory of the Leisure Class», 1899) von Thorstein Veblen. Anderson verwendet den Begriff gleichfalls – zur Zeit, da die puritanischen Pioniere den Kontinent erschlossen, heißt es in «Winesburg, Ohio», habe es noch keine müßigen Klassen («leisure classes») gegeben. Mit diesem Zyklus von Kurzgeschichten, die als Buch 1919 erschienen, hatte der Verfasser die sozialdarwinistischpopulistischen Schwächen seiner frühen Romane endgültig hinter sich gelassen und zu jener «neuen Lockerheit» («new looseness») gefunden, die ihm als Voraussetzung einer charakteristisch amerikanischen Form galt. Insofern leuchtet ein, daß Anderson einzelne Erzählungen zuerst in der Zeitschrift «Sven Arts» veröffentlichte, die 1916/17 von Brooks und Frank gegründet und herausgegeben wurde. Dem teilnehmend beobachtenden jungen Reporter George Willard und mit ihm auch dem Leser waren die Einwohner der heimatlichen Kleinstadt als isolierte «Groteske» erschienen, als gleichwohl liebenswerte Deformierte, die ihr physisch wie psychisch verkümmertes Leben – zumeist fühlen sie sich durch eine Mauer von aller Kommunikation abgetrennt und ausgeschlossen – wie in Einzelhaft verbringen, aus der sie nur in seltenen epiphanischen Momenten ausbrechen können. Was «Winesburg, Ohio», vor allem in der Erzählung «Godliness», eher andeutet als darstellt, das liefert Anderson im folgenden Roman nach. «Der arme Weiße» («Poor White», 1921) ist mit den Worten des Autors «die Biographie einer Kleinstadt während ihres Übergangs von der agrikulturellen zur industriellen Wirtschaftsform» und bietet mit der historischen Perspektive zugleich einen Erklärungszusammenhang für die groteske Entfremdung auch in Bidwell, Ohio an. Den Erzählungen, die in den Bänden «Das Ei triumphiert» («The Triumph of the Egg», 1921) und «Horses and Men» (1923) versammelt waren, folgte mit «Many Marriages» (1923) ein weiterer Roman, der von Kollegen wie Gertrude Stein, Scott Fitzgarald und Henry Miller zum Teil überschwenglich gelobt, von der Kritik jedoch zwiespältig besprochen oder verrissen wurde. Im Motiv des bei Anderson typischen «Aussteigers» – ein Waschmaschinenhersteller trennt sich von Familie und Fabrik, um mit seiner Sekretärin ein neues ungesichertes Leben zu beginnen – scheint nicht nur die Biographie des Autors durch, sondern es artikuliert immer auch eine denkbar schroffe Zurückweisung und Ablehnung des «Mythos vom Erfolg» («success myth»). Die gleiche Funktion erfüllt dieses Motiv im nächsten Roman, der hier wieder vorliegt.

3

«Dunkles Lachen» («Dark Laughter», 1925) ist vor allem, doch nicht ausschließlich die Geschichte des Journalisten Joe Stockton, der in Chicago bei der gleichen Zeitung arbeitet, für die auch seine literarisch ambitionierte Frau Bernice schreibt. Eines Vorfrühlingstages verläßt Joe Ehe, Posten und Großstadt, um – den Ohio hinunter – nach Old Harbor, Indiana zurückzukehren, wo er aufgewachsen ist. Bald bärtig, nimmt er unterwegs einen anderen Namen an und trifft als Bruce Dudley am Ort seiner Kindheit ein. Die Industrialisierung hat aber vor Old Harbor nicht haltgemacht, sondern die Kleinstadt ebenso verändert wie den Fluß, an dem sie liegt. In einem prosperierenden Unternehmen findet Bruce einen Posten. Er lackiert Autoreifen, freundet sich mit seinem älteren Kollegen Sponge Martin an und verliebt sich in Aline, die mit Fred Grey verheiratet ist, dem Besitzer der Fabrik. Bruce wird von ihr als Gärtner engagiert, und als sie von ihm ein Kind erwartet, brechen schließlich die beiden in eine gemeinsame, ungewiß-befreite Zukunft auf.
Niemand lasse sich aber durch die Inhaltsangabe täuschen. Handlung gibt es hier so wenig wie in Andersons für eben diesen Mangel zu Recht berühmten Kurzgeschichten. Der Roman wird nicht eigentlich «erzählt», sondern der Text ist genuin modern montiert: Nahaufnahmen (auch von den Bewußtseinsströmen der Protagonisten), Substanz und Fülle vermittelnde Rückblenden,

landschaftliche Totalen und historische Schwenks sind so aneinandergeschnitten, daß sie dem Leser blitzhafte Einsichten eröffnen, die Anderson «Momente von Erkenntnis» nennt («moments of insight»). Sie erinnern an die «Epiphanien» bei Joyce nicht weniger als an die Erhellungen, auf die Blochs «Dunkel des gelebten Augenblicks» stets wartet. So ist Anderson, auch wenn er sich in seinem Buch über solche Haltungen lustig macht, ein amerikanischer, nämlich der mit Mais gefütterte Mystiker («cornfed mystic»), als den Harry Hansen ihn bezeichnet hat. Sein früh abgelegtes Gelübde – er werde niemals etwas schreiben, das nicht in Gegenwart eines Kornfeldes laut vorgelesen werden könnte – hält er dort, wo es zählt: In den Schluchten, die zu Füßen der Wolkenkratzer von Hochbahnen überquert werden, erscheint Anderson selber als das, was er seinen New Yorker Freund Alfred Stieglitz geheißen hat – als «Stadtpflüger» («City Plowman») oder genauer, als «der Bauer von Chicago». Vielleicht ist es mehr als eine Form von «objektivem» Zufall, daß Louis Aragons immer noch unvergleichliches Frühwerk den Titel «Der Bauer von Paris» («Le Paysan de Paris») trägt. Walter Benjamin las dieses Buch mit, wie er zugab, klopfendem Herzen und nannte später in einem eigenen, der «Kindheit um Neunzehnhundert», den Freund Franz Hessel einen «Bauern von Berlin». – Eine Reihe von motivischen und anderen, auch strukturellen Analogien tut sich auf zwischen den französischen Surrealisten und dem ‹Bauern von Chicago›. Nicht die unwichtigste unter ihnen ist die gemeinsame Affinität zur Psychoanalyse. Läßt Anderson Gedanken, die sich im «Dunklen Lachen» Bruce Dudley über seine Liebe macht, ein weiteres Mal ironisch enden – «Menschen, die über die Dreißig hinaus und intelligent sind, verstehen diese Dinge. Ein deutscher Gelehrter kann sie erschöpfend erklären. Wenn du etwas im menschlichen Leben nicht verstehst, schlag in den Werken von Dr. Freud nach», so holt Breton im ersten surrealistischen Manifest emphatisch aus. «Scheinbar durch den größten Zufall nur ist vor kurzem ein Bereich der geistigen Welt wieder ans Licht gehoben worden – meines Erachtens der weitaus wichtigste Bereich –, um den man sich angeblich nicht mehr zu kümmern brauchte. Insofern sind wir den Entdeckungen Freuds zu Dank verpflichtet.» Wie Freud betonen Anderson und Breton auch die Offenheit der kindlichen Wahrnehmung für Wunderbares sowie die Bedeutung der Sexualität und des Traums. Im «Dunklen Lachen» heißt es lapidar: «Der Traum ist so wahr wie die Wirklichkeit». Breton gewinnt aus der gleichen Einsicht den Begriff des Surrealismus. «Ich glaube an die künftige Auflösung dieser beiden scheinbar so gegensätzlichen Zustände von Traum und Wirklichkeit in einer Art absoluter Realität, wenn man so sagen kann: Surrealität.» In einem Aufsatz, der Gertrude Stein gegen Vorwürfe von B. F. Skinner verteidigt und beiläufig auch auf die (von den Surrealisten propagierte) «automatische Schreibweise» eingeht, gelangt Anderson zu einem ebenso erweiterten Konzept von Realismus. «Worauf es ankommt, ist nicht die Wahrhaftigkeit gegenüber der Welt der Realität, sondern der Welt außerhalb der Realität . . . die Flucht aus der sogenannten Realität in das zu bewerkstelligen, was die übergreifende Realität ist.» Die sogenannte Realität meint die reduzierte Wirklichkeit bloßer Tatsachen. Nur mit Hilfe der «fancy» (Phantasie, Einbildungskraft) können diese «facts» in Richtung auf die Sur-Realität überschritten werden. Diese Gegenüberstellung findet sich geradeso bei Breton; auch sein Kampfbegriff ist die Einbildungskraft. «Der nach wie vor führende absolute Rationalismus erlaubt lediglich die Berücksichtigung von Fakten, die eng mit unserer Erfahrung verknüpft sind . . . Die Imagination ist vielleicht im Begriff, wieder in ihre alten Rechte einzutreten.» Die Phantasie genügt sich jedoch nicht selbst, sondern sie hat soziale Funktion, die in «Dunkles Lachen» wiederum ironisch benannt wird: «Mit der Einbildungskraft war es eine vertrackte Sache. Immer versuchte sie zwischen einem selber und andern geheimnisvolle Bande zu knüpfen.» So denkt Anderson, selbst wenn er von einer «Flucht» spricht, nicht etwa an Rückzug; es handelt sich dabei im Gegenteil um ein «Träumen nach Vorwärts». «Diese sogenannten Tatsachen mag der Naturalismus beschreiben, sie sind so viel wert und so oberflächlich wie er selber. Die wirklich realistische Dichtung hat es mit dem Prozeß zu schaffen, aus dem die Tatsachen künstlich isoliert-fixiert worden sind, und der Prozeß verlangt exakte Phantasie, ihn darzustellen, ist mit ihr selber konkret verbunden», sekundierte 1935 Ernst Bloch. Wer die tendenziell utopische Qualität von Andersons Texten nicht wahrnimmt, dem muß sowohl «Dunkles Lachen» als auch das gesamte Werk dieses sehr amerikanischen Erzählers stumm und verschlossen bleiben. Wie schon für George Willard die Stadt, als er Winesburg verläßt, nur mehr die Folie abgibt, auf die er seine Träume malen wird, so lautet eine vergleichbar-bezeichnende Stelle aus dem Roman «Der arme Weiße»: «Hugh blickte in rußgeschwärzte Straßen von lauter Arbeiterhäusern, die sich dicht um riesige Fabrikgebäude ballten ... Eine neue Unabhängigkeitserklärung schrieb sich in jener Stunde in seinem Innern nieder. ‹Die Götter haben die Städte gleich Steinen über das flache Land gestreut; aber die Städte haben keine Farben ...›, dachte er». So wenig wie Breton ist freilich Sherwood Anderson der naiv-idealistische, kunstgläubige Ästhetizist oder gar Kulturphilosoph, auf den eine humorlose jüngere Forschung ihn neuerdings zu reduzieren versucht. Einmal mehr analog zur Forderung Bretons – «Man gebe sich doch nur die Mühe, die Poesie zu praktizieren» – zielt mit dem Erfinder Hugh auch sein Autor vornehmlich darauf, «Dinge von praktischer Schönheit» zu entwickeln. Solche Dinge werden dringend gebraucht, wenn – wie im «Dunklen Lachen» – die Diagnose lautet: «Das Leben war krank, weil die Menschen sich ihren Händen entfremdet hatten, auch ihrem Körper. Die Dinge mit dem ganzen Körper fühlen: die Flüsse, die Bäume, den Himmel; wie das Gras wächst, wie das Korn sprießt; die Schiffe; wie der keimende Samen sich in der Erde regt; die Straßen der Stadt und ihren Staub; Stahl, Eisen, Wolkenkratzer; die Gesichter der Großstädter auf den Straßen; die Körper der Männer, der Frauen, die ranken, behenden Leiber der Kinder.» Die Diagnose der Krankheit ist in diesem Zitat nahezu unmerklich in die Utopie der Gesundung umgeschlagen – in eine Vision, die sich auch in der folgenden Passage artikuliert: «Dieses ganze amerikanische Reich der Mitte, das oft von herrlichem Regen getränkt wurde ... – es war ein rechtes Land zum Leben, zum Lieben, zum Tanzen. Einst tanzten hier die Indianer und feierten ihre heiligen Feste. Sie streuten Poesie wie Samen in den Wind: die Namen der Flüsse, die Namen der Städte. Ohio! Illinois! Keokuk! Chicago! Michigan!» Wie dieser Katalog, der Whitmans «Grashalmen» entnommen sein könnte, die abgetötete Kultur der indianischen Minderheit heraufbeschwört, so grundieren Elemente der lebendigen afroamerikanischen Kultur den Roman insgesamt. Ist der Text einerseits von Zitaten aus verschiedenen Blues leitmotivisch durchzogen, so entlehnt er andererseits seine Rhythmen nicht selten dem ungebärdig-vielstimmigen Jazz von New Orleans. Das dunkle Lachen jedoch, das dem Buch seinen Titel gab und fast ausnahmslos in solchem Zusammenhang angeführt wird, hat damit allenfalls am Rande zu tun. Es bezieht sich nämlich keineswegs bloß auf die schwarzen Bediensteten des Hauses Grey, die so das hilflos verkrampfte Verhalten der weißen Protagonisten ironisch-amüsiert kommentieren.

«Die beiden Negerinnen im Haus sahen erwartungsvoll zu. Oft blickten sie einander an und kicherten. Die Luft oben auf dem Hügel war von Gelächter erfüllt – von dunklem Lachen ... Die beiden Negerinnen spürten es vielleicht, aber das machte nichts. Negerinnen können schweigen, wenn es sich um Weiße handelt.»
Wer diese Stelle als Beleg dafür herhalten läßt, daß Anderson – angeblich unterm primitivistischen Einfluß von D. H. Lawrence – zur Regression auf vor-zivilisatorische Standards habe auffordern wollen, der deutet sie fehl. Ist einerseits «Lady Chatterley's Lover» (mit dem Gärtner Mellors) dem «Dunklen Lachen» (mit dem Gärtner Bruce Dudley) nicht etwa vorausgegangen, sondern gefolgt, hat sich Anderson andererseits – in einem Brief an Alfred Stieglitz – deutlich genug von Lawrence distanziert. «Wenn er seine Grundsätze darlegt, halte ich ihn für einen anmaßenden Dummkopf. Er träumt davon, das große, dunkle Tier zu sein. Es ist am Ende ein neurotischer Wunsch.» Bei genauer Lektüre stellt sich zudem heraus, daß jenes «dunkle Lachen» an zwei weiteren Stellen auftaucht, und zwar zunächst im Zusammenhang mit Alines Pariser Freundin, die sich ihre Erfahrung mit dem «Künstlerball» von der Seele erzählt hat. «Rose Frank lachte; wie toll, ein gellendes, erregtes Gelächter – ein dunkles Lachen.» Wenig später endet ein Gedankengang von Aline mit den Sätzen: «All das verlogene Geschwätz, all die Phrasen den ganzen Krieg hindurch ... Die jungen Männer hatten es satt, satt bis zum Ekel. Trotzdem lachten sie – ein dunkles Lachen.» Andersons Plädoyer geht nicht dahin, die weiße Kultur umstandslos als «krank» verloren zu geben und statt dessen auf die «gesunden» afroamerikanischen «Roots» zu setzen; es handelt sich bei ihm nicht um Nostalgie oder gar Primitivismus. Nach dem Modell des Protagonisten – Joe Stockton verwendet Bestandteile zweier zufällig gesehener Firmenschilder,

um daraus den Namen Bruce Dudley zusammenzufügen und sich so eine neue, wahrhaft eigene Identität zu verschaffen – schwebt ihm eine Synthese vor. Er malt sie freilich im Text selbst so wenig aus wie das Schicksal von Bruce, Aline oder Fred, sondern tritt als Autor fast völlig in den Hintergrund. Ihre ganzheitliche Gestalt gewinnt seine Vision daher erst durch die einbezogene Phantasie des Lesers. Ohne je ins Affirmative abzurutschen, hat der Verfasser von «Dunkles Lachen» an der Utopie einer (amerikanischen) Welt festgehalten, deren ökonomische Organisation nach den Worten von Theodore Roszak «weder Menschen noch Natur als Proletariat benutzt». Noch sechs Jahre vor seinem Tod schrieb er, mitten in der Depression: «Dem amerikanischen Schriftsteller, der zufällig – wie es bei mir der Fall – in hohem Maße zum Wandern neigt, fällt fortwährend eines auf. Mehr und mehr wird er den unermeßlichen Reichtum Amerikas gewahr. Die Vergeudung von Wohlstand hier, die Vergeudung von Land, von potentieller Energie in Kohle und Öl, in riesigen unnötigen Gebäuden. Wie unsere Wälder vergeudet werden, die Energie in unseren Flüssen vergeudet, der Boden selbst vergeudet. Statt dessen sollte es ein stolzes Land sein, bewohnt von gut genährten, schön untergebrachten Männern, Frauen und Kindern.» – Er hat sämtliche ihm zugänglichen und erfahrbaren Widersprüche in sich aufgenommen und verschmolzen; diese gelungene Synthese macht Sherwood Anderson zu einem der glaubwürdigsten und bedeutendsten Repräsentanten der amerikanischen Literatur der ersten Hälfte unseres Jahrhunderts.

Jürgen Dierking

Julie Burchill über Prince / Pop / Elvis / Kommunismus / Madonna / Hausfrauen / Annie Lennox / Feminismus / Michael Jackson / USA / Sade / Die Pille / Lennon / Fussball / Heuschrecken / Dallas und Denver / Bonnie und Clyde / Live Aid / u.a.

herausgegeben von SPEX
KiWi 132.

Die bizzare Mischung aus mit allen Wassern gewaschener Popmusik-Expertin und militant-eigenwilliger Marxistin, die mit harten Wortbandagen gegen Annie Lennox und für Madonna, gegen John Lennon und für Elvis Presley, gegen die US-Kultur und für die frühen Beatles zu Felde zieht, sowie ihr unvergleichlicher Stil, mit dem sie zur Sache geht, sind dafür verantwortlich, daß Julie Burchills Kolumnen mit viel Zustimmung bedacht werden, aber auch leidenschaftliche Ablehnung hervorrufen.

Knut Hamsun
Neue Erde

Roman.
KiWi 127

Neue Erde ist ein aktueller Roman für unsere durch ›Zeitgeist‹ und ›Lifestyle‹ gequälten Zeiten, in denen sich erneut manche Großstadt- und Kleinstadtavantgarde im ewigen Galopp auf der Suche nach dem ›neuesten Ding‹ erschöpft. Das Gericht kommt schon in Hamsuns *Neue Erde* in Person des Hauslehrers Coldevin über sie, der, angereist aus der Provinz und daher gehörig unterschätzt, dort lospoltert: »Es ist doch schlimm, daß wir das Große aus den Augen verlieren und das Kleine groß machen. Sehen Sie einmal unsere Jugend an, sehen Sie auch die Schriftsteller an, sie sind zwar ziemlich geschickt, aber...ja, geschickt sind sie allerdings, sie plagen und plagen sich; *aber sie sind nicht vom Geist erfaßt.*«

PETER SICHROVSKY
SCHULDIG GEBOREN
KINDER AUS NAZIFAMILIEN
KiWi 133.

In 15 Gesprächen erzählen Frauen und Männer, warum sie ihre Nazi-Eltern hassen oder trotzdem noch verehren, wie sie mit ihnen aufwuchsen und wie sie heute mit diesem Wissen leben.

Guiseppe Berto
Der Brigant

Roman.
Aus dem Italienischen von Charlotte Birnbaum.
Die Übersetzung wurde überarbeitet von Helge Malchow
KiWi 131

Dieser 1951 veröffentlichte Roman ist ein atemberaubender Politkrimi. Er erzählt aber darüber hinaus ein wichtiges Kapitel der italienischen Geschichte. Wohl kein anderes Land hat eine so reiche Tradition an sozialer Rebellion wie Süditalien, wo zum Teil bis in die Gegenwart die Außergesetzlichen, die Briganten und ›guten‹ Banditen von der Bevölkerung in romantischem Licht gesehen und bewundert werden.